迦陵谈诗

叶嘉莹 著

人民文学出版社
PEOPLE'S LITERATURE PUBLISHING HOUSE

著作权合同登记号　图字 01－2022－1899

著作财产权人：©三民书局股份有限公司

本著作中文简体字版由三民书局股份有限公司授权上海九久读书人文化实业有限公司在中国大陆地区发行、散布与贩售。

版权所有，未经著作财产权人书面授权，禁止对本著作之任何部分以电子、机械、影印、录音或任何其他方式复制、转载或散播。

图书在版编目(CIP)数据

迦陵谈诗/叶嘉莹著. —北京：人民文学出版社，
2020(2022.5 重印)
ISBN 978-7-02-013609-4

Ⅰ.①迦⋯ Ⅱ.①叶⋯ Ⅲ.①诗歌研究-中国 Ⅳ.
①I207.22

中国版本图书馆 CIP 数据核字(2019)第 100924 号

责任编辑　甘　慧　吕昱雯
装帧设计　汪佳诗

出版发行　人民文学出版社
社　　址　北京市朝内大街 166 号
邮政编码　100705

印　　制　凸版艺彩(东莞)印刷有限公司
经　　销　全国新华书店等

字　　数　220 千字
开　　本　890 毫米×1240 毫米　1/32
印　　张　11
版　　次　2020 年 1 月北京第 1 版
印　　次　2022 年 5 月第 3 次印刷

书　　号　978-7-02-013609-4
定　　价　89.00 元

如有印装质量问题，请与本社图书销售中心调换。电话：010－65233595

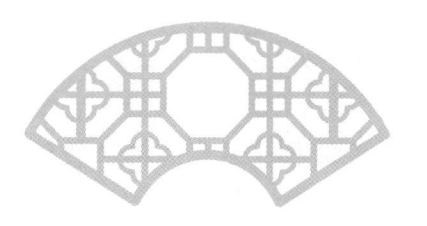

| 目 录 |

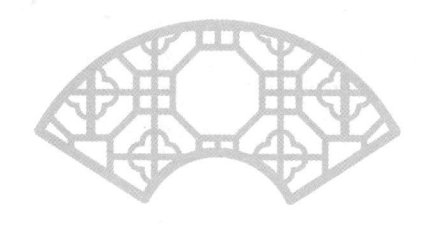

中国诗体之演进

沿用诗名者，则自宋、元、明、清以来，皆不出唐代所形成之古体律绝之范畴，并无新体之创建，以迄于民国初年，始随语体文运动之完成，而有所谓语体诗之出现。

中国之诗歌，自《诗经》的《风》《雅》《颂》，以迄于今日的新诗，已有将近三千年之历史（《商颂》存疑不计，《周颂》一部分为周初之作殆无可疑，其时代约在纪元前十一世纪之时），欲以数千字作完整之介绍，其势自有所不能，本文但就中国诗体之演变略作一简单之说明。

中国最早的一部诗歌总集是《诗经》（《诗经》以前之古歌谣，一则不尽可信，再则未能成体，故从略），《诗经》中的诗歌，虽二言至八言之句法俱备，然就其整体言，则以四言为主。此种四言之句，在句法之结构及节奏之顿挫各方面，皆为最简单而最完整的一种体式，是以晋挚虞即云："雅音之韵四言为善。"以为其足以"成声为节"（《文章流别论》），盖一句之字数如少于四言，其音节则不免劲直迫促，不若四言之有从容顿挫之致，是以中国最古最简之一种诗体，为《诗经》所代表之四言体，此正为必然之势。惟是此种四言之句虽足以"成声"，然而却缺少回旋转折之余地，典重有余，而变化不足，后世除一些古典之作，如箴、铭、颂、赞及骈文之一部分仍时用四言之句法外，至于抒情之诗歌，则渐离弃此典重甚至板滞之形式而另辟他途。其继承此一诗体而写作之诗人，如两汉之韦孟、仲长统诸人之作已乏生动之趣，魏晋之世，曹孟德、陶渊明二家之作虽颇有可观，然亦已不过为四言诗之回光余影而已，是以梁钟嵘已有"世罕习焉"之叹（《诗品·序》），自兹而后，作者益鲜，于是此种诗体，遂成为一种历史上的遗迹了。

时代较《诗经》稍晚的一种新兴诗体，则是南方的作品《楚辞》所代表的骚体。（其句法盖以三言为基础，杂以"兮"字"些"字等语词，而或先或后与二言、四言配合运用。）《诗经》的四言体，因其音节顿挫之简单整齐，故其所表现之风格为朴实典雅；《楚辞》的骚体，则因句法之扩展，及语词之间用，故其所表现之风格为变化飞动，且因句法之扩展，篇幅亦随之有极大之延长，此种扩展和延长，使诗歌有了散文化的趋势，于是《楚辞》的骚体，遂逐渐由诗歌中脱离出来，发展而为赋的先声。刘勰《文心雕龙·诠赋》篇云："灵均唱《骚》，始广声貌，然则赋也者，受命于诗人而拓宇于《楚辞》者也。于是荀况《礼》《智》，宋玉《风》《钓》，爰锡名号，与诗画境，六义附庸，蔚成大国，述客主以首引（按赋多设为客主问答之体，而《楚辞》之《卜居》《渔父》实倡之于先），极声貌以穷文，斯盖别诗之原始，命赋之厥初也。"是以《楚辞》在战国之世虽可视为"风雅寝声"而后"奇文郁起"的一种新体诗，但这种新体诗的形式除汉初偶有作者外，却并未为后世之诗人所沿用，而反被赋家所继承了。是《楚辞》虽为诗歌之别裔，实毋宁尊之为辞赋之初祖也。

　　嬴秦传世既短，纯文艺之发展又为法家之政治所限，是以无可称述。爰及刘汉，其初亦不过仍模拟《诗经》《楚辞》之旧（前者如韦孟《讽谏诗》、唐山夫人《房中歌》；后者如高祖《大风歌》，及武帝《瓠子》《天马》诸歌），这种消沉的气象，直到乐府诗兴起才得到转机，而有了新的开拓和成就。乐府诗的本义，原只为一种合乐之歌辞，就其广义者言，则《诗经》及《楚辞》之《九歌》皆可称为乐府诗；然若就其狭义者言，则乐府诗实始于西汉武帝之世，《汉书·礼乐志》云："武帝定郊祀之礼，……乃立乐府，采诗夜诵，有赵代秦楚之讴。以李延年为协律都尉，多举司马相如等数十人造为诗赋，略论律吕，以合八音之调。"当时之乐府诗，其歌辞之来源有二：一则出于士大夫之手，一则采自民间歌谣；其乐谱之来源亦有二：一则为继承《诗经》《楚辞》之旧调，一则为受西域胡乐影响之新声；至其歌辞之体式，则有承《诗经》之四言体者，有承《楚辞》之骚体者，有出自歌谣之杂言体者，而其间最可注意的一种，则是由新声的影响所逐渐形成的一种五言的体式。《汉书·佞幸传》云："延年善歌为新变声……所造诗谓之新声曲。"而《汉书·外戚传》所载其侍上起舞所唱的一首《佳人歌》，则除第五句外，通篇皆为五言，吾人于此不难觇知五言之体式受新声影响而逐渐形成的迹象，但这只是乐府诗的五言化而已，真正五言古诗的兴起则在东汉之世。

　　关于五言诗之起源，说法颇为纷纭，然求其可信，则最早的一首完整的五言诗，自当推东汉班固之《咏史诗》为代表。至于世所传西汉之世的枚乘之古诗，及苏李《赠别》、班姬《团扇》诸作，则自魏晋以来已多疑之者。挚虞《文章流别论》云："李陵众作，总杂不类，元是假托，非尽陵作。"刘勰《文心雕龙·明诗》篇云："李陵班婕妤见疑于后代。"钟嵘《诗品》之评古诗亦云："虽多哀怨，颇为总杂，旧疑是建安中曹王所制。"我们试将这些诗歌与班固的"质木无文"的《咏史诗》(语见《诗品·序》)相较，就知道这些"婉转附物，怊怅切情"的五言诗(《文心雕龙·明诗》篇评古诗)，完成于班氏以前是极不可能的一件事。是西汉当仅为五言诗之酝酿时期，至东汉而五言之体式始具，其后作者渐多，建安之世乃"彬彬称盛，大备于时"(《诗品·序》)。一时曹公父子风起于上，邺中诸子云从于下，"骋节纵辔"，"望路争驱"(《文心雕龙·明诗》篇)，于是五言诗不但在形式上达到了完全成熟的境界，内容上亦因作家之辈出，而有了多方面的拓展和尝试，这种成熟和拓展，奠定了五言诗体难以动摇的地位，于是五言遂取代了《诗经》与《楚辞》的两种体式，而成为我国诗人沿用千余年之久的一种正统诗体。在这种演变之间有一件颇可注意的事，即是以音节句法论，四言及骚体多与散文有相通之处(骚体去其"兮"字则句法颇近于文，四言体两字一顿亦与散文之四字句顿挫相同)，而五言诗之句法及音节则与散文迥异，散文之五字句，其句法多为上三下二，五言诗之句法则多为上二下三，是五言诗之成立，实为诗与文分途划境之始。

两汉而后，自魏晋以至南北朝，则是我国诗歌由古体至律体的一个转变时期，因为此一时期正当我国文学史上唯美主义之全盛时代，作者对艺术技巧之运用既日益重视，讨论亦日益精微，于是遂产生了声律与对偶之说。这两种说法的兴起，实在是对中国文字的特性有了反省与自觉以后的必然产物。因为中国文字最明显的特色可以说有两点：其一是单形体，其二是单音节。因为是单形体，所以宜于讲对偶；因为是单音节，所以宜于讲声律。关于对偶的运用，我们自张衡、王粲、陆机诸人的诗赋里，已可窥见其日趋工整之势；至于声律之说，则虽早有注意及之者，如司马相如《答盛览问作赋》之所谓"一经一纬，一宫一商"，陆机《文赋》之所谓"暨音声之迭代，若五色之相宣"，然此仍不过指自然之音调而已。迄于宋齐之间，由于佛经梵音转读之影响，声韵之分辨乃更趋精密，至周颙作《四声切韵》、沈约作《四声谱》，四声之名因以确立，而中国之美文遂亦因对偶声律之日益讲求，而得到一大进展，此即为四六文之形成与律诗之兴起。所谓律诗一方面须讲求四声的谐调，一方面须讲求对偶的工整，其相对之二联必须音节相等、顿挫相同，而且须平仄相反、辞性相称，这种格律体式实在是中国文字的特色所能表现的美的极致，而两晋南北朝就正是这种律体由酝酿渐臻成熟的一个时期，我们从谢灵运、颜延之、谢朓、沈约，以迄何逊、阴铿、徐陵、庾信诸人的诗中，可以清清楚楚地看到这种演进的痕迹。

至于唐朝，则是我国诗歌的集大成时代，它一方面继承了汉魏以来的古诗乐府使之更得到扩展而有以革新，一方面则完成了南北朝以来一些新兴的格式使之更臻于精美而得以确立。古诗的扩展和革新，虽可自修辞、谋篇、用韵各方面窥见其变化，然而在诗的体式上说来，则仍是承汉魏之旧，故不具论。至其所完成之新格式，则有五、七言律诗，五、七言排律，及五、七言绝句数种，此数种新格式与前此之古体诗相对统名为近体诗。其中五律自齐梁以来虽已由酝酿而渐臻成熟，而至唐初经上官仪当对律之创立（见《诗苑类格》），及沈、宋四杰诸人之努力，此种体式始更臻完美而正式成立。至七言律体之成立，则当先溯源到七言古诗之兴起，我国诗歌之有七言句，虽由来已久，然求之两汉之作，则尚无完整而纯粹之七言诗，柏梁联句既乖舛可疑（顾炎武《日知录》已辨其为伪），张衡《四愁诗》亦尚非全体，迄于魏文帝始有《燕歌行》两首完整的七言诗之出现。考其体式，盖当为骚体之简炼凝缩与五言诗之扩展引申所合成的一种中间产物。至其句法则为四、三之顿挫，与散文之七字句之多为三、四之顿挫者有别，而与五言诗同其途径，是七言之将兴原有其潜蕴之必然因素在。惟是魏文帝之世，正当五言诗腾跃方舆之际，而就文学体式之演进言，则新体式之成立，必当在旧体式衰老僵化之后，是以魏文帝虽已开七言之端，然其追踪继响，则必待南北朝五言之变既穷，然后有音迹可见也。且七言诗既曾受骚体之影响，故吾人于继承骚体之赋作中，亦略可窥见其演化之迹，盖自楚骚之演而为汉赋，是诗歌之散文化，而自汉赋之演而为南北朝之唯美赋，则又有自散文而诗化之趋势，如梁元帝之《秋思赋》，庾信之《春赋》《荡子赋》诸作，其间皆杂有极富诗歌意味之七言句，而且这些七言句，更随当时对偶声律之说的兴起，与当时之七言诗如庾信之《乌夜啼》等作，有着同样明显的律化的痕迹，是则唐初七言律体之兴起，固正有其形成之背景在。五、七言律体既经确立之后，随之而完成者更有二体，即五、七言排律是也，律诗以八句为篇（亦有以六句或十二句为篇者），排律则不限句数，"排偶栉比，声和律整"（《唐音审体》），此种体式，盖亦自六朝古诗之律化演出，至唐而随律诗之体式以俱定者也。

至于五、七言绝句之格式，则恰为律诗之半，以四句为篇，除对偶不必讲求外，其平仄谐韵之格式均与律诗全同，故世多有人以为绝句乃截律诗之半而成者，然考之诗歌演进之历史，则此种以四句为篇之五、七言小诗，其产生实早在律诗之前，如汉乐府杂曲之《枯鱼过河泣》、横吹曲之《出塞歌》（此歌声律颇谨严，虽未必为汉人之作，然必在唐人律绝之前），固已皆为五言四句之体式，此种乐府小诗，至南北朝而大盛，如当时之《子夜》《读曲》《折杨柳》诸歌，实已肇五言绝句之权舆；至七言绝句之兴起虽较五绝为晚，然若南北朝乐府之《捉搦歌》等亦已为七言四句之体式，影响所及，当时文士之作如梁简文帝之《夜望单飞雁》、汤惠休之《秋风引》，则已为七言绝句之滥觞矣，惟是其格律之渐趋严整，则当受律诗之影响，浸假以至于唐，七律既继五律而成立，七绝遂亦继五绝而兴起矣。

诗歌之体式演进至此，真可谓变极途穷。"豪杰之士亦难于其中自出新意，故遁而作他体"（《人间词话》），于是宋词元曲乃继之而起，就其内容性质言，词曲实同为广义之诗歌，然若就其与音乐配合之方式言，则词曲自有其与诗歌相异之格律，虽同源然已趋于殊域，名体俱新，蔚然独立，其体式之演变，已不在本文所叙述范围之内。至其仍沿用诗名者，则自宋、元、明、清以来，皆不出唐代所形成之古体律绝之范畴，并无新体之创建，以迄于民国初年，始随语体文运动之完成，而有所谓语体诗之出现，此种革新，实为穷极之后的必然之变。就近数十年来语体诗写作之成绩言，虽尚无可以为代表之大家杰作之出现，然就其进步之迹象言，则语体诗所形成之新句法实已有取古今中外兼容而并包之势，以现代人写现代之诗歌，此种丰富之语汇及句法，对表现较繁复较精微之情思，自有其不容忽视之妙用在，惟是如何运用此一兼容并包之长，而使之达于更完美更精炼之境界，则不仅有待于天才诗人之出现，而此诗人似更须兼有贯通古今中外之学养，贵古贱今与耽今昧古之成见如能早一日泯除，则此种境界必能早一日有达成之望，而就文学演变进化之通例言，则此后之诗坛自当为新兴诗体之天下也。

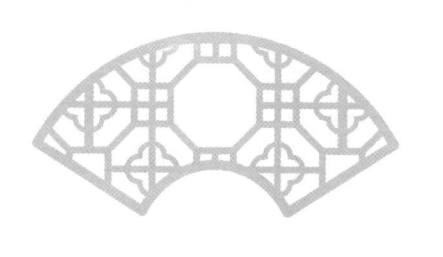

谈《古诗十九首》之时代问题

——兼论李善注之三点错误

我以为这十九首诗，很可能是东汉之时，班固傅毅以后，较建安曹王略早的一个时代的作品。

　　自从我在教育电视台担任播讲《古诗十九首》以来，常有一些听众和朋友们问及我所用的教材，而我却只是每周随时整理一些材料，随时播出，并没有成系统的教材可供大家参考或采用，因思何不将所播出之一部分材料整理写出，以答复诸听众友人之询问，既可以充教材之用，又可免个别作覆之劳，遂草为此文，但因为时间及篇幅之限制，本文仅将所播出之材料，作一般大众化之叙述写出，并非考证之专著，乃先作此简短之说明。

　　提到《古诗十九首》，首先要说明的，乃是将这十九首诗视为一组诗的源起，原来在齐梁之间，流传着一些汉魏以来的古诗，据钟嵘《诗品》所云"……陆机拟十四首……其外四十五首……"的话来看，则当时钟嵘所见的古诗，至少当有五十九首之多，而《昭明文选》则选录了其中的十九首编为一组，列于卷二十九《杂诗》上，统名之曰《古诗十九首》，自此以后，其他诸诗虽渐有亡佚，而此十九首诗，乃独流传千古，成为了我国五言古诗的最早期最成熟的代表作品。而五言之句式实为我国旧诗之基本句式，因此这十九首诗之谋篇、遣辞、表情、达意的各种方式，也就给予了我国旧诗以极深远的影响。然而一两千年以来，关于这十九首诗的时代与作者之问题，却始终未能获得一个确切一致的结论，这真是一件极可遗憾的事。

关于这十九首诗的时代问题，其所以引起后世许多纷纭歧异之争辩的缘故，那便是因为从最早提到这些诗的人，他们的说法和看法就是不尽相同的，现在我先举出几种最早而最重要的说法：

一、刘勰《文心雕龙·明诗》篇云："至成帝品录，三百余篇，朝章国采，亦云周备，而辞人遗翰，莫见五言。……《古诗》佳丽，或称枚叔，其《孤竹》一篇，则傅毅之辞，比采而推，两汉之作乎。"

二、钟嵘《诗品》上《古诗》："陆机所拟十四首，文温以丽，意悲而远，惊心动魄，可谓几乎一字千金。其外'去者日以疏'四十五首，虽多哀怨，颇为总杂，旧疑是建安中曹王所制。"（莹按《文选》载陆机所拟古诗十二首，其中十一首皆见于十九首中；又《诗品》所云其外四十五首之"去者日以疏"及"客从远方来"等句，亦并见十九首中。）

三、《昭明文选》卷二十九《杂诗》上，收《古诗十九首》。李善注云："并云古诗，盖不知作者，或云枚乘，疑不能明也。诗云'驱车上东门'，又云'游戏宛与洛'，此则辞兼东都，非尽是乘，明矣。昭明以失其姓氏，故编在李陵之上。"

四、徐陵编《玉台新咏》，收枚乘诗九首，其中有八首，皆在《古诗十九首》之内，而作者姓氏并题枚乘。

综观以上四说，前二者为最早批评到这些作品的专著，后二者为最早编录这些作品的诗集，而他们对这十九首诗的时代与作者，却有着极不一致的看法。有人以为有早到西汉景帝时枚乘的作品；有人以为有晚到东汉明帝、章帝间傅毅的作品，或者更有晚到建安时曹王的作品；有人以为兼有西汉与东汉两代的作品；有人统名之曰古诗，而不作任何时代与作者之确指。此四说中，统名古诗之一说似最为浮泛，然实亦最为矜慎，以其无一说可立，故亦无一说可击。至于兼两汉而言者，其说似最为圆通，然而如一细味此十九首诗之内容与风格，则知此种说法，实不可信，因为西汉景帝之世，乃当公元前一五六至公元前一四一年之间，而东汉建安之世，则当公元一九六至公元二一九年之间，其前后相去有三百余年之久，即使以傅毅所生当时的东汉明帝、章帝之世而言，上距西汉景帝之世，也已有二百年左右，而这十九首诗所表现的风格，却绝不像是其间相差有百年以上的作品。说到风格之为物，虽颇为抽象，然而熟于文学演进之历史的人却都知道，文学风格之演进，几乎如生命之成长一样，是与时推移，无法阻遏的一件事。即以有唐一代而论，不过二百八十余年之久，而诗风大别之已有初盛中晚之四变。又如宋代之词，此宋初期之晏欧，既迥不同乎北宋后期之周秦，南宋初期之放翁稼轩，亦迥不同乎南宋后期之梦窗玉田。又如元代之曲，初元之关汉卿、马致远，亦复迥然不同于晚元之乔梦符、张小山。这其间之差别，实在不仅是作者性格身世之不同而已，而是其用字、遣辞、谋篇、立意，乃至乎发声、协韵，种种表现之方式，都各有其不同时代之特色在，熟读各代文学作品的人，自可一目而了然于其演进之迹。而《古诗十九首》的各诗，其内容虽有种种不同，然其表现之方式，却是极为相近的，所以这十九首诗，虽然不是一人之作，而其作者之时代，却决不会相去过远。那么我们所要决定的，就是这十九首诗，究竟是哪一时代之作品的问题了。

首先我要讨论的，乃是其中一部分作品，《玉台》选录题名枚乘的问题。在前所举四书中，以徐陵《玉台新咏》之时代为最晚，据《梁书》，昭明太子生于梁天监前一年，卒于中大通三年，享年卅一岁，而昭明卒时，徐陵仅年廿五，至于刘勰与钟嵘二人，则皆生于齐代，刘氏《文心雕龙·时序》篇，且有"皇齐御宝"之言，可见其书盖作于齐代。由此看来，则时代较徐陵为早的人，尚不敢大胆肯定其中有枚乘之作，而只说："或称枚叔。"（按叔乃枚乘之字）可见此一说法，原来就不为当时的人所采信。所以昭明乃统名之曰古诗。钟嵘且以为有晚到建安之作，而且明白地在《诗品·序》中说过"王扬枚马之徒，词赋竞爽，而吟咏靡闻"的话。凡此种种，都足以证明，当时一些态度较为矜慎，且较有识见的文士们，固早已对枚乘之能有如此成熟的五言诗作，表示怀疑不可信了。再者，我们就《玉台新咏》之编选的态度来看，如其序文"本号娇娥，曾名巧笑"之伪托，以及"往世名篇，当今巧制，……选录艳歌，凡为十卷"之言，其轻率与不负责之态度已可想见，因此其题名枚乘之说，也就使人觉得不可采信了。最后，我们再就中国五言诗之成立而言，我们试看一看，今日所传下来的西汉的可信之作，如《汉书·苏武传》所载之《李陵别歌》，原来仅不过是骚体之短歌（按世传之苏李赠答之五言诗实不可信，早自刘勰《文心雕龙》、颜延年《庭诰》，便已疑其为伪，讫梁启超《汉魏时代之美文》一文，辨之已详，兹不具论）；又如《汉书·外戚传》所载之《戚夫人歌》，及李延年《佳人歌》，也都不是通体完整的五言诗；至于《铙歌》中的《上陵》一篇，及《汉书·五行志》所载之成帝时民谣，这两篇虽然是通体五言之作，然而就其句法之简率质拙来看，实在仅可为五言之句，而却绝非成熟之五言诗。如此说来，而谓早在汉景帝时，便已有了枚乘所写的极成熟谐美的五言诗，这是极不可信的事。所以《文心雕龙·明诗》篇说："至成帝品录，三百余篇，朝章国采，亦云周备，而辞人遗翰，莫见五言。"这正是诸家不肯轻于采信枚乘之说的缘故。而且我们再试看一看晋陆士衡及宋刘休玄的拟古之作，就会发现他们所拟的古诗，其中都有《玉台》题名枚乘之作，而陆刘两家拟作，皆但取古诗首句为标题，而并不云拟枚乘，可见较齐梁更早的人，就并不信枚乘之说了。

第二，我们就要谈到傅毅与曹王之二说了。就今日所传与傅毅同时的班固之作品来看，如班固的《咏史诗》，其"三王德弥薄，惟汉用肉刑"之句，是何等近于散文的质拙语法，所以《诗品·序》即指班固之作为"质木无文"；而傅毅之文才，从魏文帝《典论·论文》所说的："傅毅之于班固，伯仲之间耳，而固小之"的话来看，则傅毅似乎也不是能写出如此谐美之五言诗的人物。而且除了《文心雕龙》继"或称枚叔"以后，一句不十分肯定的"《孤竹》一篇，则傅毅之辞"的说法以外，他人既并无傅毅之说，傅毅也未尝传有其他五言之作，所以傅毅之说，也是不可信的。至于曹王之说，则就其风格而言，似乎又嫌时代太晚了一点，因为曹王诸人，对于诗歌之写作，已有极浓厚之文士习气，其为诗已经不免于"有心为之"的"作意"，而且已经逐渐注意到辞采之华美，往往流露有夸饰之迹，这与《古诗十九首》的"结体散文，直而不野"的风格，是并不相合的。而且如果曹王果有此等作品，则魏文帝《典论·论文》及其《与吴质书》等，诠衡当时文士的论评中，也不会全无一语及之，所以此说之不可信，亦复极为明显。

那么，这十九首诗，究竟是哪一时代之作呢？如果就这十九首诗的风格作直觉的判断，我的意思以为该是傅毅班固以后，建安曹王以前东汉的作品，而且其中并无西汉之作。然而，历代以来，却一直有一些人，为了这十九首诗的东西汉之时代问题，而互相争辩着，因此我们不得不略举各家之说，然后再加以按断。

主张这十九首诗为东汉之作的，其重要之说，约有以下数种：

一、十九首之用字，有触犯西汉惠帝之讳"盈"字者，如"盈盈楼上女""盈盈一水间""馨香盈怀袖"等，屡用"盈"字，不加避讳，故当为东汉之作（顾炎武《日知录》）。

二、促织之名，不见于《尔雅》《方言》等书，至汉末纬书，始见此名，故当为东汉后期之作（徐中舒《五言诗发生时期的讨论》）。

三、洛阳之"洛",西汉人书中多作"雒",据《魏略》及《博物志》,谓汉于五行属火,忌水,故改"洛"为"雒",至魏始复原字,而十九首之"游戏宛与洛",乃作"洛"字,故当为汉魏之间人所作(胡怀琛《古诗十九首志疑》)。

而主张此十九首中,有西汉之作的人,则也举出各种理由,来驳斥以上诸说:

一、西汉人之作品中,亦有不避"盈"字者,如贾谊《陈政事疏》之"怨毒盈于世"、邹阳《狱中上书》之"死士盈朝",皆为西汉人作,而并皆不讳"盈"字。

二、西汉人所作辞赋,其中鸟兽之名,即有不见于《尔雅》、《方言》者,盖缘我国地大物博,草木鸟兽之异名,《尔雅》《方言》岂能遍载。

三、据段玉裁《说文》水部"洛"字注云:"雍州洛水,豫州雒水,其字分别,自古不紊,……"后人书豫水作"洛",其误起于魏,裴松之引《魏略》曰:"黄初元年,诏以汉火行也,火忌水,故洛去水而加隹,魏于行次为土……土得水而柔,故除隹加水,变雒为洛,……自魏人书雒为洛,而人辄改魏以前书籍,故或至数行之内,雒洛错出,……"据此知"雒""洛"二字,自魏以来,多有人妄改之者,焉得依以立说(以上三说见《古诗十九首集释考证》)。

综观此反驳之三说,虽亦言之成理,然而实在细按起来,则此诸说,都不过仅为消极之反证,既不能据此以必其然,则又安能据此以必其不然,所以如果只有这些证明,则《古诗十九首》

之时代，恐怕早已由主张全为东汉之作的一说获得定论了。

然而一千多年以来，这十九首诗，却一直纷争不已于东西汉之间的缘故，那便因为自李善之《文选·古诗十九首注》，便把我们引入了一个迷途。我在前面，已曾经引过李善的一段话，说："诗云'驱车上东门'，又云'游戏宛与洛'，此则辞兼东都。"这段话原是对的，但李善却不敢据此以其必无西汉之作的缘故，那便因为李善认为《古诗十九首》之第七首，用的乃是武帝太初改历以前，西汉初年历法的缘故，现在我把原诗及李善注，分别抄录于后：

《古诗十九首》之七：明月皎夜光，促织鸣东壁，玉衡指孟冬，众星何历历。白露沾野草，时节忽复易，秋蝉鸣树间，玄鸟逝安适。昔我同门友，高举振六翮，不念携手好，弃我如遗迹。南箕北有斗，牵牛不负轭，良无磐石固，虚名复何益。李善注：《春秋运斗枢》曰：北斗七星，第五曰玉衡。《淮南子》曰：孟秋之月，招摇指申。然上云促织，下云秋蝉，明是汉之孟冬，非夏之孟冬矣。《汉书》曰：高祖十月至霸上，故以十月为岁首。汉之孟冬，今之七月矣。

这首诗乃是感时物之变易，伤友道之不终之作，此一点本文不暇详述，而其引起问题的，乃是因其所写为孟秋之景，而诗中却有孟冬之言。关于这一点，李善之说，初看起来，似颇为言之成理，他的意思是以为《汉书》所云"高祖十月至霸上，故以十月为岁首"，乃是把夏历之十月当作正月，一如三代之改历者然，如是，则汉之正月乃是夏之十月，汉之二月乃是夏之十一月，依此推算，则汉之孟冬十月乃正当夏之孟秋七月矣，如此，一直到汉武帝太初元年改订历法，始复以夏之正月为岁首。此诗有孟冬之言，而所写乃孟秋之景，故此诗如就李善所说的历法来看，则定然该是汉武帝太初改历以前的作品了，这就是一千多年来，大家都不敢断然否定此十九首中有西汉之作的缘故。

但是，仔细察考起来，则李善之说，实在有极大的三点错误：第一、李善以"玉衡"与"招摇"混为一谈，此其错误之一；第二、李善以为孟冬乃指季节而言，此其错误之二；第三、李善以为汉初之改历，乃是将夏历之十月改称为正月，此其错误之三。今分别将此三点错误，辨正说明于后：第一、我们先要弄明白北斗七星的名称，及其所指之方位与历法的关系。北斗一共有七星，据《春秋运斗枢》云："斗，第一天枢，第二旋（按即天璇，又作天璿），第三玑（按即天玑），第四权（按即天权），第五衡（按即玉衡），第六开阳，第七摇光，则招摇也，第一至第四为魁（按乃斗之首也），第五至第七为杓（按杓音标，谓斗之柄也）。"以上为七星之名称，至于七星所指之方位与建历之关系，则据《史记·天官书》云："北斗七星，……用昏建者杓，……夜半建者衡，……平旦建者魁。"所谓"建"者，建历之所据也，按《天官书》所云，乃谓昏时观测北斗，则以杓（即斗柄最后一星，名招摇者）所指之方位为依据，而夜半观测，则以衡（即第五星玉衡）所指之方位为依据，平旦观测，则以魁（即斗首第一星，名天枢者）所指之方位为依据。而天上则分有子、丑、寅、卯、辰、巳、午、未、申、酉、戌、亥之十二方位，寅为孟春之方位，卯为仲春之方位，……其他由此类推。而一般建历，则以昏建为准，如昏时斗杓指在寅之方位，则为孟春之月，昏时斗杓指在卯之方位，则为仲春之月，……如此类推。故《淮南子》所云"孟秋之月，招摇指申"者，其意乃为孟秋之月，如依昏建之法观测，则斗杓（即招摇）当正指在申之方位也。然而如在夜半观测，则知虽同在孟秋之月，而其指在申之方位者，乃不为招摇，而为玉衡矣，所谓"夜半建者衡也"；如在平旦观测，则指在申之方位者，又不为玉衡，而为天枢矣（天枢即魁之第一星），所谓"平旦建者魁也"。盖因地球有自转与公转之运行，故如在每日之同一时刻观测，则斗所指之方位，因地球之公转而每日不同，一月之久，则已自此一方位，移至彼一方位矣，但如在同一夜之间观测，则斗所指之方位，乃因地球之自转，而每时不同，由昏时，而夜半，而平旦，而斗之方位，因时刻之不同，亦数移易矣。所以此诗中所云"玉衡指孟冬"，其"孟冬"二字，实在并非指四时之季节，而乃是指天上十二方位中，相当孟冬的"亥"之方位。如果在夏历孟冬之月，则昏时杓所指者，固正当为"亥"之方位，然而如果在夏历孟秋之月，则在夜半至平旦之间，当斗魁（即天枢）逐渐移指孟秋申之方位时（所谓平旦建者魁也），而玉衡乃正逐渐移转至孟冬亥之方位矣，此种景象，在秋宵之夜空，固属历历可见者也，所以此句"玉衡指孟冬"云云，实在乃是写秋宵静夜之深，而并非写四时季节之易，其理实至为简明。而李善既混"招摇"与"玉衡"为一谈，又不明此句中"指孟冬"三字之意，不以方位释孟冬，而以季节说孟冬，于是与全诗所写孟秋之景，乃大相扞格，乃又不得不强用汉初"以十月为岁首"之说以释之，于是乃又陷入另一更大之错误中。盖高祖至霸上，以十月为岁首之事，与三代之改历，实在并不尽相同，原来汉初之以十月为岁首，乃是仅仅把十月当作一年的开始，而其季节与月份之名称，则未尝改易也。所以《史记》《汉书》于太初以前之诸帝本纪，每年皆以冬十月为始，虽以之为一年之始，然而于时与月则仍称为冬，且仍称十月也。所以王先谦《汉书补注》，于高祖元年叙事至"春正月"时，乃注曰："秦二世二年，及此元年，皆先言十月，次十一月，次十二月，次正月，俱谓建寅之月为正月也，秦历以十月为岁首（按汉初即沿用秦历仍以十月为岁首），汉太初历以正月为岁首，岁首虽异，而以建寅之月为正月则同，太初元年正历，但改岁首，未尝改月号也"，此其言可为明证。李善不察，而遽谓"汉之孟冬，今之七月"，其荒谬已甚，所以李善的说法，根本不可采信。如此，则主张此十九首中为有西汉之作的一条最有力的证据，也被推翻了。

因此，我们可以下一个结论，那就是无论就其所表现之风格，做主观的评断，或者就其所用之词字地名等，做客观之评断，这十九首诗，都当为东汉之作，而不可能是西汉之作。而且这十九首诗中所表现的一部分及时行乐的消极颓废之人生观，更大似东汉鼓吹之乐，所以铙歌以为军乐其体，毫可能是东汉之时，班固傅毅以后，我辈考证那每一个时代的作品，这逐来是一个比较可信的说法。

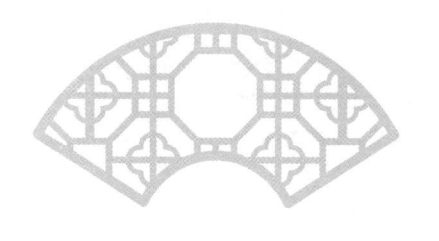

一组易懂而难解的好诗

《古诗十九首》的文字虽极为简单平易，而所引起的解释则是人各一词，众说纷纭，这正是一组最可作为代表的易懂而难解的好诗。

　　在开始正文以前，首先我要说明在标题中所用的"懂"与
"解"两个字，实在并无深意，"懂"就是明白懂得的意思，"解"
则是分析解说的意思。我之取用了这一个标题，完全只是因为我
教书二十多年以来一点甘苦自得的体验而发。根据个人的教书经
验，我以为诗可以分作四类：其一是易懂也易解的诗，如元稹的
《上阳白发人》、白居易的《新丰折臂翁》，这些诗不仅在字面上没
有生字难词，可以使"老妪都解"，就是在内容方面，对其所吟咏
的情事，也是不难加以明白确指极易解说的，这一类诗我们姑且
把其艺术价值置而不论，至少以教书而言，我以为乃是最为容易
讲解的一类诗；其二则是难懂而易解的诗，如韩愈的《南山》诗、
卢仝的《月蚀》诗，这些诗中充满了难字怪句，看起来非常难懂，
要讲这些诗，一定要费许多时间为那些生难的字句翻检字典和辞
书，可是在内容方面则并无什么深意可资探寻和解说，这一类诗
也许有某一些对奇险有偏好的读者会认为也不失为艺术上另一方
面之尝试和成就，但就我个人而言，总以为讲这一类诗费力甚多
而所得甚少，好像颇不合算的样子；其三则是难懂也难解的诗，

如李白的《远别离》、李商隐的《燕台》诗，这些诗不仅在字句方面一看之下就使人觉得闪怪变幻难于把捉，讲解起来更是情思幽邈，歧义妙解，众说纷纭，使人难以明言其意旨之究竟何在。这在教书而言，是很难解的一类诗，然而寻幽探奇虽艰难曲折也自仍有其一份乐趣在，以我个人而言，对这一类诗就是颇有着一些偏爱的；其四则是易懂而难解的诗，这一类诗，我以为也可以分别为两种，从字面之明白浅显言，其使人易懂虽是一样的，可是在内容方面使人难解的原因就不尽相同了。一种使人难解的原因是由于内容所蕴蓄的深远幽微，使人难以为其意蕴加以界说，则读者纵使颇有会心，也难以言语来解说表达，如陶渊明《饮酒》诗"结庐在人境"一首的"此中有真意，欲辩已忘言"可以为代表；又一种使人难解的原因则是由于语意与语法的含混不清，造成一种模棱两可的现象，使人难以确指其含意究竟何在，如李后主《浪淘沙》"帘外雨潺潺"一首之末二句"流水落花春去也，天上人间"之"天上人间"四字可以为代表。这二种易懂而难解的诗，都是看似浅明，而极难解说的，而以艺术价值言，则这一类易懂而难解的诗却又往往有极高的成就，因为这一类诗以表现而言，其写作态度往往最为真挚诚恳，丝毫没有逞强立异争新取胜的用心，而意蕴方面则又深微丰美，使人有取之不尽、用之不竭的感受，《论语》有言曰："仰之弥高，钻之弥坚，瞻之在前，忽焉在后。"这是很值得我们研赏的一类诗，因此我很想为这一类诗寻出一种解说上的基本原则来，这是我所以要想选择一组易懂而难解的诗来加以解说的缘故。当然我原可以做自由之选择，如前所举之渊明诗及后主词都可作为此一类诗之例证来加以分析解说，然而我现在所选取的则是较之渊明诗和后主词年代更早也更有系列的一组诗，因为我以为这一组诗同时可以代表前面所举的易懂难解之诗的两种类型，无论在内容之深微丰美及语意之含混模棱方面，都值得我们将之作为例证来加以讨论分析，这一组诗就是在中国文学史上一向被人目为评价最为高卓而解说也最为纷纭的一组诗——《古诗十九首》。

关于《古诗十九首》之时代与作者的问题，自齐梁以来早就有着许多不同的说法，我以前曾经写过一篇短文《谈古诗十九首之时代问题》（原发表于《现代文苑》二卷四期，已收入本书），因此在本文中不拟再加赘述，而且，这一方面的考证也不是本文的重点所在，总之，我以为这十九首诗乃是东汉之世的作品，作者虽时代相近然而却并非一人，其姓名也早已不可且不必确指，而各诗所咏之内容，也并无一定之次序，更无任何关联或一贯性之可言，然而如果以艺术价值来衡量，则这十九首诗却又确实有着艺术境界上某种成就之一致性。

先从内容方面来说，我以为诗人所写之内容，就其深浅广狭而言，可以分为二类，一种是属于共相的，一种是属于个相的，王国维《人间词话》评后主词云："后主之词真所谓以血书者也。宋道君皇帝《燕山亭》词亦略似之，然道君不过自道身世之戚，后主则俨有释迦基督担荷人类罪恶之意，其大小固不同矣。"有人从字面上来吹求，说后主既非宗教家，又本无救世救人之意，如何可以将之比作释迦基督？又如何能说他有担荷人类罪恶之意？

其实这是误会了王国维的本意，王氏的本意只是以释迦基督来做一种借比，他的本意乃是说后主所写的词好像能写出千古人类所共有的某种悲哀，而道君皇帝所写的则只是一己小我个人之悲哀而已。如道君皇帝之《燕山亭》词，他所写的"裁剪冰绡，轻叠数重……院落凄凉，几番春暮……万水千山，故宫何处"，似乎都只是属于个相的外表的事迹，而后主《虞美人》词所写的"春花秋月何时了，往事知多少"与《乌夜啼》词所写的"林花谢了春红，太匆匆"则是所有有情之人所共有的伤今怀往的哀伤，与所有有生之物所共有的生命短暂的悲愁，也就是说后主所写的情意境界乃是属于共相的。其所以能呈现为人类情感上之某种共相，我以为乃是由于他能写出人类感情活动的某种基型的缘故。而且这种感情往往乃是人所同具的最原始最基本的感情。以《古诗十九首》而言，其所以能享有千古常新的高卓之评价者，也就正因为它们所写的乃是千古常新的人类最根本的感情之基型的缘故，虽然《古诗十九首》之内容并不尽同，但无论其所写的是离别的怀思，是无常的感慨，是失志的悲哀，总之它们所表现的乃是人类心灵深处最普遍也最深刻的几种感情上的基型，因此在意蕴方面，这十九首诗可以说得上是经得起千古所有人类的无尽的发掘，而都能对之引起共鸣的，而意蕴愈普遍深微的作品，也就愈难以外表浮浅的事迹来加以解说界定。这种意蕴当然与渊明诗的"此中真意"并不相同，因为十九首所写的乃是人与人间感情的共相，而渊明诗所写的"真意"则是人与自然间精神的交融，其内容当然不同，然而由于意蕴之难以界定，而使读者对之感到易懂而难解的一点则是相同的，这是欣赏《古诗十九首》所当具有的第一点认识。

其次再就语法与语意之含混模棱而言，西方文学批评界对这方面之研究已经建有相当之体系，最著名的如威廉·恩普逊（William Empson）所著之《七种暧昧的类型》（*Seven Types of Ambiguity*），他把诗歌的语意与语法之含混模棱的现象标举出七种暧昧的类型，最近哈佛大学的梅祖麟先生也曾因恩氏之启发而写了一篇分析中国诗的文章，标题为《文法与诗中的模棱》，文中分七节来讨论唐诗律绝中的模棱与假平行的各种现象。其实无论东方或西方的诗歌中都有此种含混模棱的现象，而且其语意与语法的变化甚多，很难以少数几种类型来归类，但是承认诗歌中可能有此种含混模棱之现象的存在，此一认识则是极为重要的，而且此种现象往往也正是造成一篇伟大作品的重要因素，因为正是这种含混模棱的语意与语法，有时却使得作者与读者之意念的活动范畴都更加深广丰富起来。过去传统的批评界一向缺乏此种认识，因此传统的批评总是想努力把一首诗加以最为拘限的界说，而且各是其所是，对一切不合一己之见的说法都妄加排斥，这是一件极可憾惜的事。我以前曾写过一本《杜甫秋兴八首集说》，从这本书中所收集的资料，就可看出在三十五种不同的注本中，对杜甫这八首诗有着何等纷纭歧异的解说，而综合起来一看，就会发现这种种不同的解说在杜甫诗句中原来都有着相当的可能性，而如果想要择一固执把其他说法都一概抹煞，则反而是愚拙而浅薄的看法了。有了这种认识，我们在对诗歌加以解说时，就可以有若干方便，而不会再犯固执拘限的毛病了。我在前面已经说过，诗歌中含混模棱的现象，变化甚多，如果就其外表来归类，乃是一件极为琐复的事，但如果从其根本的来源来归类，就比较简单得多了，我以为诗歌之所以引起含混模棱的现象可以有三种因素：其一、由于表现的工具——文字的念法与语意所能引起的解释之分歧。其二、由于表现的内容——作者心中之意识的活动之难以确指。其三、由于表现的效果——读者心中所能引起的感受与联想之反应的不同。我在前面所举的后主词之"天上人间"一句，其所以引起含混模棱之现象，主要乃是因为语法之不够完备，因为这一句中的四个字，实在只有两个名词，一个是"天上"，一个是"人间"，要想加以解说，势必要在这两个名词之外，更加以若干补足的述语，这些述语如何加在上面，当然就未免仁见智各有不同了。至于《古诗十九首》之所以造成若干含混模棱的现象，则分别具有前面所说的三种因素，有时且是二种或三种因素的混合，因此承认这些含混模棱的现象，乃是欣赏《古诗十九首》所当具有的另一点认识。

前面我曾说过，《古诗十九首》虽非一人之作，然而在艺术价值上，却有着某种成就之一致性，其成就即在于从内容方面而言，其意蕴之深微普遍既最近于人类感情方面的几种最根本的基型；而从表现方面而言，其语意与语法之含混模棱，又最为丰美而富于变化，因此《古诗十九首》的文字虽极为简单平易，而所引起的解释则是人各一词，众说纷纭，这正是一组最可作为代表的易懂而难解的好诗。自齐梁以来，对这十九首诗加以评注解说

的著作已有很多，除了对作者及时代的考据之说不算以外，对于
内容方面的解说大抵是想对之从外表的事迹来加以界定者多，而
从感情之基型来加以推演者少，现在就让我们试从一个新角度兼
采各家之说，从多种解说之歧义中来对其所蕴含之感情的基型一
作探寻的工作。在此有一点我必需声明的，就是此文并非考证专
著，因此除了特殊的解说我标明了出处以外，至于一般性的解说，
为了避免繁琐，我并未一一注明出处，这是要请读者谅解的。

其一

　　行行重行行，与君生别离。相去万余里，各在天
一涯。道路阻且长，会面安可知。胡马依北风，越鸟
巢南枝。相去日已远，衣带日已缓。浮云蔽白日，游
子不顾反。思君令人老，岁月忽已晚。弃捐勿复道，
努力加餐饭。

这首诗当然一望而知乃是一首写离别之情的诗，昔江淹《别
赋》有云："黯然销魂者唯别而已矣。"别情正是一般人类所共有
的一种感情经验，但虽为人类共有之情，其表现于诗歌之作品中
却也仍有着共相与个相之不同。例如柳永《夜半乐》词之"冻云
黯淡天气，扁舟一叶，乘兴离江渚……到此因念，绣阁轻抛，浪
萍难驻"，其别情就是属于个相的；而此一首古诗所写的"行行重
行行，与君生别离"，其别情则是属于共相的。属于个相的作品，

对于时间、空间，与夫事迹、人物，大概都有着比较可以界定的叙述，如前所举的柳永之《夜半乐》一词，我们可以从"冻云"一句，知其时节；从"江渚"一句，知其地点；从"扁舟"一句，知其为水路而非陆路；从"绣阁轻抛"数句，知其为远行人之口吻而非送行人之口吻，为男子之口吻而非女子之口吻。可是现在我们所要研究的这一首"行行重行行"的古诗则不然了，这一首诗不仅没有写出明确的时间和地点，甚至连它是远行人的口吻或送行人的口吻，是男子之口吻或女子之口吻，亦复难于确定，因此历代解说这首诗的人也就有了许多纷纭不同的说法，有人以为是逐臣之辞，有人以为是弃妇之辞，有人以为是行者欲返而不得之辞，有人以为是居者怀人而不见之辞。如果把这首古诗与柳永的那首《夜半乐》词相较，则柳永那首词对读者所能唤起的共鸣乃是有限度的，而这一首"行行重行行"的古诗所能唤起的共鸣则是无限度的，那就是因为这首古诗所写的不是外表的个相，而是人类心灵中之某种情感活动之共有的基型的缘故。因此，时无分古今，地无分南北，人无分男女，事无分远行与送行，遂都被包容于此种基型之中，而同被其感动而唤起共鸣了，陈祚明《采菽堂古诗选》评《十九首》云："人人读之皆若伤我心者。"就正是因为这一种道理，如果以为这一首诗之多歧解是它的短处，或者妄想要固执一端而蔑弃其他的说法，那就未免浅之乎视此诗，同时也就不能体会这首诗真正的好处所在了。

现在我们先从第一句"行行重行行"看起，这一句五个字全用平声，如果绳之以后世声律之说的四声八病的限制，则这一句诗竟可以说是通身是病了，然而我们读起来却不但未尝觉得有任何违拗哑涩之感，反而觉得就恰好正是这五个字才真正写出了我们离别之时所共有的一份感觉和声音。而我们试一分析就会发现原来这五个字中乃竟有四个字是相同的，其实这一句诗原来就只是"行行"一个叠字动词的重复，中间一个"重"字也只不过是点明此一重复之动态的字样而已，所以这五个字在意象上所呈现的原来就是一片基本的离别的动态，而且无论以远行人而言、以送行人而言，都是同样真实的。从远行人而言，渐行渐远，当然是"行行重行行"；从送行人而言，则目送去者之渐远，其动态也依然是"行行重行行"，何况这五个字除了意象上呈现着一片离别之基本动态而外，声音上的五个平声字，所予人的也一样是一逝不返有去无还的感觉，而这五个字又何其简单何其平易，何其朴质而自然，完全没有丝毫安排雕饰的用意存在于其间，昔庄子有"天籁""人籁"之说，如果说后世声律谨严的有心用意之作是"人籁"，则这五个字就正近于所谓"天籁"了。

次句之"与君生别离"也是一句极平易的句子，然而却写出了千年万世之人所共有的离别的哀伤，昔《楚辞·九歌》有句云："悲莫悲兮生别离。"杜甫《梦李白》诗亦有句云："死别已吞声，生别常恻恻。"在人世间，我们所经历的最普遍最不可避免的悲苦莫过于离别，而离别又可分为"死别"与"生离"二种。观夫《楚辞·九歌》及杜甫《梦李白》诗所写的当然都是与"死别"相对的"生离"，生离之所以异于死别，或者说生离之悲苦之所以更甚于死别者，我以为可以分为二点来说：第一，死别之形成乃是完全由天而不由人的一件事，对于这种无可挽回的生命的终结，我们虽然有着极怨深悲，然而另一方面却也有着莫可奈何而只好一意担荷承受的死心塌地的感觉；第二，死别乃是另一对象的完全消逝，当此事初一发生时，感情之另一端骤然落空，我们自然极感痛苦，然而日往月来，天长岁久，没有对象的怀念，自然也就会因其一端之落空而渐趋淡忘了。至于生离则不然，第一，生离乃是并不完全由天而也可以由人的一件事，如果相爱之二人，其中一人之生命已不复存在，那当然无话可说，如果二人都同时仍存在于人世，那么同时存在于人世的两个相爱的生命，为什么竟然不能同居共处，而要造成离别的悲苦呢？这是生离较之死别使人更觉有所不甘的一点；再者，生离的对象并未自人间消逝，只要所爱之对象一日尚在人间，则二人重见的希望，便一日不甘弃舍，如此则有生之年尽是相思之日。死别是顿断之后逐渐可以放开的，而生离则是永无断绝的悬念怀思，这是生离较之死别使人更觉难于舍弃的又一点。证之于《红楼梦》中宝钗把黛玉之死告诉宝玉使之一恸决绝，然后可以安心养病的话，则生离较之死别之更为不甘，更为难舍，当属可信。然后再回头来看这一句古诗"与君生别离"，"与君"二字是何等亲切的关系，"生别离"三字又是何等无奈的口吻，其不甘与难舍之情岂不跃然纸上。而除此之外"生别离"三字还更有另一种解释，那就是不把"生"字看作与"死"对举的死别生离之意，而把"生"字解释作"硬生生"的"生"字之意，如马致远《汉宫秋》剧之"锦貂裘生改尽汉宫妆"及《雍熙乐府》无名氏《端正好赶苏卿》一套之"本是对美甘甘锦堂欢，生扭做悲切切阳关怨"，便都是把"生"字作"硬生生"的意思来用的，如按此意，则"与君生别离"一句，乃是说我与你硬生生被别离所拆散之意，似乎也更有着一种激动强烈的不甘之感。所以吴淇之《古诗十九首定论》，就采用此一解释说："生字当解做生熟之生，犹云生生未当别离而别离也。"这种解说也未尝不好，只是我们不要忘记十九首乃是汉代的诗，而"生"字之被用作"硬生生"的意思，则似乎乃是唐宋以后的事，所以此句"生别离"三字，当然仍以其他注家所采用的《楚辞》之"生别离"的解释，指死别生离之意为是。而将之解作"硬生生"之意，则只是后世读者之一种联想而已。然而就文学之欣赏而言，则此种联想可以使原诗之意境更为丰富多彩，则也未始不可承认其可以有此一种想法和感受的存在。

接下去"相去万余里，各在天一涯，道路阻且长，会面安可知"四句，则是从临分手时的"生别离"之深悲极苦的感情中一路接写下去，一句较之一句为遥远，一句较之一句为绝望，从渐行渐远的日益加长的万里的距离，到天涯阻隔人各一方的清醒的认知，然后因此种认知再转回头来更作重逢会面的遥想，才发现中间的阻隔竟然已经是无法迈越的了。这里的"道路阻且长"一句，"阻"字是一层隔绝，"长"字是又一层隔绝，如果路虽险阻而并不遥远，那么以一个有情之人，也许终能胜过险阻而达成见面之望；或者路虽遥远而并不险阻，那么只要有见面的决心，也必能跨越长远的距离而有相逢之一日，然而在此处所说的既"阻"且"长"的双重隔绝之下，则纵使是一位有情之人，而人力微弱，年命几何，于是重逢再见的希冀乃终于落入于绝望的地步，所以乃有以下"会面安可知"一句的充满相思之苦与绝望之悲的哀吟叹息。这四句诗，无论对行者而言，或对居者而言，其哀伤之情都是同样真实也同样使人感动的，因为这四句所写的由离别而造成的距离与怀想，也正是千古人类所共有的一种感情之基型的缘故。

下面的"胡马依北风，越鸟巢南枝"二句，则于抒情叙事的绝望哀吟中，突然荡开笔墨，插入了两句从表面看来与上下文似都不相连贯的比喻。这种写法乃是古诗及汉魏乐府的一种特色，如《饮马长城窟行》之"青青河畔草，绵绵思远道"一首，也是一路叙写离别相思之苦地写下来，然后却突然于抒情叙事的半途中骤然停顿，而接下去"枯桑知天风，海水知天寒"二句，望之与上下文似皆不相衔接的比喻，全不做指实的说明，因之乃可使读者生多方面的联想，做多方面的解释，于是而使前面所叙写的情事蓦然都有了回旋起舞的一片空灵之感，这是文学创作中极高的一种手法。而尤其可贵者则在于古诗乐府的此种比喻多半所取材的都是人世间某种极自然之现象，如《饮马长城窟行》之"枯桑知天风，海水知天寒"二句，及这一首古诗之"胡马依北风，越鸟巢南枝"二句，都只是大自然界的某一种不假人力不加思索而本然原有的自然现象，以这种现象来做比喻，姑不论其所比喻的意思究竟何指，总之，在直觉上已经先能予读者一种恍如定命的无可奈何的必然之感了。而另一方面，此种比喻却又可由多方面之联想做多方面的解释，这是极深刻极丰美而同时又极自然极质朴的一种比喻手法。"枯桑"二句，因为并非本文所要讨论，姑置不谈。现在我们只看这一首古诗的"胡马"二句,这二句比喻虽极自然简明,然而其所能引起读者的联想则是极为丰富的,我们先从这二句诗的出处来看,就可以分为二种不同之喻意:其一,李善《文选注》引《韩诗外传》云:"诗曰'代马依北风,飞鸟栖故巢'皆不忘本之谓也。"而这"不忘本"的意思,则又可以分作不同的二方面来看:如果从行者的一面来看,则此二句当然乃是正面写远行之人的不忘本的思乡念旧之怀思;而如果从居者的一面来看,则此二句乃是反面的喻意,谓胡马尚且向北风而依恋,越鸟亦且向南枝而巢宿,物皆怀旧,则彼游子岂不思乡乎。这是采用《韩诗外传》为说所可能引起的二种解释;其二,《吴越春秋》亦有"胡马依北风而立,越燕望海日而熙"之言,则乃是取用"云从龙,风从虎"的一种同类相求的用意,如用此说,则此二句诗乃是写凡物皆有其所相依不去的归附,所以胡马尚依北风越鸟亦巢南枝,然而我与君乃是同心相爱之人,如何乃竟然别离至如此之久远而不能互相依投归属乎?这是又一种解说。而除了此二种"不忘本"及"同类相求"的取意以外,另外还有一种说法,就是把上面的二种出处及取意都抛开不论,而只从字面来看,则胡马与越鸟,一北一南,所予人的也自有一种南北暌违的隔绝的直感。隋树森《古诗十九首集释》引纪昀曰:"此以一南一北申足'各在天一涯'意以起下相去之远。"就是从这二句一南一北之暌隔的直感来做解说的。只是纪昀却想以这一种说法抹煞其他的各种解说,谓"胡马二句有两出处,一出《韩诗外传》,即善所引不忘本之意也;一出《吴越春秋》……同类相亲之意也,皆与此诗意别，注家引彼解此遂致文意窒碍"。这种固执一端的说法，就未免过于狭隘了。总之，此二句比喻所予读者之意象极为简明真切，有一份命定的必然之感，而其所可能引起之联想却又极为丰富变化，有行人念旧之思，有居人对行人不念旧之怨，有相爱之人不得相依共处的哀愁，有南北睽违永相阻绝的悲慨。而从表面看来，则又是与上下文全然不相衔接的两句突来之喻象，使全诗至此忽然起了一阵回旋动荡的姿致，却又同时有承转变化的许多妙用，这真是神来之笔的二句好诗。

下面"相去日已远，衣带日已缓"二句，则从回旋动荡之悬空的比喻中，又返跌回真真切切的现实来，是则无论前二句胡马及北风之取喻为何，纵使有不忘本之心，纵使有同类相亲之愿，纵使有不甘睽违的悲慨，总之，相去日远、衣带日缓乃是相离别以后之无可挽赎的事实。这一返跌原来就极为有力而且惊心。而又遥遥与前面"相去万余里"数句呼应承接，更且不避重复地同样用了"相去"两个字，但又非单调的重复，而是从重复之中更转进一层的写法，我们试把此同以"相去"二字为开端的两句一做比较，就会发现这二句的情意在予读者的感受上，实在有许多不同，"万里"一句虽亦有相去甚远之感，但一则"万里"所代表的只是空间，并无时间之含意，再则"万里"之"万"字虽然是个极大的数字，但毕竟仍是个有限的数字，而此句之"日已远"三个字，则其所表现的乃是除空间以外更兼有时间的双重的悲感，前一句只写空间，则万里虽远，相见未始无期，而此句之"日已远"，则以时间与空间相乘积，是则时间之久既属无期，而空间之远又更为无尽。而此句之尤妙者更在其不仅以"相去"二字,与"万里"一句相呼应,更且以"日已"二字与下一句相排偶,于是从"相去日已远"到"衣带日已缓",离人乃在时空的双重乘积下造成了相思与憔悴的同样无尽无期。柳永《凤栖梧》词之"衣带渐宽终不悔,为伊消得人憔悴",大似自此句蜕变而出,只是柳永的二句词似尚不免用力着迹,虽曰"终不悔",但毕竟已将"悔"字明白说出,则已隐然有计较之念,而此句之"日已"两个字则只是日复一日的一往无还的刻骨相思,虽然至于憔悴消瘦也依然毫无反省毫无回顾,而外表所写的则只是衣带日缓一件事实而已。无论就行者而言无论就居者而言,如此深刻坚毅的感情,如此温柔平易的表现,也都是足以使人感动的。

而就在这种使人感动的绵长久远的相思之悲苦中,下面却忽然承接了"浮云蔽白日,游子不顾反"十个字,我以为这才是这一篇诗中最使人摧毁伤痛的所在。我们从开端的"生别离"、"天一涯"读下来,一直读到前一句之"相去日远""衣带日缓"都使人觉得诗中人物虽有离别之痛,然而隔绝的只是时间与空间,至于二人之间相信爱的情意则是毫无阻隔的,如此则相去虽远相别虽久,而相思之感情永在,相见之信念长存,则虽在别离之悲苦中,也依然有着一份安慰和支持的力量,至此忽然以"浮云蔽白日"一句,使一片沉重的阴影当头笼罩下来,这真是何等难以承受的重击。只是这句诗的浮云究竟何指呢?而且被蒙蔽的又究竟是哪一方呢?李善《文选注》云:"浮云之蔽白日以喻邪佞之毁忠良。"吴淇《古诗十九首定论》亦云:"浮云比谗间之人。"是"浮云"乃指二人中间的谗毁蒙蔽，这一点在传统的注解上是相同的，至于被蒙蔽的是哪一方，则就有不同的说法了，一种是把被蒙蔽的"白日"比作被放逐的贤臣，也就是下一句的"游子"，李善注引陆贾《新语》曰："邪臣之蔽贤，犹浮云之彰日月。"以"蔽贤"与"彰日月"对举，则日月之所喻当然乃指贤臣而言，是以吴淇之《古诗十九首定论》及张庚的《古诗十九首解》，就都指明说："白日比游子。"而另一种说法则是把被蒙蔽的"白日"比作君王，饶学斌月午楼《古诗十九首详解》就采用此一说法，谓："夫日者，君众也，浮云蔽日所谓公正之不容也，邪曲之害正也，谗毁之蔽明也。"这二种说法虽不尽同，但把这首诗都看作乃是贤臣被放逐且遭谗毁而作，则是一样的。此外还更有另一说法，就是把这首诗看作乃是思妇之辞，张玉榖《古诗十九首赏析》即云："此思妇之诗……浮云蔽日，喻有所惑，游不顾返，点出负心。"是"白日"乃指游子，"浮云"则指游子在外面所遇到的诱惑。只是一个遇到诱惑就薄幸不归的游子，既不是君王，又不是被放逐而依旧忠心耿耿的贤臣，为什么仍然以光明的"白日"为其象喻呢？于是乃又有人以为白日乃是象喻游子旧日温暖的情爱之光照，于今情爱隔绝所以说浮云蔽日也，方东树《论古诗十九首》就采用此说，云："白日以喻游子，云蔽言不见照也。"看到前面这些说法，我们已可知道，这二句诗所能引起的解说是何等歧异纷纭，但我以为其间仍然可以归纳出一个根本的基型来，那就是"白日"乃是任何一种圆美光明的情操之象喻，而浮云则是一片蒙蔽的阴影，无论是君臣，是夫妇，是朋友，最可悲哀的都莫过于当彼此经过悠久而漫长的时空之离别以后，而其中竟然有一方面有了一片隔绝蒙蔽的阴影，这乃是天地间最可憾恨的一件事。李义山有诗云："不辞鹣鹩妒年芳，但惜流尘暗烛房，昨夜西池凉露满，桂花吹断月中香。"我以为义山所写的这一种"暗"之蒙蔽与"断"之隔绝的悲恨，就与"浮云"一句大为相似。原来人世间最可哀痛的，不是年芳的零落，不是人寿的无常，而乃是被流尘所遮暗的一蕊光明，被天风所吹断的一缕芳香，于是在这种蒙蔽的阴影下，遂终于逼出了"游子不顾反"的痛心的结果。"游子"无论是被弃的逐臣，或者是弃家的荡子，总之乃是离乡别井的远游之人，"不顾反"者则当是不更念及归返之意，然而离乡的游子何以竟然不更念及还乡呢？这一句仍然可以从两方面来立说，如果从行者方面而言，则本身就是游子，证之于这首前面所写的"生别离"的悲哀，及"胡马""越鸟"的不忘本的托喻，与夫"衣带日缓"的憔悴相思，则游子之思乡欲返的深衷岂不显然可见，然而如今却竟然落到了"不顾反"的下场，环境有时可以逼使一个人做出与自己本心大相违背的决定，这是可伤痛之一；而且证之于下面所写的"思君令人老"诸句，则其欲返之本心实在却又常存未泯，这是可伤痛之二，而此处却依然明明白白地写下了"不顾反"三个字，则上句"浮云蔽日"的阴影所造成的蒙蔽隔绝之使人战悸悲哀也可以想见了。再者此句如就居者方面而言，则"游子"便非自称而系称人之辞，"游子不顾反"者，思妇多情，而游子薄幸，这正是中国诗词中女性的传统悲剧，而中国女性传统的典型，一向都具有着人类含蓄隐忍这一方面的最高的情操，以最温柔的心来负荷最深重的伤害和哀愁，而且要做到无怨无怒的地步，所以此句也只说"不顾反"，而不是"不欲反"，如果是"不欲"，则是游子已经决心不返，而"不顾"则似乎仍只是一时"不念及"之意，而且上一句的"浮云蔽日"，把"游子"依然比作"白日"，是此一心目中之偶像，其光明温暖的圆美之象喻乃依然丝毫未改，然而虽有此温柔婉转的相谅之心，而白日毕竟已遭蒙蔽，游子亦竟然去而不返，反复思量，千回百转，在已遭蒙蔽隔绝的阴影下，所隐蓄的一缕相思之情的颤栗，是极为可伤的。

下面接以"思君令人老"一句，如果就居者方面而言，则在游子不返的情形下，而居者相思不已，那么"思君令人老"当然是极自然的承接。但如果就行者方面而言，则本身就是不返的游子，何以又说"思君令人老"呢？对此我想颇可以牵附韦庄的几首《菩萨蛮》词来为之立说。韦庄的《菩萨蛮》词一共有五首，有人认为乃是韦庄入蜀后之作，有人则以为乃是韦庄飘泊江南时所作，总之，这五首词写的乃是游子之情，则是可信的。假如我们按照传统的解说，把这五首词看作乃是整个一系列的作品，那么，我们试看他如何从"红楼别夜"的"惆怅"写起，带着"早归家"的叮咛承诺，与"美人""和泪"而"辞"，然而在别离之后，却一转而说出之"未老莫还乡"的话，再一转更说出了"白头誓不归"的话，而正当我们要相信游子之果然负心的时候，他最后却说出了"凝恨对残晖，忆君君不知"的二句深情苦忆的呢喃。可见"不反"是一件事，而"思君"是一件事，"不反"可能是为了外在的某些不得已的因素，而"思君"则是本心中永难改

变的初衷，唯其有前面"不反"的决绝之言，此处的"思君"才
更有欲罢不能的真挚深刻之感，而且因"思君"而"令人"竟然
至于"老"，则忧伤之深，岁月之久，皆可想见，然而相思的情意
虽深，而一逝的年华不返，所以接着又说出了"岁月忽已晚"五
个使人惊心动魄的字来。无论就居者而言，无论就行者而言，既
然有着不能斩断的"思君"之情，又有着无可避免的"人老"之
痛，相见的日子无期，而相待的年华有限，岁月之晚，使人警觉
于一旦无常来到，则所有相思相待的期望苦心都终将落空，这是
何等使人不甘，又何等使人惊惧的一件事，所以说"岁月忽已
晚"，"忽已"二字不仅写出了岁月的消逝迅速无情，更写出了相
思之人对此岁月消逝的一份惊惧伤痛之感，何况前面已有过"人
老"之言，则此处岁月之无情当然也就更为可哀了。

　　最后二句"弃捐勿复道，努力加餐饭"也是解说极为纷纭的
两句诗，先说"弃捐"一句，"弃捐"二字可以有两种解释：一是
解作被抛弃捐舍的意思，如班婕妤《怨歌行》所写的"弃捐箧笥
中，恩情中道绝"，其弃捐二字便是此意；又一种则是解作丢开一
边的意思，如乐府诗《妇病行》一首之："徘徊空舍中，行复尔
耳，弃置勿复道。"其"弃置"一句之句法便与此"弃捐"一句之
句法完全相同，是则此句之"弃捐"岂不也可以解作彼句"弃置"
之丢开一边之意。所谓"弃捐勿复道"者，按第一说乃谓这种被
抛弃的悲哀不要再提说了，如按第二说则乃谓把这事丢开一边，
不要再提说了，这二种说法实在颇为相近，而且皆归之于"勿复
道"则是完全相同的。何以"勿复道"呢？一则言之无用，再则

言之伤心，对于无可挽赎的事，除了一意承受之外，语言原是多余的事，这正是对悲苦体验得极深刻的话。至于末一句"努力加餐饭"，则也有两种不同的解释：一种是把此句解作劝对方加餐之意，张玉穀《古诗十九首赏析》即云："以不恨己之弃捐，惟愿彼之强饭收住，何等忠厚。"我以为此一说法乃是受了乐府诗《饮马长城窟行》一首"长跪读素书，书中竟何如，上有加餐食，下有长相忆"数句之影响，以为此处之"努力加餐饭"也是书信中劝对方加餐的话，这种解说当然未始不可也未始不好，只是这样似乎就必须要把这首诗认作乃是书信的口吻才可以；又一种则是把此句看作乃是自劝之辞，姜任脩《古诗十九首绎》云："惟努力加餐保此身以待君子。"又引谭友夏云："人知以此劝人此并以之自劝。"张庚《古诗十九首解》亦云："且努力加餐，庶几留得颜色以冀他日会面也，其孤忠拳拳如此。"我以为承接着上面的"思君令人老"及"岁月忽已晚"读下来，则此处解作自劝之辞，实更为自然近情也更为深刻坚毅，因为在"人"之"老"与"岁"之"晚"的两重悲哀恐惧之下，要想坚持不放弃重逢再见的希望，则除了"努力加餐饭"之外，实在更没有其他可以延长生命胜过无常的方法。然而一个"衣带日缓"的人，每日在相思憔悴之中，要想加餐又何尝容易做到，所以上面才更加上了"努力"两个字，这两个字中充满了对于绝望的不甘与在绝望中强自挣扎支持的苦心，是将此句解作"自劝"较之将此句解作"劝人"，则劝人加餐固然是忠厚之至，而自劝加餐则用情益苦，立意益坚相思而必欲有相见之一日，乃甚至欲以人力之加餐胜过生命之无常。像这种为了坚持某一种希望，担荷起无量悲苦而勉力去做的挣扎支持，其所表现的已不仅是一种极深刻的感情，同时也是一种极高贵的德操。我常以为当一个人遇到悲苦挫伤之时，如果丝毫不做挣扎努力，便先尔自行败馁或甚至因失望与失败，而自加戕贼，这样跌倒下去的人纵使能使人怜悯同情，也是不值得尊敬和效法的。反之，当一个人遇到悲苦挫伤之时，如果能自加勉力，在痛苦的挣扎中依然强自支持，即使最后也失败而倒下去了，这样倒下去的人较之前者，才更富有悲剧感，更有波澜，更有力量，更有德操，更使人同情，也更使人尊敬。何况如果竟因艰苦之挣扎而居然有一日能使全心灵全生命所期待的事情终得实现，则岂不更是一件可欣喜礼赞的事。这一首古诗末二句所写的"弃捐勿复道，努力加餐饭"就隐然表现了这种最可贵的德操，同时言外之意更展现着一份无尽期的对重逢再见之深情的苦待，而且与开端之"生别离"的哀痛遥相呼应，这种离情，这种德操，无论对于居者，无论对于行者，无论是一个被放的逐臣，无论是一位被弃的思妇，或者是任何一个曾经过如此别离的悲哀与隔绝的痛苦，而仍然一心抱着重逢的希望而不甘放弃的人，这首诗所写的情意都有着它永恒的真实性，这正是因为《古诗十九首》的内容，乃是如我在前面所说的属于一种人类最普遍的感情之基型的缘故，而其语意与语法的含混模棱之现象，则更造成了读者多种解说与感受的高度适应性，因此我们乃可以一方面掌握其情感的基型，一方面从多种不同的看法和感受来对之试加探触和解说，我以为这正是我们研赏这一类诗所颇可采用的一种态度和方法。

但是我最后仍要声明一句，就是我们所引用的说法虽然很多却也并非丝毫无所别择，即以这一首"行行重行行"而言，有几个说法，就是我所不曾引用的，如饶学斌月午楼《古诗十九首详解》把这十九首诗全看作一人之作，云："此遭谗被弃怜同患而遥深恋阙者之辞也，首节总冒，标'会面安可知'、'思君令人老'二句为柱，自其三至其七为一截承'会面安可知'一柱而申之；自其二其八至其十六为一截承'思君令人老'一柱而中之，其十七收束思君，其十八收束思友，末以单收下截住。"他之所以要把此章"行行重行行"一首中之二句看作两根分别的支柱的缘故，实在因为他要把这十九首诗全解作逐臣被弃思君恋阙之辞，而且又要认定是一人之作，但又发现有几首诗按照这一说法实在无法讲得通，因此遂又不得不加个"怜同患"的理由，把另一些诗勉强解作思友之辞。至于"行行重行行"一首何以又被分为二根支柱呢？他的解释是："夫曰'各'曰'会面'曰'南北'，此分谊相等，尔我同侪，直平等观者非可概之于尊长也，虽层愚氓，亦共知君父之尊……即不敢彼此平衡……此上截思友确是思友，断不得混作思君也"；又曰："夫'日'者君象也，'浮云蔽日'……此孤臣孽子所自伤者也，而曰'游子'曰'思君'，明乎其为臣子也，此下截思君确是思君，断不得混作思友也。"像这样牵强比附任意割裂的说法，当然一望可知其为愚妄拘执，这是我们虽有心兼融众说，也无法采信的。又如：陈沆之《诗比兴笺》则按照《玉台新咏》的说法把这一首"行行重行行"及其他"西北有高楼"等八首都认为乃是枚乘之作，而且指明其写作之次序反时间事迹，云："'西北''东城'二篇，皆上书谏吴时作；'行行''涉江''青青'三篇则去吴避梁之时；'兰若''庭前'二篇则在梁闻吴反复说吴之时；'迢迢''明月'二篇则吴败后作也。"像这种把作品与作者之生平比附立说的方法用之于某些确实可信的诗与作者之间，也不过只能作一种讲诗的参考而已，尚不可率尔便完全据以立说，何况这几首诗原来就不一定是枚乘的作品，而且其诗与诗之间及诗与枚乘的生平之间更看不出丝毫必然之关系。像这一类说法，正与前所举之月午楼的说法同样牵强拘执，这都是我们所无法勉强同意的，我在此不过略举二例以作说明而已。

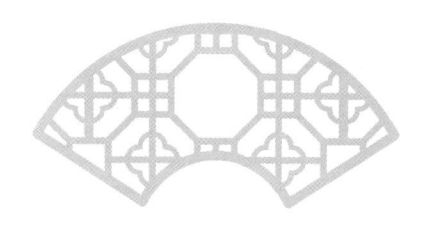

从「豪华落尽见真淳」论陶渊明之「任真」与「固穷」

渊明最可贵的修养，乃在于他有着一种「知止」的智慧与德操，在精神上，他掌握了「任真」的自得，在生活上，他掌握了「固穷」的持守，因此他终于脱出了人生的种种困惑与矛盾。

　　在我国诗人中，陶渊明是辞语表现得最为简净，而含蕴却最为丰美的一位诗人。关于他的诗之为绮为质，为枯为腴，他的思想之为周孔之儒术，为庄老之道家，抑或更兼有释迦之佛法，历代来，早就引起过不少争执和讨论。而赏爱陶诗的读者，更是包括了各色各样的人物。其所以引起如此多方面的问题，与如此多方面的兴趣的缘故，正因为渊明的殆无长语的省净的诗篇，与他的躬耕归隐的质朴的生活，在其省净质朴的简单之外，原都蕴蓄着一种极为繁复丰美的大可研求的深意。元遗山《论诗绝句》评渊明诗，有"豪华落尽见真淳"之言，这七个字确实道出了渊明之化繁复为单纯的一种独到的境界。我现在就想试将渊明达致此种境界之因素，作一简单之分析。我以为渊明最可贵的修养，乃在于他有着一种"知止"的智慧与德操，在精神上，他掌握了"任真"的自得，在生活上，他掌握了"固穷"的持守，因此他终于脱出了人生的种种困惑与矛盾，而在精神与生活两方面都找到了足可以托身不移的止泊之所。这正是渊明之所以能化繁复为单纯，变豪华为真朴的一个最主要的原因。

先就其诗歌所表现之真淳而言

一般诗人的作品，其所以成功的原因，往往都有着许多可以依恃的凭借，或者恃天才而自高，或者逞工力而求胜，或者施藻绘以为炫惑，或者鼓气势而为震慑。虽然这种种因素，也都可以使一位诗人获致成功，然而如果更深一步研求，就会发现，这种种恃天才、逞工力、施藻绘、鼓气势的结果，在其一张一弛的着力之间，都曾使一首诗歌在本质上，或多或少地蒙受了虚实出入的损失，甚或竟不免有着将虚作实的弥补和夸张。而唯有渊明的诗，乃是极为"任真"地，完全以其本色毫无点染地与世人相见。在这一点上，即使大诗人如李白杜甫，与渊明相形之下，也不免显得有着夸饰和渣滓，所以宋朝的诗人黄山谷就曾经说过："渊明不为诗，自写其胸中之妙耳。"(《诗人玉屑》) 这正是渊明的诗显得如此真淳的缘故。然而渊明的诗虽真淳，却并非单简，而其并非单简的缘故，则又同出于"任真"之一因，这真是一件极可玩味的事情。

先从其遣辞用字一方面来看。渊明的诗有一个特色，就是看似平易而其实则并不易解。平易，是因为他原无意于"为诗"，更无意于以字句求胜，所以不会如退之、长吉辈的有心炫奇立异；不易解，则是因为他原只是自己"写其胸中之妙"，并无意于求人之知，所以也不必如微之、乐天辈的一定要做到老妪都解。因此渊明有些诗句，真是写得简净真淳，完全只是一种精神气韵的流布。在渊明只是求"尽己"的自得其意，而全未计及"为人"的取胜求知。如其"采菊东篱下，悠然见南山"的浅出深入、言微意远的名句，及其《述酒》诗之廖辞隐义喻托深至的作品，固无论矣。即以其并非名句的诗句而言，如其"千载抚尔诀"（《和郭主簿》）的思古，"骤骥感悲泉"（《岁暮和张常侍》）的伤逝，"达人解其会"（《饮酒》之　）的知命，以及《咏贫士》之一的由"云"而"鸟"而"人"的层转无痕，《饮酒》之十五的由"灌木"之荒，"人生"之短，到"委穷达""惜素抱"的运行无碍。从这些句法与章法的表现上，都可使我们感受到渊明的一种"但识琴中曲，何劳弦上音"但可以"神"会而不可以"迹"求的任真自得的境界。这正是渊明的诗虽真淳而并不易解的原因之一。

再从其内容方面来看，则渊明也依然是"任真"而却并不易解。因为渊明虽是以其一份本色与世人相见，然而他的本色却原来并非一色。渊明之本色，乃是如日光七彩之融为一白，有七彩之含蕴，而又有一白之融贯，这种既丰美复精淳的本色，正是渊明的特色。而谈到此一特色，我们就不得不牵涉到渊明的思想与修养的问题了。关于此一问题，前人之讨论辩说已多，如朱子以为"渊明所说者庄老"（《朱子语类》），真西山以为"渊明之学，正自经术中来"（《跋黄瀛甫拟陶诗》），近人陈寅恪先生以为"外儒而内道，舍释迦而宗天师"（《陶渊明之思想与清谈之关系》），郭银田君以为"无疑的，有印度思想的渊源在"（《田园诗人陶渊明》）。凡此诸说，都不失为有得之言，只是如果想各据一偏之见，而为渊明建立起一个具有门户壁垒的狭隘之思想体系，那对渊明的思想而言，就未免有失其任真自得之意了。所以我现在并不想为渊明的思想，做任何体系家数的划分或拼凑，我只想把渊明对于思想与修养的汲取，归纳出一个大原则来，我以为渊明所汲取的原则，只在于任真的适性与自得。所谓适性者，但取其适合于自己之天性而言；而所谓自得者，则指其果然有得于心的一份受用而言。渊明的天赋中，似乎生而具有着一种极可贵的智慧的烛照，他能摆落一切形式与拘执，自然而然地获致最适合于他自己的一点精华。这种天赋，使他能把自任何事物中汲取所得，都化为了足以添注于其智慧之光中的一点一滴的油膏，而这盏智慧之灯，则仍是完全属于他自己的所有，而并不可也不必归属于任何一家。这种不可执一不可甚解的，由繁富丰美所凝结的智慧之光的闪灿，便形成了渊明诗的那种特色。那正是把一切蹊径外表全部泯没了的，由"七彩"而融贯成的无瑕疵的"一白"。而此种"一白"的形成之因，则乃是由于他的一份"任真"的适性自得的采撷与融会。这是使渊明的诗所以能化绮为质，从枯见腴，看似真淳而并不易解的另一原因。

其次谈到渊明之质朴的归隐生活

自颜延之《陶征士诔》称之为"南岳之幽居者也"，钟嵘的《诗品》亦尊之为"隐逸诗人之宗"，《晋书》《宋书》《南史》，都将渊明列于《隐逸传》，这就渊明晚年所过的"开荒南野"、"守拙田园"的外表生活看来，原是对的。然而如果换一个角度来一加窥视的话，就会发现他的感情生活中的另一面貌。原来渊明的心境，并非如一般人单就隐逸二字所想象的。常如一面澄莹宁静的平湖，而在其湖心深处，还隐现着有起伏的激流和荡漾的盘涡，于是乎除了隐逸的称号外，有些人又为渊明戴上了一顶忠义的冠冕。这种说法至南宋而益盛。汤文清在《陶靖节诗集注》自序中即云："不事异代之节，与子房五世相韩之义同。"真西山在《跋黄瀛甫拟陶诗》一文中，亦称其："眷眷王室，有乃祖长沙公之心。"至于虽未标举忠义，而却看出了陶诗并非完全平淡的，则《朱子语类》中曾云："陶欲有为而不能者也。"又云："陶渊明诗，人皆说是平淡，据某看他自豪放。"此外词人辛弃疾也曾以其"欲飞还敛"的心情，在一首《贺新郎》词中写道："看渊明，风流酷似，卧龙诸葛。"而清代的诗人龚自珍，则更推演朱子与稼轩之意，以为渊明不仅有豪气，不平淡，可以与鞠躬尽瘁的诸葛相比，更还隐有着一份怀沙自沉的屈子的悲愤，于是在他的《杂诗》三首中，乃写出了"陶潜酷似卧龙豪，万古浔阳松菊高，莫信诗人竟平澹，二分《梁甫》一分《骚》"的诗句。这种种论评，正如前一节所引诸家论渊明思想的各种说法相似，都不失为一得之见，然而对渊明而言，则却都有着稍一着迹便尔失真的危险。渊明所有的，实在只是一个"真"字。"质性自然"，这是渊明生而具有的一种可贵的禀赋，正如东坡所云："欲仕则仕，不以求之为嫌，欲隐则隐，不以隐之为高。"这一种任真自得之意，原非隐逸或忠义的名号可拘限。然而渊明毕竟辞仕而归隐了，而且终身不复出仕。这其间当然也自有其一份大可深求的归来之意。我们先从渊明的"欲有为"来看，渊明原是一位生而具有着仁者之襟怀的人，因此渊明诗中，时时流露出对于好风、微雨、众鸟、新苗以及田夫、稚子、亲旧、近邻的一种亲切冲和的爱意。渊明既爱此世之物，复爱此世之人，则如何能对于此人间世，漠然无所关心。何况渊明对于那一位"汲汲鲁中叟，弥缝使其淳"的圣者，更曾深致仰慕怀想之诚，则渊明之曾经有过用世之心，原该是一件极自然而且必然的事。我们看他在《命子》诗中，对祖先功业的称述，以及在《拟古》诗中所写的"少时壮且厉，抚剑独行游"，与在《杂诗》中所写的"猛志逸四海，骞翮思远翥"的一些句子，就可知道，渊明少年时原也曾有过一番欲有所为的壮志，而并非完全无意于事功。如果能不违背其质性之自然，便可达成此一志意的话，则渊明又何尝不乐于用世有为。只是此人间之世，原是个"真风告退，大伪斯兴"的人世，当他"时来苟冥会，宛辔憩通衢"，而果然步入仕途之后，却发现仕宦之所得，既不能达成其原有的志意，而折腰事人违拗了自己的质性，所换来的，只是"口腹自役"的生活，"倾身"之所得，只不过足以"营一饱"而已，则又何必渑泥扬波，徒为所污。这在渊明而言，真是"志意多所耻"，于是乎"怅然慷慨，深愧平生之志"，"遂尽介然分，拂衣归田里"了。因此，如以渊明之志意而言，则用世乃其本心，归田才是不得已。然而如以渊明之质性而言，则归田方能保全其自然与真淳，而出仕则不免于有"违己交病"之患。所以渊明的归田，既非为了虚浮的隐居的高名，也非为了世俗的道德的忠义，而只是为了在"大伪斯兴"的此一人世，保全其一份质性自然的"真我"。此一原因，看似简单，而其间却曾经过多少徘徊与彷徨，也蕴蓄着多少对此世的失望与悲痛。更何况易代之后，渊明虽不是一个拘于外表名节观念的人，但其内心深处，则常怀有一种发自真淳之至性的沧桑深慨。我们看他在《拟古》九首中所写的"枝条始欲茂，忽值山河改"，以及"年年见霜雪，谁谓不知时"诸诗句，仍可体会到他内心中，对于陵夷迁替的一份深切的哀伤。所以渊明归隐的原因与归隐的生活，虽然简单，而其中所蕴蓄的情意，却极为复杂。东坡《书渊明饮酒诗后》就曾经说："正饮酒中，不知何缘记得此许多事。"稼轩在其《水龙吟》一词中，也曾经说过："北窗高卧，东篱自醉，应别有归来意。"而渊明毕竟抱着如许深微的情意而决心归隐了。

我常想，如果真有一个手中执着智慧之明灯的人，则他必然会从这黑暗而多歧的世途中，找到他自己所要走的路。也许四周的黑暗，也曾使他产生过无限的压迫之感，也许踽踽的独行，也曾使他感受到彻骨的寂寞之悲，然而有一点足可自慰的，就是他毕竟没有在黑暗中迷失自己。自渊明诗中，我们就可深切地体悟到，他是如何在此黑暗而多歧的世途中，以其所秉持的注满智慧之油膏的灯火，终于觅得了他所要走的路，更且在心灵上与生活上，都找到了他自己的栖止之所，而以超逸而又固执的口吻，道出了"托身已得所，千载不相违"的决志。所以在渊明诗中，深深地糅合着仁者哀世的深悲，与智者欣愉的妙悟。我们看他如何从"人生若寄，憔悴有时，静言孔念，中心怅而"的怅惘，转到"一世异朝市，此语真不虚，人生似幻化，终当归空无"的体认，再转到"纵浪大化中，不喜亦不惧，应尽便须尽，无复独多虑"的乘化；以及他如何从"徘徊无定止，夜夜声转悲"的迷失的彷徨，转到"啸傲东轩下，聊复得此生"的自得的欣喜；如何从"欲言无予和，挥杯劝孤影"的寂寞的哀伤，转到"知音苟不存，已矣何所悲"的不求人知的放旷；如何从"念此怀悲凄，终晓不能静"的失意的悲慨，转到"不觉知有我，安知物为贵"的达观的脱略，于是渊明终于找到了他自己的一个寄托心灵的自得的天地。他以知命的委顺，泯没了悲苦；他以知止的固执，超越了迷途；他以他的闪烁的智慧之灯火，照亮了他的四周。于是欣然地从他四周的事物中，看到了种种可赏爱的人生的妙趣，而于"山气日夕佳，飞鸟相与还"之际，悠然吟出了"此中有真意，欲辩已忘言"的诗句。而为了保有他这一份心灵上任真自得的境界，他终于选择了躬耕的生活方式。

说到躬耕，就要谈到渊明的"固穷"的操守

渊明为了保全其"任真"之质性，而选择了躬耕，而支持住他对躬耕之选择的，则是他的"固穷"的操守。仅此一连锁关系，已可看出"固穷"之节对于渊明的重要性了。我们从渊明《饮酒》诗中"栖栖失群鸟，日暮犹独飞"的一首，可以看出渊明确曾在此黑暗多歧的世途中，有过一段彷徨的日子。渊明在精神上，是一只脱去尘羁的飞鸟，而生活于此人世之间的，则是一些蠕蠕而动的虫豸。渊明虽曾以其仁者之襟怀怀有用世之念，然而虫豸既不能学高鸟之飞翔，飞鸟又如何肯效虫豸之蠕动。彷徨的

结果，渊明终于放弃了其用世之志意，退而但求保全一己之"真我"了。但退而保全一己之真我，又复谈何容易。渊明在《庚戌岁九月中于西田获早稻》一诗中说得好："人生归有道，衣食固其端，孰是都不营，而以求自安。"精神上的真我固然要保全，而现实生活的家人衣食，又岂能完全弃而不顾。既要谋求衣食，则维生之计只有躬耕才是使人最无惭怍的一条路。一分耕耘，一分收获，除草则苗肥，揠苗则苗槁，岂但不可欺人，更且不可自欺，渊明就曾经说过"衣食当须纪，力耕不吾欺"的话。于是渊明终于选择了躬耕。而为了此一选择，渊明也付出了他所能付出的最高代价。渊明常在辛苦中，也常在饥寒中，他以"晨兴理荒秽，带月荷锄归"的勤劳，换来的生活却是"夏日长抱饥，寒夜无被眠，造夕思鸡鸣，及晨愿鸟迁"，真如渊明所云："躬亲未曾替，寒馁常糟糠。"有时甚至还不免"饥来驱我去，不知竟何之"。在这种生活中，支持渊明的，就是他的一份固穷的操守。所以渊明诗中，曾屡次提到固穷两个字，如"高操非所攀，深得固穷节"（《癸卯岁十二月中作与从弟敬远》一首），"不赖固穷节，百世当谁传"（《饮酒》二十首之二），"竟抱固穷节，饥寒饱所更"（《饮酒》二十首之十六），"斯滥岂彼志，固穷夙所归"（《有会而作》一首），"谁云固穷难，邈哉此前修"（《咏贫士》七首之七）。从这些诗句中，我们都可看出固穷的持守，对他的任真的选择的支持的力量。梁启超在其《陶渊明之文艺及其品格》一文中，就曾经说："他实在穷得可怜，所以也曾转念头想做官混饭吃，但这种勾当，和他那'不屑不洁'的脾气，到底不能相容，他精神上很经过一番交战，结果觉得做官混饭吃的苦痛，比挨饿的苦痛还厉害，他才决然弃彼取此。"太史公在《伯夷列传》中曾经引《论语》的话说："子曰：'道不同不相为谋。'亦各从其志也，故曰：'富贵如可求，虽执鞭之士吾亦为之，如不可求，从吾所好。''岁寒然后知松柏之后凋。'举世混浊，清士乃见，岂以其重若彼，其轻若此哉。"孔子之"饭疏饮水"，"乐在其中"；颜渊之"陋巷箪瓢"，"不改其乐"，并非乐此贫穷，其乐处乃是在于贫穷之外，有非贫穷所可移易者在。这种固穷的操守，不仅是出于理性的道德观念，尤其可贵的乃是出于一种感情与人格的凝聚；不然，即使能守得住固穷的节操，也未必能体认到固穷的乐趣。渊明便是不但守住了固穷之节，也体认到了固穷之乐的一个人。我们从他所写的"先师有遗训，忧道不忧贫"（《癸卯岁始春怀古田舍》），"草庐寄穷巷，甘以辞华轩"（《戊申岁六月中遇火》一首），"岂不实辛苦，所惧非饥寒，贫富常交战，道胜无戚颜"（《咏贫士》七首之五）的一些诗句，便可看出他对固穷所表现的从容、甘愿、与无惧；而且更进一步，在由固穷所保持住的任真自得的精神生活中，达到了"俯仰终宇宙，不乐复何如"（《读山海经》之一）的入化的境界。

研读渊明诗，我们可以体悟到，一个伟大的灵魂，如何从种种矛盾失望的寂寞悲苦中，以其自力更生，终于挣扎解脱出来，而做到了转悲苦为欣愉，化矛盾为圆融的一段可贵的经历。这其间，有仁者的深悲，有智者的妙悟，而归其精神与生活的止泊，于"任真"与"固穷"的两大基石上，从而建立起他的"傍素波干青云"的人品来，而且以如此丰美的含蕴，毫无矫饰地写下了他那"千载下，百篇存，更无一字不清真"的"豪华落尽见真淳"的不朽诗篇。

嗟夫，渊明远矣，人世之大伪依然，栗里之松菊何在，千古下，读其诗想见其人，令人徒然兴起一种"愿留就君位，从君至岁寒"的凄然的向往。

论杜甫七律之演进及其承先启后之成就

——《杜甫秋兴八首集说·代序》

杜甫在正格之七律中，能做到既保持形式之精美，又脱出严格之束缚的，两点最可注意的成就，那便是前面所提到过的——句法的突破传统与意象的超越现实。

一、集大成之时代与集大成之诗人

谈到我国旧诗演进发展的历史，无疑的，唐代是一个足可称为集大成的时代，只根据《全唐诗》一书来统计，所收的作者，就有二千二百余人之众，而所收的作品，则更有四万八千九百余首之多，在如此众多的作家与作品中，其名家之辈出，风格之多彩，自属一种时势所趋的必然现象。面对如此缤纷绚烂的集大成之唐代诗苑，如果站在主观的观点来欣赏，则摩诘之高妙，太白之俊逸，昌黎之奇崛，义山之窈眇，固然各有其足以令人倾倒赏爱之处，即使降而求之，如郊之寒，如岛之瘦，如卢仝之怪诞，如李贺之诡奇，也都无害其为点缀于大成之诗苑中的一些奇花异草。然而如果站在客观的观点来评断，想要从这种种缤纷与歧异的风格中，推选出一位足以称为集大成的代表作者，则除杜甫而外，无足以当之者。杜甫是这一座大成之诗苑中，根深干伟，枝叶纷披，耸拔荫蔽的一株大树，其所垂挂的繁花硕果，足可供人无穷之玩赏，无尽之采撷。

关于杜甫的集大成之成就，早自元微之的《杜甫墓志铭》，宋祁的《新唐书·杜甫传赞》，以及秦淮海的《进论》，便都已对之备致推崇，此外就杜甫之一体、一格、一章、一句而加以赞美评论的诗话，历代的种种记述，更是多到笔不胜书。至于加在杜甫身上的头衔，则早已有了"诗圣"与"诗史"的尊称，而近代的一些人，更为他加上了"社会派"与"写实主义"的种种名号。当然，每一种批评或称述，都可能有其可资采择的一得之见，只是，如果征引起来，一则陈陈相因，过于无味，再则繁而不备，反而徒乱人意。我现在只想简单分析一下杜甫之所以能有如此集大成之成就的主要因素，我以为其主要因素，实可简单归纳为以下两点：其一、是因为他之生于可以集大成之足以有为的时代。其二、是因为他之禀有可以集大成之足以有为的容量。

先从集大成的时代来说，一个诗人与其所生之时代，其关系之密切，正如同植物之与季节与土壤，譬如二月早放之夭桃，十月晚开之残菊，纵然也可以勉强开出几朵小花，而其瘦弱与零丁可想；又如种桑江边，艺橘淮北，纵使是相同的品种根株，却往往会只落得摧折浮海积实成空的下场。明白了这个关系，我们就更会深切地感到，以杜甫之天才，而生于足可以集大成的唐代，这是何等可值得欣幸的一件事了。自纵的历史性的演进来看，唐代上承魏晋南北朝之后，那正是我国文学史上，一段萌发着反省与自觉的重要时期，在这一段时期中，纯文学之批评既已逐渐兴起，而对我国文字之特色的认识与技巧的运用，也已逐渐觉醒，

上自魏文帝之《典论·论文》，陆机之《文赋》，降而至于钟嵘之
《诗品》，刘勰之《文心雕龙》，加之以周颙沈约诸人对四声之讲
求研析，这一连串的演进与觉醒，都预示着我国的诗歌，正在步
向一个更完美更成熟的新时代；而另一方面，自横的地理性的综
合来看，唐代又正是一个糅合南北汉胡各民族之精神与风格而汇
为一炉的大时代，南朝的藻丽柔靡，北朝的激昂伉爽，二者的相
摩荡，使唐代的诗歌，不仅是平顺地继承了传统而已，而且更融
入了一股足以为开创与改革之动力的新鲜的生命，这种糅合与激
荡，也预示着我国的诗歌将要步入一个更活泼更开阔的新境界。
就在这纵横两方面的继承与影响下，唐代遂成为了我国诗史上的
一个集大成的时代。在体式上，它一方面继承了汉魏以来的古诗
乐府，使之更得到扩展而得以革新，而另一方面，它又完成了南
北朝以来一些新兴的体式，使之益臻于精美而得以确立；在风格
上，则更融合了刚柔清浊的南北汉胡诸民族的多方面的长处与特
色，而呈现了一片多彩多姿的新气象。于是乎，王孟之五言，高
岑之七古，太白之乐府，龙标之绝句，遂尔纷呈竞美，盛极一时
了。然而可惜的是，这些位作者，亦如孟子之论夷齐伊尹与柳下
惠，虽然都能各得圣之一体，却不免各有所偏，而缺乏兼容并包
的一份集大成的容量，他们只是合起来可以表现一个集大成之时
代，而却不能单独地以个人而集一个时代之大成，以王孟之高雅
而短于七言，以高岑之健爽而不擅近体，龙标虽长于七绝，而他
体则未能称是，即是号称诗仙的大诗人李太白，其歌行长篇虽有
"想落天外局自变生"之妙，而却因为心中先存有了一份"自从建

安来，绮丽不足珍"的成见，贵古贱今，对于"铺陈终始排比声韵"的作品，便尔非其所长了，所以虽然有着超尘绝世的仙才，然而终未能够成为一位集大成的圣者。看到这些人的互有短长，于是乎我们就越发感到杜甫兼长并美之集大成的容量之难能可贵了。

说到杜甫集大成的容量，其形式与内容之多方面的成就，固早已为众所周知，而其所以能有如此集大成之容量的因素，我以为最重要的，乃在于他生而禀有着一种极为难得的健全的才性——那就是他的博大、均衡与正常。杜甫是一位感性与知性兼长并美的诗人，他一方面具有极大且极强的感性，可以深入于他所接触到的任何事物之中，而把握住他所欲攫取的事物之精华，而另一方面，他又有着极清明周至的理性，足以脱出于一切事物的蒙蔽与拘限之外，做到博观兼采而无所偏失。这种优越的禀赋，表现于他的诗中，第一点最可注意的成就，便是其汲取之博与途径之正。就诗歌之体式风格方面而言，无论古今长短各种诗歌的体式风格，他都能深入撷取尽得其长，而且不为一体所限，更能融会运用，开创变化，千汇万状，而无所不工，我们看他《戏为六绝句》之论诗，以及与当时诸大诗人，如李白、高适、岑参、王维、孟浩然等，酬赠怀念的诗篇中的论诗的话，都可看到杜甫采择与欣赏的方面之广；而自其《饮中八仙歌》《醉时歌》《曲江》三章、《同谷七歌》《桃竹杖引》等作中，则可见到他对各种诗体运用变化之神奇工妙，又如自其《赴奉先县咏怀》《北征》及三吏、三别等五古之作中，则可看到杜甫自汉魏五言古诗变化而出的一种新面貌。而自诗歌之内容方面而言，则杜甫更是无论妍媸巨细，悲欢忧喜，宇宙的一切人情物态，他都能随物赋形，淋漓尽致地收罗笔下而无所不包，如其写青莲居士之"飘然思不群"，写郑虔博士之"樗散鬓成丝"，写空谷佳人之"日暮倚修竹"，写李邓公骢马之"顾影骄嘶"，写东郊瘦马之"骨骼硉兀儿"，写丑拙则"袖露两肘"，写工丽则"燕子风斜"，写玉华宫之荒寂，则以上声马韵予人以一片沉悲哀响，写洗兵马之欢忻，则以沉雄之气运骈偶之句，写出一片欣奋祝愿之情，其含蕴之博与变化之多，都足以为其禀赋之博大均衡与正常的证明。其次一点值得我们注意的，则是杜甫严肃中之幽默，与担荷中之欣赏。我尝以为每一位诗人，对于其所面临的悲哀与艰苦，都各有其不同之反应态度，如渊明之任化，太白之腾越，摩诘之禅解，子厚之抑敛，东坡之旷观，六一之遣玩，都各因其才气性情而有所不同。然大别之，要不过为对悲苦之消融与逃避，其不然者，则如灵均之怀沙自沉，乃完全为悲苦所击败而毁命丧生。然而杜甫却独能以其健全之才性，表现为面对悲苦的正视与担荷，所以天宝的乱离，在当时一般诗人中，惟杜甫反映者为独多，这正因杜甫独具一份担荷的力量，所以才能使大时代的血泪，都成为了他天才培育的浇灌，而使其有如此强大的担荷之力量的，则端赖他所有的一份幽默与欣赏的余裕。他一方面有极主观的深入的感情，一方面又有极客观的从容的观赏，如其最著名的《北征》一诗，于饱写沿途之人烟萧瑟，所遇被伤，呻吟流血之余，却忽然笔锋一转，竟而写起青云之高兴，幽事之可悦，山果之红如丹砂，黑如点漆；而于归家后，又复于囊空无帛，饥寒凛冽之中，大写其幼女晓妆之一片娇痴之态；又如其《空囊》一诗，于"不爨井晨冻，无衣床夜寒"的艰苦中，竟然还能保有其"囊空恐羞涩，留得一钱看"的诙谐幽默。此外杜甫虽终生过着艰苦的生活，而其诗题中，则往往可见有"戏为""戏赠""戏简""戏作"等字样，凡此种种都说明了杜甫的才性之健全，所以才能有严肃中之幽默与担荷中之欣赏，相反而相成的两方面的表现，这种复杂的综合，正足以为其禀赋之博大均衡与正常的又一证明。

而且此种优越之禀赋，不仅使杜甫在诗歌的体式内容与风格方面达到了集大成之多方面的融贯汇合之境界，另外在他的修养与人格方面，也凝成了一种集大成之境界，那就是诗人之感情与世人之道德的合一。在我国传统之文学批评中，往往将文艺之价值依附于道德价值之上，而纯诗人的境界反而往往为人所轻视鄙薄。即以唐代之诗人论，如李贺之锐感，而被人目为鬼才，以义山之深情，而被人指为艳体，以为这种作品"无一言经国，无纤意奖善"（李涪《释怪》）。而另外一方面，那些以"经国""奖善"相标榜的作品，则又往往虚浮空泛，只流为口头之说教，而却缺乏一份诗人的锐感深情。即以唐代最著名的两位作者韩昌黎与白乐天而言，昌黎载道之文与乐天讽谕之诗，他们的作品中所有的道德，也往往仅只是出于一种理性的是非善恶之辨而已，而杜甫诗中所流露的道德感则不然，那不是出于理性的是非善恶之辨，而是出于感情的自然深厚之情。是非善恶之辨乃由于向外之寻求，故其所得者浅，深厚自然之情则由于天性之含蕴，故其所得者深，所以昌黎载道之文与乐天讽谕之诗，在千载而下之今日读之，于时移世变之余，就不免会使人感到其中有一些极浅薄无谓的话，而杜甫诗中所表现的忠爱仁厚之情，则仍然是满纸血泪，千古常新，其震撼人心的力量，并未因时间相去之久远而稍为减退，那就是因为杜甫诗中所表现的忠爱仁厚之情，自读者看来，固然有合于世人之道德，而在作者杜甫而言，则并非如韩白之为道德而道德，而是出于诗人之感情的自然之流露。只是杜甫的一份诗人之情，并不像其他一些诗人的狭隘与病态，而乃是极为均衡正常，极为深厚博大的一种人性之至情，这种诗人之感情与世人之道德相合一的境界，在诗人中最为难得，而杜甫此种感情上的健全醇厚之集大成的表现，与他在诗歌上的博采开新的集大成的成就，以及他的严肃与幽默的两方面的相反相成的担荷力量，正同出于一个因素，那就是他所禀赋的一种博大均衡而正常的健全的才性。

以杜甫之集大成的天才之禀赋，而又生于可以集大成的唐朝的时代，这种不世的际遇，造成了杜甫多方面的伟大的成就，而其中最值得注意的，则该是他的继承传统而又能突破传统的一种正常与博大的创造精神，以及由此种精神所形成的承先启后继往开来的表现。

二、杜甫与杜甫以前之七言律诗

杜甫的继承传统与突破传统的精神，以及其深厚博大的含蕴，表现于古近各体，都有其特殊独到的成就，而其中尤其值得注意的，我以为该是他在七言律诗一方面的成就。因为，其他各种体式，到杜甫的时候，可以说大致都已早臻于成熟之境地，而惟有七言律诗，则仍在尝试之阶段。对于其他各种体式，杜甫虽然亦能有所扩展与革新，然而毕竟前人之作已多，有着足够的可资以观摩取法的材料，而惟独对于七言律诗一体，则杜甫之成就，乃全出于一己之开拓与建立。如果我们把各体诗歌的成就，比作庭园的建造，则其他各体，譬如早经建筑得规模具备完整精美的庭园。杜甫于进入园中周游遍览之余，一方面既能尽得前人已有之胜，一方面更能以其过人之才性，见前人之所未见，于是乎据山植树，导水为池，更加以一番拓展与改建，这种拓展与改建，当然也弥足珍视，然而毕竟可资为凭借者多，拓建较易，而意义与价值亦较小；至于七律一体，则在杜甫以前之作者，只不过为这座庭园才开出一条入门的小径，标了一面"七律"的指路牌，而园门以内则可以说仍是旷而不整，一片荒芜，从辟地开径，到建为花木扶疏亭台错落的一座庭园，乃全出于杜甫一人之心力。如果说在中国诗史上，曾经有一位诗人，以独力开辟出一种诗体的意境，则首当推杜甫所完成之七言律诗了。

谈到杜甫七律一体的演进与成就，我们就不得不对杜甫以前的七言诗之产生，与七言律诗之形成，先有一个概略的认识。七言之句，虽然早在古歌谣与三百篇中就已经出现了，然而真正完整的七言诗，则兴起颇晚，而且一直不甚发达。我总以为中国五言诗之兴起，是时势所趋，颇为大众化的一件事，而七言诗之兴起，则似乎与一些天才诗人的创造与尝试，一直有着较密切的关系。观乎七言之体式，当是骚体之简炼凝缩，与五言诗之扩展引申所合成的一种中间产物，而在今日所见到的可信的作品中，第一个做这种结合尝试而得到成功的作者，首当推东汉时候，写《四愁诗》的一位伟大的天才张衡（柏梁联句之不可信，自顾炎武《日知录》以来，辨者已多，兹不具论）。现在我们就把他的《四愁诗》录在下面：

> 我所思兮在太山，欲往从之梁父艰，侧身东望涕沾翰，美人赠我金错刀，何以报之英琼瑶，路远莫致倚逍遥，何为怀忧心烦劳。
>
> 我所思兮在桂林，欲往从之湘水深，侧身南望涕沾襟，美人赠我金琅玕，何以报之双玉盘，路远莫致倚惆怅，何为怀忧心烦伤。
>
> 我所思兮在汉阳，欲往从之陇阪长，侧身西望涕沾裳，美人赠我貂襜褕，何以报之明月珠，路远莫致倚踟蹰，何为怀忧心烦纡。
>
> 我所思兮在雁门，欲往从之雪纷纷，侧身北望涕沾巾，美人赠我锦绣缎，何以报之青玉案，路远莫致倚增叹，何为怀忧心烦惋。

我们从这四首诗中，可以清楚地看到骚体影响所遗留的痕迹，然而每句皆为七字，已较骚体为整齐，而"兮"字语词之运用亦已逐渐减少，这种尝试的成功，为七言诗之体式植下了一粒极有生机与希望的种子。

自此而后，一直到了另一位天才魏文帝的出现，才对七言之诗体作了更进一步的创造与尝试。现在我们把魏文帝的两首《燕歌行》也录在后面：

秋风萧瑟天气凉，草木摇落露为霜，群燕辞归雁南翔，念君客游思断肠，慊慊思归恋故乡，何为淹留寄他方，贱妾茕茕守空房，忧来思君不敢忘，不觉泪下沾衣裳，援琴鸣弦发清商，短歌微吟不能长，明月皎皎照我床，星汉西流夜未央，牵牛织女遥相望，尔独何辜限河梁。

别日何易会日难，山川遥远路漫漫，郁陶思君未敢言，寄声浮云往不还，涕零雨面毁容颜，谁能怀忧独不叹，展诗清歌聊自宽，乐往哀来摧肺肝，耿耿伏枕不能眠，披衣出户步东西，仰看星月观云间，飞鸟晨鸣声可怜，留连顾怀不能存。

我们看这两首诗，较之前所举张衡之《四愁诗》，已经有了更进一步的演进，"兮"字与"之"字等骚体常用之语词，既已经全部被弃去，而且在句法的组织与音节的顿挫上，其二、二、三之顿挫，亦与五言诗二、三之顿挫，已有着更为接近的倾向。虽然每句都押韵的格式，仍有颇近于骚体短歌之处，然而大体说来，魏文帝之作，较之张平子之作，已经更明显地可以看出其去骚日远，去诗日近的趋势了。

我以为张平子与魏文帝，在中国诗史上，都是颇可注意的天才，而其天才又正与杜甫有着某一点相似之处，那就是感性与知性的均衡与正常。张衡的多方面的成就，尤其足以为其大才的均衡与博大的说明，他一方面在科学上，有着浑天地动等仪器的伟大精密的制作与发明，而另一方面，在文学上，他也有着极可重视的创作的成就。在辞赋方面，他的《思玄》《两京》《归田》诸赋，既能兼得楚骚汉赋之长，而且更开了魏晋抒情短赋的先声。在五言诗方面，他的《同声歌》，是东汉可信的五言之作中，仅后于班固《咏史诗》的最古老的作品，而其情意之婉转深密，则较之班固"质木无文"的《咏史诗》，在诗的意境上，已有着极显明的进步。另外在七言诗方面，他的《四愁诗》的成就，则更为值得注意，其水深雪纷之托兴，字法句式之复沓，既兼有楚骚与国风之美，而形式上又全不承袭风骚，而成为了七言诗的滥觞。我们从张平子的文学的创作与科学的发明之并长兼擅，以及他的成就的方面之广大方向之正确来看，都足以证明张平子是一位感性与知性兼美的天才。而最早的七言诗的雏形之作，就出于张平子之手，这实在不是一件偶然的事。至于魏文帝，则同样也是一位感性与知性兼美的诗人，他既有创作的才情，又有理性的思辨，所以，《文心雕龙》说"子桓虑详而力缓"，"虑详""力缓"，就正是他有反省的思致的表现，所以他能有《典论·论文》之作，成为了我国文学批评中最早的一篇专著。而他的《燕歌行》二首，就正代表了七言诗演进的另一阶段，这也不是一件偶然的事，因为，在文学的创作中，一般寻常的作者，都只是追随风气，在风气所趋的情势下，群行并效，即使偶然有几个才情出众的人，也偶然可以写出几篇感人出众的作品，然而若想尝试一种新体式的制作，开出一种诗歌的新意境，则不是仅靠着一点过人的才情就能做到的，而一定要是感性与知性兼长并美的人，然后才能知所取舍剪裁，知所安排运用，知所毁建废兴，我以为这是在讨论整个文学史的演进，与个人创作的成就时，两方面都值得注意的事。

所惜者是张平子与魏文帝两位作者，都只是由其一己天才之所至，自然而然在作品中现出了由其感性与知性所凝聚成之一种新体式，而却并未曾对之作有心有力之提倡，所以自张平子魏文帝二位天才之后，七言诗一体，乃一直消沉了许久，都没有更进一步的演进，直等到南北朝的时候，五言之变既穷，一般作者才于穷极思变之际，而开始对七言诗作有限度的尝试。其中对唐代影响最多的一位作者是鲍照，他的乐府体的《拟行路难》十八首，曾给予唐代的李白高适诸人的歌行以不少影响，不过鲍照的《拟行路难》，也仍是古乐府杂言之变，虽然七言之句较多，然而却并非完整之七言诗。到了齐梁以后，七言的作品，才由于时势之所趋而日渐增多，如梁武帝的《河中之水歌》，虽然在音节韵律上仍有乐府歌行之遗迹，然而已是完整之七言诗；又如梁简文帝之《夜望单飞雁》、梁元帝之《送西归内人》等诗，则由于南北朝五言小诗引申之七言化，成为唐代七绝的先声，而其中尤其可注意的，则是受齐梁声律对偶之风的影响，所形成的一种近于律诗的体式。现在举几首作为例证：

> 蝶黄花紫燕相追，杨低柳合露尘飞。已见垂钩拄绿树，诚如沇水沾罗衣。两童夹车问不已，五马城南犹未归。莺啼春欲驶，无为空掩靡。（梁简文帝《春情》）

> 文窗玳瑁影婵娟，香帷翡翠出神仙。促柱点唇莺欲语，调弦系爪雁相连。秦声本自杨家解，吴舰那知谢傅怜。只愁芳夜促，兰膏无那煎。（陈后主《听筝》）

> 促柱繁弦非《子夜》，歌声舞态异《前溪》。御史府中何处宿，洛阳城头那得栖。弹琴蜀郡卓家女，织锦秦川窦氏妻。讵不自惊长泪落，到头啼乌恒夜啼。（庾信《乌夜啼》）

> 扬州旧处可淹留，台榭高明复好游。风亭芳树迎早夏，长皋麦陇送余秋。渌潭桂楫浮青雀，果下金鞍跃紫骝。绿觞素蚁流霞饮，长袖清歌乐戏洲。（隋炀帝《江都宫乐歌》）

从这四首诗来看，前面两首，中间四句已经是颇为工整的对句，只有末两句则仍然都是五言句，这正是五言之转为七言，古体之转为律体的阶段中，过渡时期的作品。至于后二首，则在字数、句数、对偶各方面，都已经完全合于七言律诗之体式，只有平仄尚未完全和谐，而七言律诗之形成，已有着指日可期的必然之势，所以到了唐初的时代，经过上官仪"当对律"之倡立，与沈佺期宋之问诸人"回忌声病，约句准篇"之讲求，五言律诗之体式，既更臻于精美而完全确立，七言律诗之体式遂亦随五言律诗之后，而相继成立。惟是五言律诗之体，因为自六朝以来，已早有律化之酝酿与准备，故其所表现之意境与表现之技巧，乃极易达到扩展与成熟之境界。而七律一体，则虽然因受五律之影响而得以成立，然而其所成立者，实在仅是一个徒具平仄对偶之形式，这也就是我所说的仅是一条门径与指路牌，而其园门以内，则仍是空乏贫弱，一片荒芜。这一方面自然是因为七言之体式，自魏晋以来，原来就不发达，作品之可资观摩取法者既少，作者对七字为句的句法之组织运用亦未臻熟练，而况在平仄对偶之格律的限制下，七字之句自然较五字之句所受的束缚拘牵为更多，所以，初唐诗人的作品中，虽然也偶然可以发现有几首七言律诗，然而可资称述者则极少，我们现在就以沈宋二家为例，看一看他们的七律之作。

沈佺期的作品，据《全唐诗》所收共一百五十七首，其中七言律诗计有十六首，这在初唐诗人的七律之作品中，可以说是所占的比例极大的了，我们现在先把沈氏这十六首七律的诗题录出来看一看：

①奉和之春游苑迎春②人日重宴大明宫赐彩缕人

胜应制③奉和春初幸太平公主南庄应制④奉和春日幸望春宫应制⑤侍宴安乐公主新宅应制⑥龙池篇⑦兴庆池侍宴应制⑧从幸香山寺应制⑨红楼院应制⑩再入道场纪事应制⑪嵩山石淙侍宴应制⑫古意呈补阙乔知之（此诗乐府入杂曲，题独个见，又或但题古意）⑬遥同杜员外审言过岭⑭和上巳连寒食有怀京洛⑮陪幸太平公主南庄诗⑯守岁应制

宋之问的作品，据《全唐诗》所收共一百九十三首，而其中七律之体，则仅有四首而已，现在我们也把宋之问这四首七律的诗题录出来看一看：

①饯中书侍郎来济②奉和春初幸太平公主南庄应制③三阳宫侍宴应制④和赵员外桂阳桥遇佳人

我们看沈佺期的十六首七律中，有十二首都是奉和陪幸应制一类的作品，至于宋之问的四首中，亦有两首题中便已标明是颂圣之作，这一类应制颂圣之作，即使其称颂之技巧，有高下工拙之异，而其内容之为歌颂无聊，则一望可知。现在把这些作品暂时搁置不谈，我们且将沈宋二家颂圣以外的作品各录两首来看一看：

卢家少妇郁金堂，海燕双栖玳瑁梁。九月寒砧催

木叶，十年征戍忆辽阳。白狼河北音书断，丹凤城南秋夜长。谁谓含愁独不见，更教明月照流黄。（沈佺期《古意》）

天津绿柳碧遥遥，轩骑相从半下朝。行乐光辉寒食借，太平歌舞晚春饶。红妆楼下东回辇，青草洲边南渡桥。坐见司空扫西第，看君侍从落花朝。（沈佺期《和上巳连寒食有怀京洛》）

暧暧去尘昏灞岸，飞飞轻盖指河梁。云峰衣结千重叶，雪岫花开几树妆。深悲黄鹤孤舟远，独对青山别路长。却将分手沾襟泪，还用持添离席觞。（宋之问《饯中书侍郎来济》）

江雨朝飞浥细尘，阳桥花柳不胜春。金鞍白马来从赵，玉面红妆本姓秦。妒女犹怜镜中发，侍儿堪感路傍人。荡舟为乐非吾事，自叹空闺梦寐频。（宋之问《和赵员外桂阳桥遇佳人》）

这四首诗中，以沈佺期的《古意》一首最为著名，沈德潜《说诗晬语》曾评之云："沈云卿独不见一章，骨高气高，色泽情韵俱高。"这首诗的好处，一在开端二句以华丽反衬悲哀，写得极有神采，二在中间两联，一句闺中，一句塞外，再一句塞外，再一句闺中，写得极为开阔。然而如以内容言，则征夫思妇之情，仍不过只是诗人常写的一种极熟的题材，沈佺期也不过只是很会找题材，很会作诗而已，并没有什么发自深哀的深厚之情。至于

"九月"与"十年"，及"白狼河"与"丹凤城"之对句，虽然颇有开阔之致，然而句法则亦仍属工整平板，而结尾两句，尤其是满带着齐梁乐府诗的味道，《全唐诗话》曾云："末句是齐梁乐府诗语……如织宫锦间一尺绣，锦则锦矣，如全幅何。"所以这首诗只能算是白乐府演变为七律的一首奠定形式的代表作，此外在诗歌之意境与句法上，都并没有什么新的拓展和成就。

至于其他三首诗，沈佺期的"行乐光辉"与"太平歌舞"，及"红妆楼下"与"青草洲边"的对句，固然是庸俗平板；宋之问的"千重叶"与"几树妆"，反"金鞍白马"与"玉面红妆"的对句，也一样浅俚无足取。再看一看这三首诗的内容，则两首为唱和之作，一首为饯别之作，除了渲染一些眼前俗景之外，所写之情事，不过为"侍从花朝"、"分手沾襟"、桥上"遇佳人"而已，其空泛无聊，更复显然可见。七言律诗之一体，在一开始成立之时，就走上了这一条内容空泛、句法平俗的用于酬应赠答的路子，这一方面，当然是由于初唐的一些作者，天才本来就不甚高，他们只能做一些安排藻饰的小巧的功夫，而却普遍都缺乏一种开源拓地的创造精神，如王、杨、卢、骆四杰，根本无七律之作，崔日用、张九龄、杜审言、李峤诸人，偶有几篇七言律诗，亦多为奉和应制之作，其成就较之沈宋尤为无足称述。而另一方面，则由于七言律诗，本身的体式既极为端整，而格律复极为谨严，因此限制了这些天才较为平凡的诗人，使他们的情意思想，在这种体式与格律中，都受到了严格的束缚，而感到不能有自由发抒的余地，而同时这种体式的严整，却又便于一些未能免俗的诗人利用来制造"伪诗",因为,七律之为体,只要把平仄对偶安排妥适,就很容易支撑起一个看来颇为堂皇的空架子,所以,这种体式最适于作奉和应制赠答等酬应之用。甚而至于今日,一般酬应之作的颂喜祝寿等诗篇,也仍然多用七律之体,这种作俑之始,可以说由来已久了。

初唐以后,唐诗渐进于全盛之世,在此一阶段中,王维自然是其中一位重要的作者,据《四部备要》本,赵殿成注《王右丞集》,共收古近体诗四百七十九首,其中有七律之作二十首,此二十首中,有奉和应制等颂圣之作七首,酬赠钱行之作六首,及其他杂诗七首。摩诘居士的七律,其内容固然已较沈宋二家为扩展,辞句亦更为流利通畅,然而平仄对偶之间,则仍不免时予人以沾滞之感,较之其五言律之天怀无滞妙造自然,相差乃极为悬殊。现在我们举王维的两首七律来看一看:

> 积雨空林烟火迟,蒸藜炊黍饷东菑。漠漠水田飞白鹭,阴阴夏木啭黄鹂。山中习静观朝槿,松下清斋折露葵。野老与人争席罢,海鸥何事更相疑。(《积雨辋川庄作》)

> 居延城外猎天骄,白草连天野火烧。暮云空碛时驱马,秋日平原好射雕。护羌校尉朝乘障,破虏将军夜度辽。玉靶角弓珠勒马,汉家将赐霍嫖姚。(《出塞》)

从这两首诗来看，第一首的清新淡远，第二首的沉雄矫健，都可证明摩诘对七言律诗的意境，较之沈宋二家，已经有了显明的扩展，然而我以为这种扩展，该只属于摩诘一人之成就，而并不代表整个七律一体之演进。因为，这两首诗中所表现之意境，乃出于摩诘之生活环境与其才情修养之自然流露，而并没有一种带着反省与尝试意味的开创精神，所以其意境虽佳，而却并不能表示摩诘曾促成七律一体之运用及表现技巧之任何进益，《积雨辋川庄作》一首，乃作于摩诘辋川隐居之时，据《旧唐书·王维传》云："晚年长斋，不衣文彩，得宋之问蓝田别墅在辋口，辋水周于舍下，别涨竹洲花坞，与道友裴迪浮舟往来，弹琴赋诗，啸咏终日。"有这样隐居闲逸的生活，所以，才有那样清新淡远的作品，这原是作者生活修养的自然流露，自无可疑；至于《出塞》一首，诗题下，原有自注云："时为御史，监察塞上作"，姚鼐评此诗云："右丞尝为御史，使塞上，正其中年才气极盛之时，此作声出金石，有麾斥八极之概矣。"可见《出塞》一诗之意境，也是作者当时生活才情的自然流露。此种由作者之生活、修养、才气、性情之所至的自然流露，都该仅属于作者个人之成就，而并不能代表一种诗体之历史的演进，正如陶渊明之五言古诗，虽然妙绝千古，然而却不能代表晋宋之际五言诗之演进的任何阶段。这正是我在前面论张平子与魏文帝时所说的，必须具备有知所安排运用，与知所毁建废兴的反省的理性，才能于诗体作有意之拓展与建立，而摩诘这二首诗，则仅是生活与修养所反映的自然之流露，所以，其意境虽较沈宋二家有所扩展，而其章法与句法，则仍然是平铺直叙，并无更进一步之演进。如果将这两首诗中的"山中习静观朝槿，松下清斋折露葵"，及"护羌校尉朝乘障，破虏将军夜度辽"等对句，与摩诘五言律诗之"江流天地外，山色有无中"，及"行到水穷处，坐看云起时"等对句相较，其工拙高下岂不显然可见。所以我说摩诘七律仍不免予人以沾滞之感，而与摩诘五律之超妙自然乃迥乎不可同日而语，因此七言律诗之体，在摩诘个人而言，固已较沈宋有所扩展，而就一种诗体之演进言，则并无显著之进步，至于摩诘此二诗平仄之失黏，所谓折腰体者，则尤为七律一体未尽臻于成熟之证。

其次，我们再看一看盛唐诗坛上，另外两位名家高适、岑参的七律之作，《全唐诗》共收高适诗二百四十一首，其中七律之作仅有七首，共收岑参诗三百九十七首，其中七律之作仅有十一首。高岑二家七言古风之边塞诗，固杰然为一世之雄，然而两家之七言律诗，则平顺板滞，全为格律所拘，其内容亦多为酬应唱和之作，并无任何开拓扩展。现在我们将二家七律之作各举一首来看一看：

> 嗟君此别意何如，驻马衔杯问谪居。巫峡啼猿数行泪，衡阳归雁几封书。青枫江上秋天远，白帝城边古木疏。圣代即今多雨露，暂时分手莫踟蹰。（高适《送李少府贬峡中王少府贬长沙》）

> 节使横行西出师，鸣弓擐甲羽林儿。台上霜风凌草木，军中杀气傍旌旗。预知汉将宣威日，正是胡尘

欲灭时。为报使君多泛菊，更将弦管醉东篱。（岑参
《九日使君席奉饯卫中丞赴长水》）

从这两首诗来看，高适的"巫峡啼猿"与"衡阳归雁"，及
"青枫江上"与"白帝城边"的对句；岑参的"台上霜风"与"军
中杀气"，及"汉将宣威"与"胡尘欲灭"的对句，虽颇为工整流
丽，然而其句法之平板，对偶之拘执，用意之凡近，亦可以概见
一斑，清叶燮即曾讥之谓："高岑七律，遂为后人应酬活套作俑。"
而高氏一首，中二联平列四地名，则尤为人所讥议。盖人之天性，
各有短长，观高岑二家之风格，近于豪纵雄放一流，而不耐束缚，
故长于古而短于律，譬如形骸脱略之人，一旦使之垂衣端坐，束
带整冠，便觉百种拘牵，举手投足，皆为所制，遂自然有一种窘
迫局促之态，所以高岑二家，对七律一体之演进，乃并未能有较
大之贡献。

再次，我们要提到另外一位伟大的诗人李白，李白确实是一
位了不起的天才，其七言古风，如《远别离》《蜀道难》《天姥吟》
《鸣皋歌》诸作，真有所谓"大江无风，波浪自涌，白云从空，随
风变灭"之妙，若此者，原为太白之所独擅，固无论矣；至其五
言古诗，如《古风》五十九首诸作，其包举之恢宏，寄意之深远，
皆可见其胸中浩渺之气，亦迥然非常人之所可及；至其五言律诗，
如《夜泊牛渚怀古》《听蜀僧濬弹琴》诸作，意境之苍茫高远，属
对之疏放自然，亦复正自有其不同于凡近之处；至于其五七言
绝句，一片神行，悠然意远，以琼绝一世之仙才，写为四句之小

诗，其成就尤非着力者之所能及。而惟有七言律诗一体，则为太白诸体中最弱之一环，据清缪曰芑本《李太白文集》，共收各体诗九百九十四首，其中七言八句，通篇押平韵之作共九首，而《送从弟绾从军安西》一首乃短歌之体，并非律诗，其较合于七言律诗之体者不过八首而已，这八首诗的题目是：

①赠郭将军②送贺监归四明应制③别中都明府兄④寄崔侍御⑤登金陵凤凰台⑥鹦鹉洲⑦题雍丘崔明府丹灶⑧题东溪公幽居

从这几首诗来看，太白的七言律诗有两种现象，一种是表现太白不羁之才气，全然不顾七律之格律者，如其《鹦鹉洲》一首：

鹦鹉来过吴江水，江上洲传鹦鹉名。鹦鹉西飞陇山去，芳洲之树何青青。烟开兰叶香风暖，岸夹桃花锦浪生。迁客此时徒极目，长洲孤月向谁明。

又一种则是为格律所拘，使太白之才气全然不得施展者，如其《题雍丘崔明府丹灶》一首：

美人为政本忘机，服药求仙事不违。叶县已泥丹灶毕，瀛洲当伴赤松归。先师有诀神将助，大圣无心火自飞。九转但能生羽翼，双凫忽去定何依。

从这两首诗来看，第一首颇有豪纵自然之致，而第二首之诗格，则极为平俗卑下，以太白谪仙之才，而竟有如此卑俗之作，那正因为其天才愈为不羁，格律之束缚所加之压迫感亦愈甚，譬如把一只身长不过数寸的小鸟，养在三尺高的樊笼之内，则虽在拘限之中，也还可以有回旋起舞的余地，而若囚雄鹰巨鹗于此樊笼之内，则其委顿低垂，乃真有不堪拘束者矣，所以太白有时不免竟尔不顾一切地破笼飞去，所举第一首《鹦鹉洲》的前四句，就表现了太白破笼竟去的一股天才的豪气。像这两类作品，无论其为委顿笼中，或者破笼竟去，对笼来说，都是不幸的，因为委顿于笼中者，固然是弥彰此樊笼之狭隘，而破笼飞去者，则竟破毁此樊笼而置之不顾。如果只就太白的七言律诗来看，则七律一种体式，乃真无丝毫可以成立之价值矣，这只因为太白之天才，与此种拘执狭隘之七律之体式，全不相合，而太白复不能如杜甫之致力用心于扩建此狭隘之樊笼使成为博大之苑囿的尝试，这就太白之天才与七律之体式来说，双方都是可遗憾的，所以太白在七律一体之成就，并没有什么值得称述之处，即使以其守格律的最负盛名的一首和作《登金陵凤凰台》来说，王世贞的《艺苑卮言》，及《全唐诗话》，也都曾讥之云："并非作手。"而胡仔的《苕溪渔隐丛话》，杨慎的《升庵诗话》，则皆谓其为拟崔颢《黄鹤楼》之作，现在我们把李白的《登金陵凤凰台》及崔颢的《黄鹤楼》，都抄录在后面看一看：

凤凰台上凤凰游，凤去台空江自流。吴宫花草埋幽径，晋代衣冠成古丘。三山半落青天外，二水中分白鹭洲。总为浮云能蔽日，长安不见使人愁。（李白《登金陵凤凰台》）

昔人已乘黄鹤去，此地空余黄鹤楼。黄鹤一去不复返，白云千载空悠悠。晴川历历汉阳树，芳草萋萋鹦鹉洲。日暮乡关何处是，烟波江上使人愁。（崔颢《黄鹤楼》）

从《登金陵凤凰台》诗开端之两用凤凰，及前录《鹦鹉洲》诗之两用鹦鹉来看，则太白确有模仿崔颢《黄鹤楼》诗两用黄鹤之嫌，而且《鹦鹉洲》诗次联之"芳洲之树何青青"，亦大似崔颢《黄鹤楼》诗次联之"白云千载空悠悠"，二者都是不顾平仄格律，末三字连用三平声，且有二叠字，与上一句迥然不相偶，凡此种种相似之处，都使人觉得，姑不论《苕溪渔隐丛话》及《升庵诗话》所载之故事是否可信，而太白此诗之曾受崔颢《黄鹤楼》之影响，则殆为无可置疑之事。以太白之天才超轶，而竟受崔氏一诗之影响如此之深，我想这正因崔氏以古风之句法入于律诗之作风，与太白之长于古风不耐格律束缚之天性有暗合之处，因之乃不免深受其影响。然而，即使以崔颢之《黄鹤楼》而言，虽然其兴象颇为高远，而就七律之诗体而言，则仍属未臻于完整成熟之介于乐府与律诗之间的过渡时期之作，此种作品，在天才偶一为之则可，然而究非正途常法，不能为后世树立规模，垂为典

范。明胡应麟评此诗，即曾云："崔颢《黄鹤》，歌行短章耳。"清
纪晓岚亦曾云："偶尔得之，自成绝调，然不可无一，不可有二，
再一临摹，便成窠臼。"所以即使是崔氏原作，也已经不能列为
七律之正格，而且并未能为后世开源辟径，则纵然崔氏之作可以
称为绝调，于七律一体之演进，也并不能有所裨益，而况太白此
诗，有模拟之心，此以创作之精神论，便已落于第二乘之境界，
至于《登金陵凤凰台》一诗中二联之对句，虽较《鹦鹉洲》一诗
为合律，金圣叹且曾赞美吴宫晋代一联云"立地一哭一笑"，以为
"我欲寻觅吴宫，乃惟有花草埋径，此岂不欲失声一哭，然吾闻
代吴者晋也，因而寻觅晋代，则亦既衣冠成丘，此岂不欲破涕一
笑"。又云："此是其胸中实实看破得失成败，是非赞骂，一总只
如电拂。"金氏之言，就诗之意境开阔而言，颇能得太白神情气势
之妙，然而《艺苑卮言》及《全唐诗话》，乃讥此二句云"并非作
手"者，就句法格律而言，此二句仍不过承初唐之旧，平顺工整，
并无可以称胜之处，尤其如果在读过杜甫的一些在句法中足以腾
掷变化的七律之后，就更可以体会出此"并非作手"四个字的意
味了。所以太白虽为绝世仙才，然而对七律一体之演进，也并无
丝毫功绩可以资为称述之处。

最后我们再看一看此一时期的其他名家之作，此诸家在诗的
内容方面，既没有摩诘与太白之广，而在诗的数量方面，也没有
摩诘与太白之多，所以他们对于七律一体，也都没有留下什么可
观之成绩，如孟浩然仅有七律四首，王昌龄仅有七律二首，崔曙、
祖咏和储光羲都仅有七律一首，而这些作品，都没有什么特殊成

就，姑且略而不谈。此外较为可观者，应推李颀及前面所谈到的崔颢二家，李颀留有七律六首，崔颢留有七律三首，崔颢除前所引过的《黄鹤楼》一首以外，还有《行经华阴》一首，及《雁门胡人歌》一首。《行经华阴》一首，气象颇为阔大，此盖崔氏一般之风格如此，而以体式与句法言，则并无特殊之演进，至于其《雁门胡人歌》一首，则与《黄鹤楼》一诗，同样有以乐府语调用于七律之情形，现在将这一首诗录出来看一看：

> 高山代郡东接燕，雁门胡人家近边。解放胡鹰逐塞鸟，能将代马猎秋田。山头野火寒多烧，雨里孤峰湿作烟。闻道辽西无斗战，时时醉向酒家眠。

此诗后六句全为七律之格式，而首二句则为乐府古风之声调，而且标题以"歌"为名，我们从此可以看出，崔颢实在是有意地以乐府声调用于七律，与前所举之《黄鹤楼》一诗，同样不能视为七律之正格，尤其不能代表七律一体正统之演进。

至于李颀的七律之作，虽然也不过只有七首，然而值得注意的是他对于七律一体运用之纯熟，现在我们举他的两首诗作为例证来看一看：

> 朝闻游子唱离歌，昨夜微霜初渡河。鸿雁不堪愁里听，云山况是客中过。关城树色催寒近，御苑砧声向晚多。莫见长安行乐处，空令岁月易蹉跎。（《送

魏万之京》）

　　花宫仙梵远微微，月隐高城钟漏稀。夜动霜林惊落叶，晓闻天籁发清机。萧条已入寒空静，飒沓仍随秋雨飞。始觉浮生无住着，顿令心地欲归依。（《宿莹公禅房闻梵》）

　　从这两首诗来看，李颀的七言律诗，其对偶之工整，声律之谐畅，转折之自然，都表现了对七律一体运用之成熟，唯一可惜的是并没有什么开拓独到的境界，所以许学夷就曾批评他说："李颀七言律声调虽纯，后人实能为之。"那也就是说他声律虽熟，而失之平整，内容也缺少开拓和变化，并没有什么极为过人的成就。

　　从以上所举的名家七律之作看来，可见唐诗七律一体，虽然在初唐沈宋的时候就已经成立了，然而在杜甫的七律没有出现之前，以内容来说，一般作品大都不过是酬应赠答之作；以技巧来说，一般作品也大都不过是直写平叙之句，所以严守矩矱者，就不免落入于卑琐庸俗，而意境略能超越者，则又往往破毁格律而不顾，因此七言律诗这一种新体式的长处，在杜甫以前，可以说一直没有得到尽量发展的机会，也一直没有得到应该得到的重视。我们看到自晚唐以来，两宋以迄明清诸家诗集中，七律一体所占的分量之重，所得的成就之大，就可以知道杜甫对于七律一体的境界之扩展，价值之提高，以及他所提供于我们的表现之技巧，句法之变化，这一切对于后世的影响，是如何深远而值得注意了。

三、杜甫七律之演进的几个阶段

中国文字之特色，是单形体单音节，无论赞成或反对，这个特色原来就适宜于讲求平仄及对偶，乃是一种必然的趋势所形成的事实，所以自魏晋南北朝以来中国的诗歌，一直都向着这一方面在发展。迄于唐代，五言律诗既已先获得优异的成绩于先，则按照理论来说，七言律诗较之五言律诗每句多了两个字，其缺点固然是增加了两个字的麻烦，而随之而来的优点，则是也增加了两个字的艺术之精美性的表现的机会，所以七言律诗之可以形成为中国诗歌中最凝炼精美的一种体式，原该是一种可以预期的事实，只是在杜甫以前的一些诗人，都因他们的天才工力以及识见修养的限制，而未能予这种体式以应得的重视，也未尝付出应尽的努力，直到杜甫出来，才由于他所禀赋的感性与知性并美的资质，而认识了这种体式的优点与价值，于是杜甫乃以其过人的感受力与思辨力，及其创作的精神与热忱，扩展了七律一体的境界，提高了七律一体的价值，而将他的高才健笔深情博学都纳入了这一向被人卑视的、束缚极严的诗体之中，而得到了足以笼罩千古的成就。当然这种成就，也并不是一蹴而成的，我现在就想试把杜甫的七言律诗，按其年代的先后，划分为几个阶段，藉以窥见一些杜甫在这种诗体的内容与技巧上的一些演进的痕迹，当然这种划分都只是为立说方便而作的大略的区划，不然，以杜甫之博大变化，每首诗皆各有其不同之风格与境界，则又岂是此简单的几个阶段所能尽。

杜甫的诗，据清浦起龙分体编辑的《读杜心解》来计算，计共收诗一千四百五十八首，其中的七言律诗计有一百五十一首之多，这比起李白的九百九十四首诗中只有八首七律的情形来，真是相差悬殊了，而如果自杜甫入蜀以后的作品来计算，则七律所占之比率数为尤大，即以此比数之大，与比数之增加来看，已经可以见到杜甫对七律一体之重视，及其逐渐成熟演进之痕迹了。如果把这一百五十一首七言律诗详加分析，其变化之多，方面之广，自然是难以穷尽的，我现在只依其时代之先后，约略将之分为四个演进的阶段。

第一个阶段是天宝之乱以前的作品，这是杜甫七言律诗作得最少，成绩也最差的一个阶段。在这一阶段杜甫仍然停留在模拟之中，其所作如：《题张氏隐居》《郑驸马宅宴洞中》《城西陂泛舟》《赠田九判官梁丘》《赠献纳使起居田舍人澄》等，其内容与一般作者一样，也仍然都是以酬赠及写作为主，技巧方面也只是对偶工丽句法平顺，丝毫没有什么开创与改进之处。现在我们举杜甫这一阶段的两首七律来看一看：

> 春山无伴独相求，伐木丁丁山更幽。洞道余寒历冰雪，石门斜日到林丘。不贪夜识金银气，远害朝看麋鹿游。乘兴杳然迷出处，对君疑是泛虚舟。（《题张氏隐居》）
>
> 青蛾皓齿在楼船，横笛短箫悲远天。春风自信牙樯动，迟日徐看锦缆牵。鱼吹细浪摇歌扇，燕蹴飞花

落舞筵。不有小舟能荡桨，百壶那送酒如泉。（《城西陂泛舟》）

第一首《题张氏隐居》，此题原有诗二首，另一首是五言律诗，所写乃相留款曲之情。此首七律，则写张氏隐居之幽寂，题中所云张氏，历代注者或以为乃隐居徂徕之张叔明，或以为乃张叔卿，或以为乃张山人彪，钱注已曾云："不必求其人以实之。"总之为一隐者而已，此诗开端先从入山求访说起，次句写山之幽，三句写沿途所历之涧道冰雪，四句写到后所见之斜日林丘，五句写夜宿所见烟岚霞气之美，藉以映衬张氏之高洁清廉，六句写朝游所见山中麋鹿之嬉，藉以映衬张氏之闲逸恬适，七句写乘兴而游，云山杳然，出处都迷，八句写对此高隐之士，此心荡然，全无所系，有宾主俱化之感（或以为七句喻隐仕之出处不决，八句慨己身之飘摇无着，似过于深求）。观此诗所写，由"求"而"历"而"到"，又由"斜日"而"夜"而"朝"，层次清晰，章法分明，中二联之对偶，亦复句法平顺，对偶工整，像这种平顺工整之作，仍未脱早期七律的平俗空泛之风，其内容与句法，都大有似于前所举李颀之《宿莹公禅房闻梵》一首，杜甫并未能超越前人而别有建树。

第二首开端写所见之楼船与船上青蛾皓齿之佳人，次句写遥闻箫笛之音，远传空际（悲字但写音声之感人，不必拘定悲哀为解）。三四一联，春风、迟日、锦缆、牙樯，极写春光之美与楼船之丽，而句中着以"自信"与"徐看"二字，可以想见一片容与中流之乐，五六一联，水中则鱼吹细浪，枝上则燕蹴飞花，而承以歌扇舞筵，则鱼吹细浪兼以映衬歌声之美，有沉鱼出听之意，燕蹴飞花兼以映衬舞姿之美，有燕舞花飞之致，复着以"摇"字"落"字，则扇影摇于水中，飞花落于筵上，遂尔将鱼儿、燕子、细浪、飞花，与歌扇舞筵并相结合为一片美景良辰赏心乐事，至于末二句，有荡桨之小舟，送百壶如泉之酒，正极写饮宴之乐且盛也。仇注引顾宸曰："天宝间景物盛丽，士女游观，极尽饮宴歌舞之乐，此咏泛舟实事。"是也。（或以为此诗如《丽人行》之类，当有所指，似不必如此拘凿。）观此诗所写之种种景物情事，可谓极铺陈工丽之盛，而其风格则仍在初唐绮丽余风的笼罩之下，可见杜甫此一时期的作品，仍未能完全摆脱时尚，其风格仍不过是平顺工丽，不但未能度越前人，即较之摩诘、太白的一些佳作之远韵高致，亦复尚有未及，而且此一诗之春风迟日一联，上下承接之际，都有平仄失黏之病，前一首之涧道一联与伐木句相承，亦有平仄失黏之病，此与前所举宋之问《钱中书侍郎来济》一首，及王维《积雨辋川庄作》一首，与《出塞》一首诸诗失黏之情形所谓折腰体者正复相同，这原是七律尚未完全成熟时的一种现象，杜甫尚完全在当时风气笼罩之下，所以连这种失黏的现象，也一并承袭下来，这与杜甫晚年所作的一些摆脱声律故为拗体的极为老成疏放的作品，实在不可以放在一起相提并论，这种作品是尚未入网的群鱼，而后来的拗体则是透网而出的金鲤，不过，杜甫在这一阶段的模仿与尝试，也已经为后来的种种演变与蜕化做了很好的准备功夫，这一点也仍是不可忽视的。

第二个阶段，该是收京以后重返长安一个时期的作品。这一阶段，杜甫所作的七言律诗，可以分作两部分来看，一部分是至德二载冬晚及乾元元年春初，杜甫重回长安，身任拾遗，满怀欣喜之情，所作的一些颂美之作，如：《腊日》《奉和贾至早朝大明宫》《宣政殿退朝晚出左掖》等诗属之；又一部分则是乾元元年春晚，杜甫自伤衮职无补，寸心多违，满怀失意之心，所作的一些伤感之作，如：《曲江》二首、《曲江对酒》、《曲江陪郑八丈南史饮》等诗属之。前一种颂美之诗篇，虽然也有一些颇为人所赞赏推重的高华伟丽博大从容的作品，然而此种颂美之诗，自初唐以来，作者已多，并非杜甫之所独擅，现在姑置不论。我所认为可以代表杜甫七律第二阶段的作品，乃是属于后一种的伤感之作，从这一部分作品，我们可以很明显地看到，杜甫一方面对于七律一体的运用，已经达到运转随心，极为自如的地步，而另一方面，杜甫于天宝之乱以来，所经历的陷长安，奔行在，喜授拾遗，放还鄜州，重返朝廷，再遭失意等种种忧患挫折的变化，也更为扩大而且加深了杜甫诗歌中的感情的意境，这种技巧与意境的同时演进与配合，使杜甫的七言律诗进入了第二个阶段。现在我们也举两首诗作为例证来看一看：

　　一片花飞减却春，风飘万点正愁人。且看欲尽花经眼，莫厌伤多酒入唇。江上小堂巢翡翠，苑边高冢卧麒麟。细推物理须行乐，何用浮荣绊此身。（《曲江》二首之一）

朝回日日典春衣，每向江头尽醉归。酒债寻常行处有，人生七十古来稀。穿花蛱蝶深深见，点水蜻蜓款款飞。传语风光共流转，暂时相赏莫相违。（《曲江》二首之二）

关于这二首诗，很多对杜甫此一时期心情之转变未曾详加研析体会的人，往往会觉得，以杜甫从前"致君尧舜"、"窃比稷契"的志意抱负，何以会在长安收复天子还京，杜甫身为近侍官授拾遗的时候，竟然写出如此及时行乐之作，王嗣奭《杜臆》就曾经说过："余初不满此诗，国方多事，身为谏官，岂行乐之时。"然而，我们如果仔细从杜甫的诗中研求一下，就会发现他是如何地从满怀的希望振奋，而转变到哀感颓伤，这种表面看来似是及时行乐之诗，其实正是杜甫一片悲哀失意之心情的流露。杜甫在初还朝时，不仅曾写了很多首欣喜颂美之作，而且更曾在诗歌中显露出他身为谏官的一份忠爱之情，我们看他的《春宿左省》一诗："花隐掖垣暮，啾啾栖鸟过。星临万户动，月傍九霄多。不寝听金钥，因风想玉珂。明朝有封事，数问夜如何。"此诗由花隐垣暮写起，而夜，而朝，在其瞻望星月，听金钥，想玉珂的种种情事之中，写出了多少忠勤为国之意，而所有的期待盼望，都只在于明朝之"有封事"，其殷勤恳挚，岂不正是一份"致君尧舜"、"窃比稷契"的用心？可是我们再看一看他在《题省中壁》一诗中所写的"腐儒衰晚谬通籍，退食迟回违寸心，衮职曾无一字补，许身愧比双南金"的话，就可以知道杜甫当时必然有许多难于进言，或进言而无补的苦衷，从其"违寸心"上面的"迟回"二字，就可看出他的无限低徊怅恨之悲了，而况就在这年春天，曾与杜甫以《早朝大明宫》诗相唱和的贾至，便已经出官汝州，杜甫《送贾阁老出汝州》的诗中，就已经有"艰难归故里，去住损春心"的叹息，其后于是年五六两月，房琯、严武与杜甫便也都相继出贬，由此可以想见当杜甫写《曲江》二首之时，不仅是抱着空怀忠悃久违寸心之悲，而且更可能有着无限忧谗畏讥之心，于是才写出《曲江》这两首如此哀感颓伤的作品。明白了杜甫当时的一份心情，我们再看这两首诗，才不会误以为是"行乐"之诗，而对杜甫妄加责怪，也才不会漫以一般诗人伤春之作而等闲视之。

第一首只开端"一片花飞减却春"一句，便已写出杜甫之满怀怅惘哀伤，仅此一句，便已是杜甫历遍人生种种悲苦深加尝味后之所得，因为若不是曾经深感到人世间花落春归的悲哀的人，决不会因一片之花飞，便体会到春光之残破，而杜甫却将如此深沉的悲哀的体味，仅从一片花飞写出，我们看他"一片"两字写得如此之委婉，而"减却"二字又说得如此之哀伤，其意境之深，表现之妙，便已非以前任何一家之所能比。而复继之以第二句云："风飘万点正愁人。"自花飞一片之哀伤，当下承接到风飘万点之无望，我每读此二句，总觉得第一句便已以其深沉的悲哀，直破人之心扉，长驱而入，而就在此心扉乍开的不备之际，忽然又被第二句加以重重的一击，真使人有欲为之放声一恸之感。然后复接以"且看欲尽花经眼，莫厌伤多酒入唇"二句，把一片无可奈何的心情、无可挽回的悲哀，全用几个虚字的转折呼应表达出来，已是欲尽之花，然且复经眼看之，已伤过多之酒！而莫厌入唇饮之，夫花之欲尽，既已难留，则我之饮酒，何辞更醉，而且不更饮伤多之酒，又何能忍而对此欲尽之花，既对此欲尽之花，又何能忍而不更饮伤多之酒，这两句真是写得往复低徊哀伤无限。我们试将此种对句，与以前所举高适之"巫峡啼猿""衡阳归雁"，及李颀之"关城树色""御苑砧声"等对句相较，就可以看出杜甫已经使这种平板的律诗对句，得到了多少生命，得到了多少抒发。以后接入五六两句："江上小堂巢翡翠，苑边高冢卧麒麟。"从飞花而写到人事，彼人事之无常，亦何异乎此飞花之易尽。张性《杜律演义》云："曲江，旧时风景佳丽，禄山乱后，无复向时之盛，是以堂巢翡翠，冢卧麒麟，盛衰不常如此。"仇注亦云："堂空无主，任飞鸟之栖巢，冢废不修，致石麟之偃卧。"所谓翡翠者，固当是翡翠鸟，江上小堂者，则昔日歌舞繁华之地也，而今歌舞繁华，都成一梦，而空堂之上，但为飞鸟营巢之地而已；麒麟者，石麒麟也，秦汉间公卿墓往往以石麒麟镇之，而今苑边高冢之前，石麟早已倾卧欹斜，则其断裂与斑驳可想，此无生之物尚且如此，则冢中昔日之人，富贵之早为云烟，尸骸之早为尘土，更复何所存留乎。有此二句，则知前四句，杜甫所以对风飘万点之欲尽飞花如此哀伤者，其感慨之深意，正自有无穷之痛。而以句法论，此江上小堂二句，又写得如此之整炼，一方面既足以使前四句为之振起，一方面更于此为一凝重之顿挫。然后接以尾联："细推物理须行乐，何用浮荣绊此身。""细推"二字写得极有深度，极有情致，细推者何，自此一片惊飞，乃至风飘万点的欲尽之花，到堂巢翡翠冢卧麒麟的世事云烟贤愚黄土，于是知一切有情无情之物，其幻灭虚空短暂无常尽皆如是，更何必羁绊于此"浮荣"，而徒然自苦，于是而有"须行乐"之言。然而以杜甫对国家对人类的情爱之深厚执着，又岂是真能看破虚空但求一己行乐之人。读此二句诗，当细味其"须行乐"之"须"字，及"何用浮荣"之"何用"二字，其中有多少含蕴，有多少悲慨，这种要将一切都放下而无所顾恋的、但求行乐的声吻，正由于杜甫一切都无法放下，而又无可奈何的一份沉哀深痛，后世浅识之人，乃竟真以"行乐"目之，仇注引申涵光之言，甚至以为此句"似村学究声口"，这对当时退食迟徊寸心多违的杜甫真是一种可悲的误解。

我们再看第二首诗，第二首诗乃承接第一首而来，第一首写伤春自慨而归之于无可奈何之行乐，第二首则由伤春无奈而转为留春之辞，然而春去难留，则留春之辞乃弥复可伤矣。首联"朝回日日典春衣，每向江头尽醉归"，一开端便写得如此之无聊赖，典春衣而云"日日"，向江头而云"每向"，醉归而云"尽醉归"，其"日日"字，"每"字，"尽"字，都用得极好，足以写出其满腔无可奈何的抑郁哀怨之情，而尤其妙在"日日典春衣"之上，偏偏着以"朝回"二字，夫上朝是何等事，典衣尽醉又是何等事，如今杜甫乃于朝回之时，而日日典衣以求尽醉，则其于朝中，违寸心之种种情事，可以想见。次联"酒债寻常行处有，人生七十古来稀"二句，先不论其以"寻常"对"七十"之数字之借对之妙，即以其"酒债"与"人生"，及"行处有"与"古来稀"之对偶的承应自然而言，便已非杜甫以前诸作者之一循格律便落平板的句法所可比，而此一联之尤可贵者，则更在其所含蕴之感慨之深。寻常行处的酒债之多，正因七十古稀的人生之短，而况人生一句之所慨者，实不仅七十古来稀之短促而已，其中更有杜甫对人生之多少失意哀伤，无可奈何之余，惟欲尽付之一醉而已，此所以寻常行处不辞酒债之多也，而杜甫此二句，却但只落落写来，一句酒债，一句人生，其间之开合感慨，乃尽在于言外，此种技巧与意境，也不是杜甫以前的七律所曾见。至于颈联"穿花蛱蝶深深见，点水蜻蜓款款飞"二句，一般人只知欣赏其"深深"与"款款"二叠字之自然，"穿花"与"点水"二对句之工丽，若但知以此为工，则真将堕入"鱼跃练川抛玉尺，莺穿丝柳织金梭"之恶道矣（见《曲江》二首仇注）。故叶梦得《石林诗话》乃赞美之云"读之浑然"、"气格超胜"，叶氏之言固然不错，而其实杜甫此一联的好处，还不仅在其句法工丽之中不见琢削之迹的一种浑然超胜之致而已，而更在其中所蕴含的一份极深曲的情意。王国维《人间词话》曾分诗歌为有我之境与无我之境，而举元好问之"寒波澹澹起，白鸟悠悠下"为无我之境，若元氏之"澹澹"与"悠悠"，亦为叠字，而其所表现者乃但为优闲淡远，并不见悲喜之情，与前所举王维《积雨辋川庄作》的"漠漠水田飞白鹭，阴阴夏木啭黄鹂"一联之"漠漠"、"阴阴"颇为相似，而与杜甫此联之"深深"、"款款"则迥不相同，盖王氏与元氏皆能泯然悲喜而为超，而杜甫此二句则乃是深糅悲喜而为入，虽然此二句中亦未尝着以悲喜字样，然而其所写之"深深"、"款款"，却使人读起来，自然会感到杜甫对此深深见之穿花蛱蝶，款款飞之点水蜻蜓，正自有无限爱惜之意，像这种不正面抒写感情，而感情却能由其所写之事物中自然透出的境界，正是胸怀博大感情深挚的杜甫之所独擅。而此二句，尤为使人感动者，则更由于自其爱惜之情中，所流露出的无限哀伤，何以知其哀伤，则自上一句之"人生七十古来稀"，及后二句之"传语风光""暂时相赏"诸语所显然可见者也。盖此穿花之蛱蝶与点水之蜻蜓，亦终必有随流转之风光以俱逝之一日，因此眼前所见之一种"深深"、"款款"之致，乃弥复可恋惜，亦弥复可哀伤矣，像这种情意如此转折深至，而对偶又如此工丽天然的七言律句，岂非我前面所说的意境与技巧的同时演进和配合的证明。至于尾联"传语风光共流转，暂时相赏莫相违"二句，"传语"二字已写出无限叮咛深意，而且其所欲传语者，乃是向无知之风光传语，其感情之深与痴可以想见，"共流转"之"共"字当是兼此二诗之花与蝶与蜻蜓与诗人而言者，此三字写得极为亲切缠绵，而复承接于叮咛深至的"传语风光"四字以后，其感人已多，而又继之以"暂时相赏莫相违"七字，"相赏"而云"暂时"，已说得如此可哀，而"莫相违"之"莫"字，则说得更为委婉深痛，全是一片叮咛祈望之深意，明知其不可留而留之，而如此多情以留之，杜甫伤春无奈之悲，至此而极矣。

从这二首诗看来，杜甫对七言律体之运用，可说是已经达到了纯熟完美，得心应手的地步了，所以，才能一从所欲地表达出如此曲折深厚的一份情意，而且，写得如此淋漓尽致，无一意不达，无一语不适，这岂不是杜甫之七言律诗的一大进步，而这种进步，也就正代表着整个七言律体的一大进步，杜甫的成就，已经使七言律诗脱离了早期的酬应写景的浮泛内容，与束缚于格律的平板句法，而使人认识了七言律体的曲折达意、婉转抒情的新境界与新价值，仅此一阶段之成就，杜甫已经为后世写七言律诗的人，开启了无数境界与法门，然而这在杜甫而言，却仍然只是他七言律诗的第二阶段而已。

杜甫在收京以后的一个阶段所作的七律中，还有一首极好的佳作，而本文却并未选录出来作为此一阶段的代表作，这首诗就是杜甫为郑虔遭贬所作的《送郑十八虔贬台州司户伤其临老陷贼之故阙为面别情见于诗》一首，卢德水曾赞美此诗说："万转千回，清空一气，纯是泪点，都无墨痕。"这确是一首极好的诗，而我并未选取此诗为此阶段之代表作的缘故，则是因为这首诗，乃是一首可遇而不可求的，在多种机缘凑泊之下所形成的特殊作品，而并不能代表此一阶段之常度的成就。试想郑虔这一位"有道出羲皇"、"有才过屈宋"的"老画师"是何等人物；而与杜甫之间的"但觉高歌有鬼神，焉知饿死填沟壑"的"忘形到尔汝"的友情，又是何等交谊；而"垂老陷贼""万里严谴"的遭遇，更是何等惨事；以如此之人物，如此之交谊，而遇如此之惨事，乃杜甫竟尔邂逅无端阙为一面之别，则更该是如何可憾恨之情意，像这种尽人间之极的作品，又何可以常度来衡量，这就是我未选取此诗为此一阶段之代表作的缘故。

第三个阶段，该是杜甫在成都定居草堂的一个时期的作品。

如果我们说第二个阶段，是杜甫从尝试模仿，进步到纯熟完美的一个阶段，那么，这第三个阶段，则该是从纯熟完美转变到老健疏放的一个阶段。写到这里，我想到一件值得一提的事，那就是杜甫所作七律较多的时期，都是在他生活上较为安定的时期。而在离乱奔亡中则很少写七言律诗，像禄山乱起以后，杜甫陷长安奔行在的一个时期，虽然也曾留下许多首不朽的诗篇，如《哀江头》《哀王孙》《喜达行在所》《述怀》《北征》等，然而却没有一首是七言律诗。其后杜甫由华州弃官，而秦州，而同谷，而间关入蜀的一段时期，杜甫在辗转旅途饥寒交迫之中，虽然也曾写了许多首好诗，如前后二十四首纪行诗，以及《同谷七歌》等，然而也没有一首是七言律诗，我以为这是颇可注意的一件事，这说明了七律一体在各种诗体中，是更富于艺术性的一种诗体，而写作七言律诗，也需要更多艺术上的余裕，这所谓余裕乃包括现实与精神两方面的从容与安定而言，即使所写的内容是沉痛哀伤，但在创作的阶段中，七律一体却始终需要更多安排反省的余裕，那就是因为七律是所有各种诗体中最精美的一种诗体，因此所需要的艺术技巧也更多，它不像五七言古诗之不受拘执，可以随物赋形，作自由的抒写。至于以七律与五律相较，则五律虽也有平仄对偶的限制，但五律毕竟少了两个字，对于工整与精美的要求，便也相对地减少了许多，所以五言律诗的写作，可以不需要较多的余裕。而况五律之体，前人之作品已多，蹊径已熟，对一位才情兼胜，而更复以工力见长的像杜甫这样的诗人而言，写五言律诗该是费力最少而最易成功的一种诗体了，所以在杜甫所留下的一千四百多首诗中，五律一体竟然有六百三十首之多，几乎将近所有各种诗体总和的半数，这在杜甫正是极自然的一件事。至于七言律诗，一则因此种体式在杜甫以前尚未成熟，二则因此种体式需要更多艺术上的余裕，既有此二条件，所以杜甫在天宝乱前第一阶段中，生活虽多余裕，而却因为对运用此种体式之技巧，尚未臻于圆熟自然之境，因此，此一阶段中，杜甫七律之作的数量并不多，到了收京之后的第二阶段，则生活一安定下来，杜甫的七律之作的数量与技巧，便已同时都有了显著的增加和进步。既然有了第二个阶段的成功，所以到了第三个阶段，杜甫在成都草堂定居以后，生活与心情一有了余裕，七律的作品，立时就增加了更多的数量，而其表现的技巧与境界，也同时有了另一度的转变。这正是一个伟大的天才之可贵的地方，因为一个真正的天才，其创作精神必然是生生不已的，杜甫既然在第二阶段已经达到了对七律之体式运用纯熟之境地，所以在进入第三阶段中，杜甫就开始步上了另一新境地，这种新境地，乃是变工丽为脱略，虽然仍旧遵守格律，然而却解除了格律所形成的一种束缚压迫之感，而表现出一种疏放脱略之致，可是，又并非拗折之变体，这是杜甫的七律之又一转变。当然，这一切转变，实在都只是一个天才演进发展的自然现象，并非如我所说的这样有心着迹，杜甫之自纯熟转入于脱略，也正是一种极自然的现象。而且另一方面，杜甫这时年已渐老，所经历过的生活，更可以说是历尽艰险，辛苦备尝，当年的豪气志意，既已逐渐消磨沮丧，心情也自然转入疏放颓唐，这种疏放的心情，与脱略的表现，形成了杜甫第三阶段的七律的风格，现在我们举两首作品为例来看一看：

> 为人性僻耽佳句，语不惊人死不休。老去诗篇浑漫与，春来花鸟莫深愁。新添水槛供垂钓，故着浮槎替入舟。焉得思如陶谢手，令渠述作与同游。（《江上值水如海势聊短述》）

> 幽栖地僻经过少，老病人扶再拜难。岂有文章惊海内，漫劳车马驻江干。竟日淹留佳客坐，百年粗粝腐儒餐。不嫌野外无供给，乘兴还来看药栏。（《宾至》）

第一首《江上值水如海势聊短述》一篇，在杜甫的七律之作中，并不能算是很好的作品，只是我以为这一首诗颇有特色，足以代表杜甫此一阶段的心情与风格，所以选录了这一首诗。此诗从诗题开始，就已表现了杜甫的一种脱略疏放的意致，试想江上值水如海势，乃是何等可观之事，像这种可观之事，如果在当年杜甫意气方盛之时，该如何用长篇伟制以渲染描绘之，而杜甫此题却于"江上值水如海势"之下，轻轻只用了"聊短述"三字，便尔遽然截住，这真是绝妙的一个诗题，吴见思《杜诗论文》评此诗云："江上值水势如海，公见此奇景，偶无奇句，故不能长吟聊为短述耳。"仇注更云："此一时拙于诗思而作。"这些话，我以为实在是浅之乎视杜甫，"拙于诗思""偶无奇句"等语，都说得过于浅狭落实，不能深得此一首诗的疏放脱略的情致之妙。以杜甫之高才健笔，岂真不能描述此一如海势之江水乎，不过杜甫当时已非复当年之豪气，一时不欲更逞才刻意于诗篇，故而乃有此作耳，观其题与诗之妙，此种情致实堪玩味。开端二句"为人性僻耽佳句，语不惊人死不休"乃写前时平生之为人，正为次联之反衬，当年性耽佳句，必求出语之惊人，此正一种少年盛气光景，而今则年已老去，意兴萧疏，乃觉平生种种争奇好胜之心俱属无谓，故继之乃有次联之"老去诗篇浑漫与，春来花鸟莫深愁"之言也，"浑漫与"一作"浑漫兴"，"漫兴"二字似较为习见易解，然而实不若作"漫与"之佳，"与"者给与交出之意，"浑漫与"者，谓随意写出全不用心着力之意也，故继云"春来花鸟莫深愁"，对作诗既已非复当年之性耽佳句语必惊人，对花鸟亦已非复当年之伤心溅泪，而致慨于其一片花飞风飘万点，因之乃一任今日江上水势之如海，我亦复何所动心，更亦复何劳笔墨，因乃聊为短述而已，此一联将杜甫老来一片疏放之情完全写出，而遥遥与诗题之"聊短述"三字相映照，极为有致。至于颈联"新添水槛供垂钓，故着浮槎替入舟"两句，则是呼应诗题之"江上水如海势"，却全不用正写，而仅只用侧笔作淡淡之点染，故意于其如海势之种种壮观奇景，皆略去不写，而只写一水槛，写一浮槎，而此水槛与浮槎，亦不过仅只聊以供垂钓替入舟而已，看此二句杜甫将一片如海势之水只写入如此之微物微事，真是闲淡之极，疏放之极，此正为此一诗情致佳妙之处，所以有心深求的人，反而不能领略这一首诗的好处了；至于尾联"焉得思如陶谢手，令渠述作与同游"二句，杜甫之设想，真乃如此诙谐入妙，其意盖云，我今既已老去，而又疏放如此，不复雕琢佳句以求惊人，则安得有一思如陶谢而有如此手段之诗人，则令渠述为惊人佳句，而我但得与之同游，便可不用思索雕琢之苦，而得有欣赏惊人佳句之乐，此种妙想，千载以下之今日读之，仍然可以使人对杜甫当日一份疏狂幽默的风趣发会心之微笑。而同时此一诗在格律句法方面，也同样表现了一种脱略之致，首联，一起便不入韵，而且两句之句法，复极为疏散质拙，乍观之，几乎全然不似律诗之起句，然细味之，则平仄又全然无所不合，是脱略，而却并非拗体（杜甫亦有拗律佳作，俟下节论之），此正为杜甫此一阶段独到之境界。次联"浑漫与""莫深愁"之对句，亦极脱略，而平仄及词性又能不失其平衡对称，正唯熟于律者，方能有如此妙用；至于颈联"水槛""浮槎"之对颇为工整，而却又出之以闲淡，此乃脱略之又一种表现；结尾一联之句法，与首联同其疏散，这一首诗，可以说充分表现了杜甫此一阶段的内容与格律两方面的疏放脱略的境界。

第二首，起二句："幽栖地僻经过少，老病人扶再拜难。"与前一首相同，也是起首不入韵，而与前一首相异的，则是此二句乃是对起，而且不仅字面相对，内容方面亦是宾主相对，首句"经过少"是就宾而言，次句"再拜难"则是就主而言，而且自此以下通篇皆以宾主互相对，三句"文章惊海内"是主，四句"车马驻江干"是宾，五句"佳客坐"是宾，六句"腐儒餐"是主，七句"无供给"是主，八句"看药栏"是宾。高步瀛先生《唐宋诗举要》评此诗云："开合变化，极变化之能事。"通观全篇，谨严之中有脱略，疏放之中有整齐，这正是熟于格律而能脱去束缚压迫之感的代表作品。至于就内容而言，则首句"幽栖地僻"既本无意于宾之访，次句"老病人扶"自亦无怪其礼之疏，而于此疏懒之致中，却偏偏用了"经过""再拜"等谨严的客套字样，写得狂而不率，情致极佳；次联"岂有文章惊海内，漫劳车马驻江干"二句，"文章"与"车马"及"海内"与"江干"之对句，用字颇端谨，而"岂有"与"漫劳"二字之口吻，则又极为疏放自然，"文章"一句，似谦退之语，而隐然亦可见文章之有声价，"车马"一句似推敬之言，而隐然亦见车马之无足羡；至于颈联"竟日淹留佳客坐，百年粗粝腐儒餐"，以"淹留"对"粗粝"，字面便极脱略，佳客自无妨为竟日之留，而腐儒则唯有粗粝之供，一片疏放真率之情，写得极自然可喜；至尾联之"不嫌野外无供给，乘兴还来看药栏"二句，"不嫌"一本作"莫嫌"，我以为"不嫌"之口气是就客说，客自不嫌耳，若作"莫嫌"，则似有主人愿客莫嫌之意，以杜甫此诗所表现之疏放之情来看，似以作"不嫌"为佳；"药栏"则花药之栏也，野外原无供给之物，亦不欲故求供给之物，惟"药栏"或者尚可一看，至于客之是否"不嫌"，是否"还来"，则一任之耳，不嫌固佳，嫌亦何妨，来固佳，不来亦何伤，此二句原不必深求，但写杜甫当时一份疏放之情而已，必如金圣叹所云："因不能款他，要他速去。"则未免失之浅狭矣。

综观此二诗，以内容情意而言，既然都表现了杜甫久经艰苦幸得安居后的一份疏放的情致，以格律技巧言，则又都表现了臻于纯熟以后的，或散或整或工或率的一种脱略的境界，这是杜甫七言律诗的第三个阶段，在此一阶段的作品如《卜居》《狂夫》《客至》《江村》《野老》《南邻》等，都表现了相近似的境界，这是对人生的体验与对格律的运用，都已经过长久的历练，而逐渐摆脱其压迫与束缚的一种境界，这是杜甫七律的又一进展，也是七言律诗一体，在格律之束缚中，自拘谨化为脱略的又一进境。

第四个阶段，我以为该是杜甫去蜀入夔以后一个时期的作品。这一时期，杜甫的七律可以分作正变两方面来看，像《诸将》五首、《秋兴》八首、《咏怀古迹》五首等，这当然是属于正格方面的代表作，而像《白帝城最高楼》《黄草》《愁》《暮春》等诗，则是属于变体的拗律，初看起来，正格与变体，似乎是迥然相异的二种风格，而其实这却正是一种成就之两面表现。杜甫此一阶段之七律，对格律之运用，已经达到完全从心所欲的化境的地步，不过，一种从心所欲是表现于格律之内的腾掷跳跃，另一种从心所欲则是表现于格律之外的横放杰出而已。

现在我们先举一首横放杰出于格律之外的变体的拗律来看一看：

城尖径仄旌旆愁，独立缥缈之飞楼。峡坼云霾龙虎卧，江清日抱鼋鼍游。扶桑西枝对断石，弱水东影随长流。杖藜叹世者谁子，泣血迸空回白头。（《白帝城最高楼》）

　　杜甫的拗体七律，早在其第一阶段与第二阶段，就已经出现过，如《郑驸马宅宴洞中》、《题省中壁》、《早秋苦热堆案相仍》等，其平仄音律便都有拗折之处，此种作品，但为杜甫多方面继承接纳之一种尝试，盖在七律一体尚未完全奠立之先，如庾信《乌夜啼》等作，其音律多往往有拗折之处，此原为一种不成熟之现象，杜甫早期拗律，亦仅为一种尝试而已，而到了去蜀入夔以后，杜甫的拗律，却由尝试而真正达到了一种成熟的境地，以拗折之笔，写拗涩之情，琼然有独往之致，造成了杜甫在七律一体的另一成就，而《白帝城最高楼》一首，就正可为杜甫成熟之拗律的代表作品。此诗开端"城尖径仄旌旆愁"一句，"仄"字"旆"字都是仄声，从一开始就是拗起，写出一片险仄苦愁情景。次句"独立缥缈之飞楼"，"立"字与"缈"字又是两仄声字，声律既已拗折，而复于句中用一"之"字，变律诗之句法而为歌行之句法，且连用三平声，奇险中又别有潇洒飞扬之致，而独立苍茫之悲慨亦在言外。三四两句"峡坼云霾龙虎卧，江清日抱鼋鼍游"，对偶声律都颇为工整，以格律言，此二句固正是律诗之重点所在，此一联之工整，正是此诗虽为拗体，而仍不失为律诗的重要关节，然而"鼋鼍游"却又连用了三个平声字，工整中仍有拗涩之致，至于以内容言则此二句乃写高楼所见之景，仇注引韩廷延云："云霾坼峡，山水盘拏，有似龙虎之卧；日抱清江，滩石波荡，恍如鼋鼍之游。"这两句所形容刻划之景物实极为真切，而却偏偏出之以险怪之辞，疑似之笔，于工整中力避平俗，这正是杜甫变中有正、正中有变的一种妙用。至于颈联"扶桑西枝对断石，弱水东影随长流"则写峡石之高与水流之远，扶桑为日出之地，在碧海中，有树长数千丈，见《山海经》及《十洲记》，弱水则《禹贡》《山海经》《淮南子》《史记·大宛列传》《汉书·地理志》及《后汉书·东夷传》皆有所载，要之弱水之为水发源极远，而自西东流，此二句盖言峡之断石极高，遥遥与东方扶桑之西枝相对，江之水流极远，遥遥与西方弱水之水影相接，其意不过写峡高水远，而用字遣辞乃有横绝一世之概。至于此一联之声律，则上句"桑"字与"枝"字两字皆平，下句"水"字与"影"字两字皆仄，上句"对断石"连用三仄，下句"随长流"连用三平，拗折中亦有法度，且声律虽拗，对偶则工，此仍是杜甫正变相参之妙用。第七句"杖藜叹世者谁子"，句中用一"者"字，大似散文之句法，较之次句效歌行体用"之"字，尤为奇崛，后之韩愈有意学杜之奇险，亦往往以文句入诗，如其《荐士》一诗"有穷者孟郊"一句，岂非与杜甫此句之句法颇为相近，然而韩愈之奇险，乃在惟以字句争奇，而不能于感情意境上取胜，其奇险乃落空而无足取，至如杜甫此句，则不仅句法之奇崛而已，而其尤可贵者，乃在以此拗涩之句，写出其一种中心多忤的叹世之情，"杖藜"写人之形貌，则既衰病而艰于行矣，"叹世"写人之心境，则满怀悲慨徒托之叹息矣，然后用"者"字作一收束，顿挫极为有力，再以"谁子"二字接转，则此杖藜而叹世者，果何人哉，乃竟形貌如此之衰，心情如此之痛乎，此句悲慨极深，乃全在用"者"字之音节拗涩停顿中表现出来，这又岂是仅知于字面学杜甫之奇险的人之所能企及。至于末一句，"泣血迸空回白头"，乃承上句而来，写其叹世之悲，有至于如此者。杜甫往往以"泣血"写其深沉之悲苦，如其《得舍弟消息》一诗之"啼垂旧血痕"，《遣兴》一诗之"拭泪沾襟血"，读之皆使人深为其悲苦所感动，以为杜甫所泣者，固当真是血痕而非泪点也，唯是前所举二句之泣血，尚复有垂痕可见，有衣襟可沾，今日在此高楼之上，满怀叹世之情，乃竟至泣血迸空，更无可供沾洒之地，既写出楼之高，更写出情之苦。而"回白头"三字，则使人读之尤觉可哀，何则，满头白发而望空回首，此中固有多少抑郁无奈之情在也，或以为"泣血迸空"斯可矣，又何必"回白头"乎，则杜甫《秦州杂诗》之五，固曾有"哀鸣思战斗，回立向苍苍"之句矣，彼骐骥老马，何不"直立向苍苍"乎，盖直立便无此郁勃之气也，读者当于此深加体味，则知其一片违拗艰苦之情，皆在此一回首之中矣。通观此诗，以拗折艰涩之语，写拂郁艰苦之情，既得声情相合之妙，而复能于拗折中把握一份法度。首联，以拗句起，以拗句救；颔联把握律诗之重点，而却于工整中见奇险之致；颈联复以下句之拗救上句之拗，而又于声律之拗折中，把握了对偶之工整；尾联于第七句用一"者"字，以散文之句法入诗，复接以"谁子"二字，作疑问之口气唤起末句，极得顿挫振起之妙。像这样的诗，其所把握的，乃是形式与内容相结合的一种原理与原则，虽然不遵守格律的拘板形式，却掌握了格律的精神与重点。毛奇龄曾评杜甫拗律云："杜甫拗体，较他人独合声律，即诸诗皆然，始知通人必知音也。"（见《暮归》诗仇注）所以，杜甫此种变体之拗律，虽是横放杰出于声律之外，然而却实在是深入于声律的三昧之中了。

因此，我以为此种变体之拗律，与另一种谨守格律，而于格律之拘限中作腾掷跳跃的正格律诗，实在乃是同一种成就的两种表现。这两种表现，都说明了杜甫已经深得律诗之三昧，达到了出入变化运用自如的地步。如果单纯以欣赏而言，则无论其为正格为变体，杜甫此一阶段的七言律诗，都自有其值得赏爱之处，但如果以七言律诗之演进而言，则自然仍当以正格之作为主。至于拗律虽然易见飞跃腾挈之势，而如果以诗体演进之理论言，则拗律毕竟只是侧生旁枝，即如宋代之黄山谷，有心专致力于拗体之尝试，后人甚至为之定立了单拗、双拗、吴体，种种名目，其于拗律之写作，可以说颇有成就了。而观其所作，实在只是求奇取胜，因为正格的谨守格律的七律，如果没有高才深情，便容易流于庸弱，山谷盖深明此理，所以乃以拗折为古峻，这在形貌与音律方面确实有化腐朽为神奇之用，但此与杜甫之以拗折之笔写拗折之情，把一片沉哀深痛都自然而然地表现于拗律之中的作品，当然不可同日而语。不过杜甫的拗律，确曾为后人开了一条门径，使后人得了一个避免流于平弱庸俗的写七律的法门。这一点就杜甫之七律对后世之影响而言，已是极可注意的一件事，不过，以拗折避平弱，毕竟只是别径，谨守格律而能不流于平弱的作品，才是正格的更可注意的成就。

说到杜甫此一阶段的正格的七言律诗，自然当推其《诸将》《秋兴》《咏怀古迹》等诗为代表作，而其中尤以《秋兴》八首之成就为最可注意，现在我们就把这八首诗抄出来看一看：

其一

玉露凋伤枫树林，巫山巫峡气萧森。江间波浪兼天涌，塞上风云接地阴。丛菊两开他日泪，孤舟一系故园心。寒衣处处催刀尺，白帝城高急暮砧。

其二

夔府孤城落日斜，每依北斗望京华。听猿实下三声泪，奉使虚随八月槎。画省香炉违伏枕，山楼粉堞隐悲笳。请看石上藤萝月，已映洲前芦荻花。

其三

千家山郭静朝晖，日日江楼坐翠微。信宿渔人还泛泛，清秋燕子故飞飞。匡衡抗疏功名薄，刘向传经心事违。同学少年多不贱，五陵衣马自轻肥。

其四

闻道长安似弈棋，百年世事不胜悲。王侯第宅皆新主，文武衣冠异昔时。直北关山金鼓震，征西车马羽书迟。鱼龙寂寞秋江冷，故国平居有所思。

其五

蓬莱宫阙对南山，承露金茎霄汉间。西望瑶池降王母，东来紫气满函关。云移雉尾开宫扇，日绕龙鳞识圣颜。一卧沧江惊岁晚，几回青琐点朝班。

其六

瞿唐峡口曲江头，万里烽烟接素秋。花萼夹城通御气，芙蓉小苑入边愁。珠帘绣柱围黄鹄，锦缆牙樯起白鸥。回首可怜歌舞地，秦中自古帝王州。

其七

昆明池水汉时功，武帝旌旗在眼中。织女机丝虚夜月，石鲸鳞甲动秋风。波漂菰米沉云黑，露冷莲房坠粉红。关塞极天唯鸟道，江湖满地一渔翁。

其八

昆吾御宿自逶迤，紫阁峰阴入渼陂。香稻啄余鹦鹉粒，碧梧栖老凤凰枝。佳人拾翠春相问，仙侣同舟晚更移。彩笔昔曾千气象，白头今望苦低垂。

在这八首诗中，无论以内容言、以技巧言，都显示出来，杜甫的七律，已经进入了一种更为精醇的艺术境界。先就内容来看，杜甫在这些诗中所表现的情意，已经不是一种单纯的现实之情意，而是一种经过艺术化了的情意，譬如蜂之采百花，而酿成为蜜，这中间曾经过了多少飞翔采食，含茹酝酿之苦，其原料虽得之于百花，而当其酿成之后，却已经不属于任何一种花朵了，杜甫在这些诗中所表现的情意，亦复如此。杜甫入夔，在大历元年，那是杜甫死前的四年，当时杜甫已经有五十五岁，既已阅尽世间一切盛衰之变，也已历尽人生一切艰苦之情，而且其所经历的种种世变与人情，又都已在内心中，经过了长时期的涵容酝酿，在这些诗中，杜甫所表现的，已不再是像从前的"穷年忧黎元，叹息肠内热"的质拙真率的呼号，也不再是"朱门酒肉臭，路有冻死骨"的毫无假借的暴露，杜甫在这些诗中所表现的，乃是把一切事物都加以综合酝酿后的一种艺术化了的情意，这种情意，已经不再被现实的一事一物所拘限，正如同蜂之酿蜜，虽然确实自百花采得，却已经不受百花中任何一种花朵的拘限了。如果我可以妄拟两个名称加以区分的话，我以为拘于一事一物的感情，可以称之为"现实的感情"；而经过综合酝酿以后的一种感情之境界，则可以称之为"意象化之感情"，杜甫在这些诗中所表现的，就已经不再是"现实的感情"，而是一种经过酝酿的"意象化之感情"了。

再就技巧来看，杜甫在这些诗中所表现的成就，有两点可注意之处：其一是句法的突破传统，其二是意象的超越现实，有了这两种运用的技巧，才真正挣脱了格律的压束，使格律完全成为被驱使的工具，而无须以破坏格律的形式，来求得变化与解脱了。因此七言律诗才得以真正发展臻于极致，此种诗体才真正在诗坛上奠定了其地位与价值。杜甫所尝试的这两种表现的方法，对中国旧诗的传统而言，原是一种开拓与革新，然而杜甫在这种开新的尝试中，却完全得到了成功，那就是因为杜甫所辟的途径，乃是完全适合于七律一体的正确可行的途径。看到这种成就，我们不得不震惊于杜甫的天才，其所禀赋的感性与知性是如此的均衡并美，因之，乃能对于诗体的特色，辞句的组织，前人已有之成就，未来必然之途径，都自然而然有一种综合的修养与认识，而复能加以正确地开拓和运用。

就七言律诗之体式而言，其长处乃在于形式之精美，而其缺点则在于束缚之严格。杜甫以前的一些作者，如沈、宋、高、岑、摩诘、太白诸人，都未能善于把握其特色来用长舍短，所以谨守格律者，则不免流于气格卑弱，而气格高远者，则又往往破坏格律而不顾。盖七律之平仄对偶，乃是一种极为拘狭，极为现实之束缚，如果完全受此格律之束缚，而且作拘狭现实之叙写，如宋之问的"金鞍白马"与"玉面红妆"，高达夫的"青枫江上"与"白帝城边"，甚至如王摩诘之"山中习静"与"松下清斋"，都不免有拘狭平弱之感，这是在此严格之束缚中的一种必然的现象，杜甫在其第一阶段的七律之作，便亦正复如此。到了第二阶段，则杜甫对于此拘狭现实之格律，已经达到了运转自如之地步，所以，已能将较深微曲折之情意纳入其中，而就格式言，则杜甫却仍然停留在工整平顺的一般性之束缚中。到了第三阶段，杜甫便表示了对格律之压迫感的一种挣脱之尝试，只是这种挣脱之尝试，仅表现于消极地以脱略代工整而已，而并未曾作积极地破坏或建树。到了第四阶段，杜甫才真正地完全脱出于此种拘狭于现实的束缚之外，而于破坏与建树两方面，都做到了淋漓酣畅、尽致极工的地步，属于破坏性的拗律，我在前面已曾详细论及，杜甫之破坏，并非盲目的破坏，他所破坏的，只是外表的现实拘狭的形式，而却把握了更重要的一种声律与情意结合的重点，这正是深入于声律之中，又能摆脱于声律之外的一种可贵的成就，不过这种成就，虽然避免了七律之缺点，做到了完全脱出于严格的束缚之外的地步，但另一方面却也失去了七律之长处，而未能保持其形式之精美，因此杜甫在拗律一方面之成就，终不及其在正格的七律一方面之成就的更可重视，而使杜甫在正格之七律中，能做到既保持形式之精美，又脱出严格之束缚的，两点最可注意的成就，那便是前面所提到过的——句法的突破传统与意象的超越现实。

先就句法的突破传统来看，中国古诗的句法，一向是以承转通顺近于散文的句法为主，如"行行重行行，与君生别离"（《古诗十九首》）"步登此芒坂，遥望洛阳山"（曹植《送应氏诗》）"西京乱无象，豺虎方遘患"（王粲《七哀诗》）诸语皆属平顺直叙之句法；其后随声律之说的兴起，诗的句法也因拘牵于声律而又力求精美之故，而渐趋于浓缩与错综，如"鱼戏新荷动，鸟散余花落"（谢朓《游东田》）"网虫随户织，夕鸟傍檐飞"（沈约《直学省愁卧》）诸语，便已迥异于前所举诸诗句之舒展自然；迄于初唐以后，随律诗体式之奠定，诗句亦更趋于紧缩凝炼，如"露重飞难进，风多响易沉"（骆宾王《在狱咏蝉》）"云霞出海曙，梅柳渡江春"（杜审言《早春游望》）诸语，或省略主词，如"露重"二句；或以短语做形容词之用，如"云霞"二句，然而要之，其因果层次，则仍极为通顺明白，如前二句"露重"是因，"飞难进"是果，"风多"是因，"响易沉"是果，后二句"云霞出海"是写"曙"之美，"梅柳渡江"是写"春"之来，若此等诗句，虽已化传统之平散为浓炼，然而一则其变化乃全出于诗体音律所形成的自然之趋势，而并非出于作者有意之改革或开创，再则其变化仅为自平缓舒散之化为紧炼浓缩，而并非因果与文法之颠倒或破坏，所以，此种句法与传统之句法，并不甚相远。而七言律诗之体，初起之时，实在连此种五言律精炼浓缩的阶段亦尚未做到，而仅能以散缓的句法，写平顺的对句，但我们从五律的演进，就可以推知，七律的对句之必将自散缓平顺，转为精炼浓缩，乃是一种极为自然的趋势，在这种趋势下，杜甫不但自然地做到了精炼浓缩，而且，以其过人之感性与知性，带领着七言律诗的句法，进入了另一完全突破传统的新境界，那就是因果与文法之颠倒与破坏，这种颠倒与破坏对杜甫而言，是含有着一种反省与自觉的意味的，而并非全出于无意之偶然，这种含有反省与自觉意味的革新，不但在当时是一种前无古人的开创，即使在五四新文学革命以后的近代，也还有些人对之不能完全承认或接受，如陆侃如与冯沅君合编之《中国诗史》，便曾讥诋《秋兴》及《咏怀古迹》的一些诗句为"直堕魔道"、"简直不通"，胡适之的《白话文学史》，在评述杜甫的七言律诗时，也曾说："《秋兴》八首，传诵后世，其实都是一些难懂的诗谜，这种诗全无文学的价值，只是一些失败的诗玩意儿而已。"胡先生的为人与治学的精神，我一向极为尊敬，只是对杜甫《秋兴》八首的评语，我却不敢苟同。我们试举《秋兴》八首中，最为人所讥议的"香稻啄余鹦鹉粒，碧梧栖老凤凰枝"两句来看，就逻辑与文法而论，此二句实有邻于不通之嫌，盖如将首二字视为主词，将第三字视为动词，则香稻固无喙，如何能啄，碧梧亦无足，如何能栖，此所以很多人讥评此二句为不通，或者又以为此二句乃是倒句，但假如竟把此二句倒转过来，成为"鹦鹉啄余香稻粒，凤凰栖老碧梧枝"，则此二句乃成为正写鹦鹉啄稻与凤凰栖梧之两件极现实之情事。姑不论"凤鸟"之久矣不至，在现实中本不可能为实有之物，即使果有凤凰栖梧之事，如此平铺直叙地写下来，也成为极浅薄现实的一件情事了。所以杜甫此二句，其主旨原不在于写鹦鹉啄稻与凤凰栖梧二事，杜甫之意乃在写回忆中的渼陂风物之美，"香稻""碧梧"都只是回忆中一份烘托的影像，而更以"啄余鹦鹉粒"与"栖老凤凰枝"，来当作形容短语，以状香稻之丰，有鹦鹉啄余之粒，碧梧之美，有凤凰栖老之枝，以渲染出香稻碧梧一份丰美安适的意象，如此，则不仅有一片怀乡忆恋之情，激荡于此二句之中，而昔日时世之安乐治平亦复隐然可想，这是一种极为高妙的表现手法。故读此二句时，不当以香稻碧梧二词，与下一啄字及栖字连读，而当稍做一停顿，如此便能将下五字分别为形容短语，而不致有文法不通之言矣。所以，《而庵诗话》即曾云："论诗者以为杜诗不成句者多，乃知子美之法失久矣，子美诗有句有读，一句中有二三读者，其不成句处，正是其极得意处也。"我以为正是这种新颖的句法，才使这二句超脱于一般以平铺直叙来写拘狭现实之情事的范畴，而进入于一种引人联想触发的感情的境界，这种句法，其安排组织全以感受之重点为主，而并不以文法之通顺为主，因此，其所予人者乃全属意象之感受，而并非理性之说明。所以，杜甫的句法，虽然对传统而言，乃是一种破坏，而其实却是一种新的创建，这种创建可把握感受之重点，写为精炼之对偶，而全然无须受文法之拘执，一方面既合于律诗之变平散为精炼之自然的趋势，一方面又为律诗开拓了一种超乎于写实的新境界，如此，七言律诗才真做到了，既保持了形式之精美，又脱出了严格之束缚的地步，才真的完全发挥了七律的长处与特色，而避免了七律的缺点。这是杜甫第一点可注意之成就。

其次，再就意象之超越现实来看，在传统的观点中，杜甫原被人目为写实派的诗人，如其《赴奉先县咏怀》《北征》《羌村》、三吏、三别等一些名作，当然都是属于写实的作品，其成就之坚实卓伟，固早已为众所周知，而我以为杜甫在晚年的七律之作品中，所表现的写现实而超越现实的作品，才是更可注意的成就。因为，中国的诗歌，自三百篇以来，可以说大多数是偏于写实之作，如《关雎》《桃夭》与夫《苕之华》《何草不黄》诸诗，无论其所写者之为欢乐，为愁苦，要之皆不外以现实之事物，写现实之情意，即使有比兴之喻托，而其所借喻与被喻者，仍然皆属于现实之范畴。这种比兴喻托之作，一直到了唐代的初期，仍然被现实的圈子拘限着，如骆宾王之《在狱咏蝉》的"露重飞难进，风多响易沉"，陈子昂之《感遇》的"微月生西海，幽阳始代升"，或者以"露重风多喻世道之艰险"、"难进易沉慨己冤之不伸"（唐汝询说），或者以"阴月喻黄裳之坤仪"、"阳光喻九五之乾位"（陈沆说），这种作品，其所喻托之拘牵，自属显然可见。而杜甫《秋兴》八章，所表现的一些意境，则既非平叙之写实，又非拘牵之托喻，而乃是以一些事物的意象表现一种感情的境界，完全不可拘执字面为落实的解说，这在中国诗的意境中，尤其在七言律诗的意境中，是一种极为可贵的开创。杜甫之所以能达致此种成就，其因素约有下列数端：其一，杜甫此八诗所表现之内容，如前所言，乃是一种"意象化之感情"，而非"现实之感情"，故其所写之情意，乃不复为一事一物所拘限，这是其所以能超越现实之一因；其二，杜甫所用以表现之句法，如前所言，乃全以感受之重点为主，而并不以文法之通顺为主，因此其表现之方式，不为说明而为触发，这是其不为现实所拘之又一因；其三，如果以杜甫与李贺义山辈的幽微渺茫之意境相较，杜甫诗中所表现的情意，仍是属于近乎现实之情意，然而其竟能突破现实之拘限的缘故，则在其感情本身之质量的深厚与博大。《庄子·逍遥游》说："水之积也不厚，则其负大舟也无力。"韩愈《答李翊书》说："水大则物之浮者大小毕浮。"感情之质量亦复如此。所以，以孟郊贾岛气局之狭隘，则纵使极力雕琢也依然无补于其枯窘寒瘦，令人有置杯则胶之感，若杜甫之襟怀感情，如果以水为喻，则其度量固属汪洋浩瀚，难以际其端涯，以浮物言亦复大小毕浮，难以一一遍举，故陈继儒评《秋兴》八首，乃有"云霞满空回翔万状"之言，所以，其意境既难于作具体之说明，亦难于为现实之界划，大有背负青天而莫之夭阏之势，这是杜甫之所以虽写现实，而却超越于现实之外的又一因。

杜甫的这种成就与表现，在前面论句法一节，举"香稻"、"碧梧"二句为例时，我已曾言及此二句原只是回忆中一份影像的烘托，而借以表现怀乡恋阙之种种情怀与夫盛衰今昔之种种悲慨。今再举一例，如其七"昆明池水"一首，"织女机丝虚夜月，石鲸鳞甲动秋风"二句，也是以一些事物来渲染出一种意象，借以表现一种感情之境界，而并非拘狭之写实，虽然织女与石鲸之石刻，也确为长安昆明池所实有之物（详见《七章集解》），然而杜甫此二句，则不仅写其对昆明池畔之织女像，以及水中之石鲸鱼的一份怀念而已，其所要写的，乃是借织女石鲸，所表现出的一种"机丝虚夜月"与夫"鳞甲动秋风"的空幻苍茫飘摇动荡的意象，此种意象，原难于作现实之说明与勾划，而读者却又极容易自其中引起触发与联想，所以，前之注杜诗者，对于此种诗句，乃往往有极纷纭歧异的多种解说与猜测。即以此二句而言，"织女"句，有以为喻言"防微杜渐之思不可不密"者，有以为写"杼柚之已空"者，有以为"比相臣失其经纶"者；至于石鲸句，则多以为乃写"强梁之蠢蠢欲动"，或者更以为有"万一东南江湖之间变起不测"之意（以上诸说皆详《七章集解》）。凡此诸说，皆受中国传统的比兴喻

托之说的拘执，所言皆不免过于拘狭落实，而不能纯自其意象去体
会其中的一份怀恋之情，今昔之感，空幻之悲，与夫动乱之慨，譬
如酌蠡于海，又安能穷其端涯，尽其浮物也哉。故读杜甫《秋兴》
诸诗，必须先有一份深刻而通达的感受能力，而不可拘执字义与句
法，作过于现实之解说与评论，《一瓢诗话》即曾云："杜少陵诗止
可读不可解，何也，公诗如溟渤无流不纳，如日月无幽不烛，如大
圆镜无物不现，如何可解。"若欲勉强拘牵现实以立说，则真不免
贻摸象揣籥之讥了。所以我说杜甫第二点可注意之成就，乃是意象
之超越现实，那是因为杜甫所写的，虽也是现实的景物情意，如织
女石鲸之确为现实之物，忧时念乱之本为现实之情，可是杜甫却完
全能不为现实所拘，而只是以意象渲染出一种境界，于是织女石鲸
乃不复为实物，而化成为一种感情之意象了，这在中国旧诗的传统
中，乃是一种极可贵的开拓。

四、尾言

从以上所举的四个阶段来看，杜甫的七言律诗一体，其因袭
成长，以及蜕变与革建的种种过程已可概见，由此可以推知杜甫
在《秋兴》八章中所表现的——句法之突破传统与意象之超越现
实——的两点成就，并不是无意的偶然，而乃是透过其深厚的体
验及工力，与其均衡的感性及知性以后的产物。在这种演进的过
程中，带有浓重的反省意味，他所指示给我们的，乃是中国旧诗
欲求新发展的一条极可开拓的新途径，因为，就文学艺术的发展

而言，自平直地摹写现实，到错综地表现意象，由诉诸理性的知解，到唤起感性的触发，原该是一种演进的必然之趋势，这在文学艺术界都弥漫着超现实与反传统的现代风的今日，就越发可看出此种演进趋势之必然与不可遏止的力量了，而杜甫《秋兴》八诗所表现的突破传统与超越现实的两点成就，也就越发值得我们重新加以研判和注意了。然而可贵亦复可惜的，则是杜甫的成就，乃全出于天才自然之发展，虽然其间也有着一种，属于感性与知性均衡之天才所特有的反省之意味，但却并未尝形诸显意识的，有意之标举或倡导。所以，虽早在一千二百多年前的唐代，杜甫就曾以其天才及工力之凝聚，在他的作品中显示了现代风的反传统与意象化的端倪，然而真正能继承此一方向，而步上向未知延展的意象之境界的作者，却并不多见。其所以未能就此一方向立即发展下去的缘故，我以为乃由于以下的几点因素：其一，就文学艺术一般之发展而言，意象化的表现，虽有其必然之趋势，然而却一定要等到写实之途径既穷，然后方能为一般人所尝试和接受，正如前所论七言诗之形成，虽有其必然之势，然而却一定要等到五言之变既穷，然后方才能普遍盛行一样，在时机尚未成熟时，一般人并无奔越及于未然的能力，所以，杜甫虽然以其博大杰出的天才与工力，成为了一个意象化的先知先觉的信息的透露者，然而继起的足迹，却是寂寥而荒漠的；其二，就中国韵文之发展而言，中国的诗歌，一向都与音乐歌唱结有不解之缘，诉之于耳的作品，自然以直接现实之情事，更易于为一般人所了解和接受，因此，由诗而词而曲，中国韵文中所表现的感情意境，也就始终都是偏于现实具体的叙写，而迟迟地未能步向于触引深思默想的意象化的途径上去；其三，则因为儒家思想影响之深远，一般中国诗人所写的志意怀抱，乃往往都仅拘限于出处仕隐穷通家国等种种现实之情意，而鲜能脱出此种士大夫观念之约束，然而，如我在前一节所言，杜甫的情意虽然也依然属于此传统现实之情意，而杜甫却独能以其感情之深厚无涯际，而溢出了现实事物的拘限之外，他人的忠爱之心与用世之念，乃出于理性之有意，而杜甫之忠爱，则出于天性之自然，所以，一浅一深，一则可以为理性之区划，一则不可为理性之区划。譬如方池与大海，即使自一般人看来同样是水，而一者之轮廓浅狭可见，一者之广袤渺远无边，其质量之悬殊，实迥然相异，杜甫情感之深厚博大，既迥非常人所可及，所以，杜甫写现实而溢出于现实事物之外的成就，也就不是常人所可轻易举步的了。因为以上的三种原因，所以，杜甫七律的影响虽大，沾溉虽广，得其一体的作者虽多，然而真正能自其意象化的境界悟入，而能深造有得的作者，却并不多见，有之，则唯一值得称述的，便该推晚唐时的李义山了，《一瓢诗话》即曾云："有唐一代诗人，唯李玉溪直入浣花之室。"《诗镜总论》亦云："李商隐七言律，气韵香甘，唐季得此，所谓枇杷晚翠。"《岘佣说诗》亦云："义山七律，得于少陵者深，故浓丽之中时带沉郁，如《重有感》《筹笔驿》等篇，气足神完，直登其堂入其室矣。"诸家之说，自属有见之言，只是我国旧日诗话之评说，往往过于含混，但能以直觉感受其然，而未能以理性分析其所以然，自今日观之，则义山七律之所以能独入浣花之室者，其最重要的一点，实即在于其深有得于杜甫的意象化之境界，所以，胡适之在他的《白话文学史》中，即曾经把杜甫的《秋兴》八首，指为"难懂的诗谜"，而玉溪诗谜之难懂，则尤有过之，元遗山《论诗绝句》，就曾经有过"只恨无人作郑笺"的叹息，王渔洋《论诗绝句》也曾经说过"一篇《锦瑟》解人难"的话，而杜之《秋兴》李之《锦瑟》，却并不曾以其难懂而贬损其价值，因为，一般所谓难懂，实在并非不可懂，只是难于以言语作拘限之说明，而就读者之感受而言，则此种意象化之表现，实在较之现实的叙写更容易引起人的联想，更能予人以丰富的触发。杜甫与义山之所以能进入此一境界，我以为他们二人有一个共同的特色，那就是感情的过人，虽然二者的感情之性质并不尽同，杜甫是以其博大溢出于事物之外，义山则是以其深锐透入于事物之中，杜甫之情得之于生活体验者多，义山之情则得之于心灵之锐感者多。而至于其以过人的感情的浸没，泯灭了事物外表之拘限的一点，则二人却是相同的。这是义山之所以能步入杜甫的意象化之境界的一个主要原因。其次另一个共同的特色，就是他们二人皆长于以律句之精工富丽，来标举名物，为意象之综合，然而二者所用以表现意象之名物，则又微有不同，杜甫所借以表现其意象者，多属现实本有之事物，如渼陂附近之香稻碧梧，昆明池畔之织女石鲸，皆为实有之景物；而义山所借以表现其意象者，则多属现实本无之事物，如庄生之晓梦，望帝之春心，明珠之有泪，暖玉之生烟，乃皆为假想之事物。自文学之演进来看，二者虽同为意象化之表现，而义山之以假想之事物，表现心灵之锐感的境界，较

之杜甫之以现实之事物，表现生活中现实之情意的境界，实当为
更精微更进步之表现，关于这一点，我以为义山除得之于杜甫的
一部分承袭，另外还有得之于李贺的一部分承袭，无疑的，李贺
在中国诗史上，乃是一个极可注意的特殊天才，因为，在中国传
统的诗歌中，一般的内容都着重于现实情意的叙写，而李贺独能
以其天才之锐感，而有探触及于宇宙之渺茫神奇的一种深幽窈眇
之感受，这一点特色，是极为难得而可贵的。只是就李贺而言，
其成就乃全出于天生过人之锐感，且兼有些许之病态，而欠缺知
与情的反省及酝酿，虽然苦吟，而工力也仍嫌不够深厚，故其所
成就者，乃仅能刺激人之感觉，而并不能餍足人之心灵，至于义
山，其感觉之窈眇，用字之瑰奇，自是颇受李贺之影响，然其感
情与工力之深厚，则实在更近于杜甫，尤其义山之成就，特别以
七律一体见长，而七律一体，则舍杜甫而外，可说是无一可资为
宗法之人，如果无盛唐杜甫之七律，则必无晚唐义山之七律，这
是我所可断言的。

　　如果中国的旧诗，能从杜甫与义山的七律所开拓出的途径，
就此发展下去的话，那么中国的诗歌，必当早已有了另一种近于
现代意象化的成就，而无待于今日之斤斤以"反传统""意象化"
相标榜了。然而自宋以来，中国的旧诗，却并未曾于此一途径
上，更有所拓进，其主要的原因，即在于杜甫与义山之成就，乃
同在于以感性之触发取胜，而宋人所致力者，则偏重于理性之思
致，即此一端，着眼立足之点，便已迥然相异，而况杜甫与义山
之得此一意象化之境界，又全出于其天赋之自然，而未曾加以有

心有力之提倡，所以，宋人之得于杜甫者虽多，而却独未能于其意象化之一点上致力，即如北宋之半山、山谷、后山、简斋诸人，以及南宋之放翁、诚斋一辈，甚而至于金元之际的北国诗人元好问，可以说都是学杜有得的作者，尤其他们的七言律诗，更可以从其中看出自杜甫深相汲取的痕迹。或者取其正体之精严，或者取其拗体之艰涩，或者得其疏放，或者得其圆熟，然后复参以各家所特具之才气性情，无论写景、言情、指事、发论，可以说都能有戛戛独造的境界，只是其中却没有一个作者，曾继承杜甫与义山所发展下来的意象化之途径更有开拓。所以，在中国诗史中，杜甫晚年《秋兴》诸作，与义山《锦瑟》诸篇，乃独令人有诗谜之目，那是因为中国传统的旧诗，对此如谜之意象化的境界，并未能普遍承认与发展的缘故。至于明代的诗歌，如前后七子，惟知以拟古为事，其七言律诗，虽一意学盛唐的杜甫，但只能袭其形貌，一如宋初西昆体之学义山，貌人衣冠，根本没有自我境界之创造，更遑论意象化的拓展。晚明公安竟陵两派的作者，则一反拟古之风，颇有革旧开新之意，然其所重者，乃在浪漫自然之叙写，虽然公安之清真与竟陵之幽峭微有不同，而其未曾措意于意象化之表现则一，且其成就多在散文，而不在诗歌，以散文而论，竟陵一派之用字造句，颇有脱弃传统之意，然而于诗歌意象化之亦复无可称述。至于清代的诗歌，大别之可分为尊唐与宗宋二派拓展，则尊唐者倡神韵，尚宗法，言格调，主肌理；宗宋者主新奇，反流俗，去浮滥，用僻险，宗派虽多，作者虽众，其成就亦复斐然可观，但一般说来，则也都未曾于境界之意象化一方面致力。晚清以来，海运大开，与西洋之接触日繁，新思想新名词之输入日众，时势所迫，旧诗已有必须开拓革新之趋势，于是新思想与新名词，乃亦纷纷为一些旧诗人所采用，其间如黄公度与王国维便都曾做过此种尝试与努力。黄氏所致力者为新名词之运用，如其《今别离》诗之"所愿君归时，快乘轻气球"；《伦敦大雾行》之"吾闻地球绕日日绕球，今之英属遍五洲"；《海行杂感》诗之"倘亦乘槎中有客，回头望我地球圆"诸句，皆可见其用新名词于古近各体诗中之能力。惟是如以意境而论，则黄氏所写之情意，实在仍不脱中国旧传统现实之情意。至于王氏则颇能以西方哲学之思想，纳入于中国旧诗之中，如其《杂感》《书古书中故纸》《端居》《宿峡石》《偶成》《蚕》《平生》《来日》，从这些诗中，皆可见其所受德国叔本华悲观哲学之影响，而深慨于人生沉溺于大欲之痛苦，然其内容虽得之于西方之哲理，而其所用之辞字，则仍为旧诗传统习用之词字，如穷途、歧路、乐土、尘寰、寂寥、萧瑟诸词，皆为旧诗所习见，而经王氏之运用，其意境乃幡然一新，脱去现实之情意，而别有一种哲理之境界（此在其词作中表现尤为明显）。如果，以前人论诗之以瓶与酒为喻，则黄氏乃是以新瓶入旧酒，王氏则是以旧瓶入新酒，而另一方面，陈弢庵的《秋草》《落花》诸诗，于抚时感事，寄托深至之余，也颇有着意象化的表现，此外如陈散原，于出入六朝唐宋，表现为精莹奥衍之余，竟然也颇用一些新思想与新词汇，如其读侯官严氏所译《社会通诠》，及其读侯官严氏所译《群己权界论》等诗，自诗题便已可见其对新学接受之一斑。由这种种迹象看来，中国旧诗自晚清以来，实在已有了穷极则变的一种开新的自然的要求，如果中国旧诗就此发展下去的话，也许颇有形成为一种新局面的可能。而五四的白话文运动，却给这相沿了二千年左右的诗体，带来了一种前所未有的剧变，当然，这对中国旧诗的发展而言，似未免稍觉可憾，而就中国整个文学的发展演进而言，则白话的兴起，确实为中国文学开拓了一个更为博大的新领域，因为白话自有其委曲达意融贯变化的种种长处，较之文言似更便于纳西方现代之种种形式与内容，也更适于现代人表情达意的需要，因之，白话诗的成就，原该是可以预期的，但自白话诗被倡立以来，却先后产生了两点相反的阻力，始则失之于过于求白，再则失之于过于求晦，其实，文学作品之美恶，价值之高低，原不在于其浅白或深晦，而在于其所欲表达之内容，与其所用以表达之文字，是否能配合得完美而适当。即以杜甫而言，有被胡适先生讥为"难懂的诗谜"的《秋兴》诸诗，也有被胡先生誉为"走上白话文学大路"的《遭田父泥饮》诸作（见《白话文学史》），而陶渊明之真淳自然，亦复与谢灵运之繁重深晦，千古并称，可见作者既不该以白与晦为自我之拘限，评者亦不当以白与晦为标准之高低。然而不幸的是我国的白话诗，始则既自陷于不成熟的白，继则又自囿于不健全的晦，如此，白与晦乃真成为白话诗发展的两大争端与两大阻力了。早期的白话诗正当五四文学激变之后，当时虽有对白话的提倡，但是对白话的运用，则实在仍在极浮浅的幼稚阶段，而并未能发挥其融贯变化之妙，所以一般作者乃仅知一味以求白为事，而一味求白的结果，作为散文而言，虽尚颇有浅明达意之效果，而作为诗歌而言，有时就不免意尽于言略无余味了，这与渊明之"豪华落尽见真淳"的妙造自得之境界，以及杜甫从"语不惊人死不休"所转入的"老去诗篇浑漫与"的质拙真率的境界，当然不可同日而语了。而文字运用能力的幼稚，也就妨碍了意境的开新，因之有些早期的白话诗，乃不免使人读之有新瓶旧酒之感，而文字之浅白单调，有时且使人觉得滋味远不及旧瓶旧酒之芳醇，这是早期白话诗的一大缺憾。而物极则反的结果，于是今日之现代诗，乃转而走向了求晦的一条路，求晦，原是白话诗一条可行的路，因为白话之为物，其缺点原在过于浅白，而对诗歌言，则此种缺点尤为明显（此正为早期白话诗失败之主因），如果今日之现代诗，能善为运用白话的融贯变化之长，在句法及词汇上，以适当的中西古今之杂糅，来求取变化，甚至于以颠倒和拗涩来增加其含蕴曲折之美，这原都是大为可行的，何况在今日之现代，空间与时间之激变日甚，矛盾与零乱之感觉日增，理念约束之惯力日减，而西方的反传统反具象的现代风，乃如狂飙之吹起，使全世界都落入于其卷扫之中，则中国的现代诗之走上求晦的途径，正亦自有其时代之背景在。如此说来，则现代诗之求晦，乃不但大可谅解，更且大有可为了，然而不幸的是，中国的现代诗，却陷入了一个拘狭偏差的迷途，形成了极不健全的现象，其原因大别之约有以下两端：第一是对传统妄加鄙薄的幼稚无知，第二是以晦涩病态为唯一的形式与内容的偏狭差误。对传统之妄加鄙薄，是因为早期的白话诗，既未能获致理想的成功，而一些保守的旧诗人之作，则又与现代之思想日益脱节，其内容乃陈陈相因，了无进益，于是一些急于求新求进的年轻人，乃愤然将旧日所用之瓶与酒，一并一脚踢开，而热衷于向异乡去采撷果实，另谋酿造之方了，于是在目迷乎异乡之奇文异彩之余，乃欲于匆促间，割取其一片截面而加以移植，殊不知任何酒的酿造，都非可一蹴而几，而各需有其不可少的原料之储备与时间之酝酿。即以被现代诗人所崇仰的，西方之现代大师艾略特（T. S. Eliot）而言，亦自有其极深远的传统方面的修养和继承，这一点实在是不容忽视的，因为，唯有自传统得到养料的植物，其根基才是深厚的，如果我们要自西方撷取，我们该先了解西方流变的传统，这才是连根的移植，而非片面的截割，如果我们要在自己的土地上栽植，用自己的语文来写作，就该先从我国传统中，认取我国文字的特色，养成组织运用的能力，进而与西方相融合，然后此种新的栽植，才能深入土中，新的根株才能与旧的土壤深相结合，而从地下深处去吸取其培育的养料，如此方能望其有硕茂成荫之一日，如果只是片面截割，信手插植，则自不免于有"零落同草莽"的悲哀了。至于误以晦涩病态为唯一的形式与内容，则由于观念之偏狭差误，我在前面论浅白与深晦时已曾谈到，作品之美恶，原不在于其为浅白或深晦，而在于内容与形式之配合得当，而今日之现代诗人，乃有一部分人对晦涩有过分之执迷，不复顾及形式与内容之配合，及句法之组织变化是否完美适当，而不惜以浅薄之生硬荒谬制造晦涩，甚至以荒谬之晦涩来自我掩饰其内容之浅陋与空乏；而另一方面，则又由于此激变之时代，形成了一部分人心理上的虚无病态，时代既有如此之现象，则文学自可作如此之反映，正如西子既有病心之疾，自无妨作捧心之态，而今日一般现代诗人所犯之错误，则是以健康为可耻，而欲使天下之人，无论其是否有西子之美与西子之病，都要竞作西子捧心之态，而往往欲作此效颦之态的，偏偏又常是丑而无病的东施，由此种种观念之偏差，于是现代诗乃自囿于不健全的晦涩之中，而造成了自白话诗倡立以来，继早期之不成熟的浅白以后之又一阻力，这是极可遗憾的一件事。因此，我愿举出杜甫七律一体之继承、演进、突破与革建的种种经过，为现代诗人作一参考之借镜，而尤其是《秋兴》八首所表现的，反传统与意象化的成就，我以为更值得现代诗之反对者与倡导者双方面的注意。保守的反对者，可借此窥知现代之"反传统"与"意象化"的作风，原来也并非全然荒谬无本，而是早在一千二百多年前，我国的集大成之诗坛的圣者，就已经在其作品中，昭示了这种趋向的端倪；而激进的倡导者，也可借此窥知，要想违反传统、破坏传统，却要先从传统中去汲取创作的原理与原则，正如任何新异的建筑物，无论其形式如何标新立异，然而却都必须合乎建筑学与美学的原理一样，如此才不致自暴其丑拙生硬而飘摇于风雨之中。而意象化之境界，亦并非仅以晦涩荒谬自炫神奇，而也同样可以表现博大、正常、健全之一份情意，因此，我乃不惜小题大作劳而少功地，搜集了四十九种杜诗不同的本子，为《秋兴》八首详细校订文字之异同，并依年代之先后，列举各家不同之注释评说，分别加以按断，写了二十余万字的《杜甫秋兴八首集说》。其初，我亦未曾料及，区区八首律诗，竟能生出如许多之议论，引发如许多之联想，而如能借此纷纭歧异之诸说，看到杜甫的继承之深，功力之厚，含蕴之广，变化之多，开拓之正，及其意象之可确感而不可确解，以及欲以理念拘限此意象为之立说的偏颇狭隘，使保守者，能自此窥见现代之曙光，使激进者，能自此窥知传统之深奥，则亦或者尚非全属无益之徒劳，昔禅家有偈云："到处寻春不见春，芒鞋踏遍岭头云，归来笑拈梅花嗅，春在枝头已十分。"读者或亦将自杜甫之《秋兴》八首中，窥见冰雪中之一丝春意乎，是为《杜甫秋兴八首集说·序》。

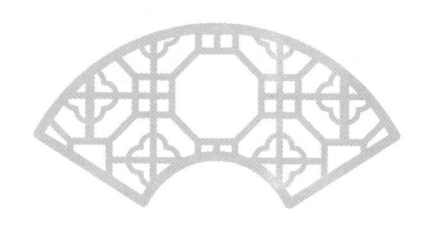

说杜甫《赠李白》诗一首

——谈李杜之交谊与天才之寂寞

杜甫不仅淋漓尽致地写出了太白的一份不羁的绝世天才，更如此亲挚地写出了对此一天才所怀有的满心倾倒赏爱与深相惋惜的一份知己的情谊。

李白与杜甫，是我国千古并称的两大诗人，我最近曾在《大陆杂志》，发表了一篇谈杜甫七律的文章，如果以律体之成就来看，太白较之杜甫，自然有所不及，然而这种衡量，对太白而言，实在是不公平的，因为以太白之不羁的天才，原来就不在此种格律与工力之尺度的衡量之内，所以如就尺度之内而言，则吾人自不得不推崇杜甫承先启后的集大成之成就，因此我曾把杜甫比作一株耸拔荫蔽的大树，然而如果脱出此种尺度之衡量，而单就欣赏之观点来看，则太白与杜甫，实在是唐代之诗苑中并开争茂的两朵奇葩，虽然他们的花式、色泽，与夫姿态、香气，都迥然相异，然而其有充沛之生命同，其有耀目之光彩同，世人但从其相异之点而比较，于是乃发为李杜优劣之论（元稹《杜甫墓志铭》、白居易《与元九书》），世人又妄从其相异之点为测度，于是又造为李杜相轻之说（唐《本事诗》《摭言》），这种蚍蜉撼树寒鸥吓雏的议论，固不免浅薄偏狭之讥，于是乃又有一种折衷之说，以为"李杜二公，正不当优劣，太白有一二妙处，子美不能道；子美有一二妙处，太白不能作"，又云："子美不能为太白之飘逸，太白不能为子美之沉郁。"(《沧浪诗话》)这种评论,可以说颇为近情了,然而这仍只是就其外表之相异者立论而已,我以为李杜二家之足以并称千古者,其真正的意义与价值之所在,原来乃正在其充沛之生命与耀目之光彩的一线相同之处,因此李杜二公,遂不仅成为了千古并称的两大诗人,而且更成为了同时并世的一双知己。如果我们将李杜二家的诗集仔细读过,就会发现李杜二公之交谊,是有着何等亲挚深切的一份知己之情,那正因为惟有自己有充沛之生命的人,才能体察到洋溢于其他对象中的生命,惟有自己能自内心深处焕发出光彩来的人,才能欣赏到其他心灵中的光彩。即使二者并不相同,而这一份生命的共鸣,与光彩的相照,便已具有极强的相互吸引之力了,所以即使是飞扬不羁的太白,当其诗中写到杜甫时,也表现出一份深沉的怀念。如其《鲁郡东石门送杜二甫》的"秋波落泗水,海色明徂徕,飞蓬各自远,且尽手中杯"的一片怅惘,《沙丘城下寄杜甫》的"鲁酒不可醉,齐歌空复情,思君若汶水,浩荡寄南征"的万种离怀,固已使人深感李杜二公交谊之非浅,而性情深挚的杜甫,当其诗中写到太白时,那一份倾倒赏爱的知己之情,就更加使人感动了。而且我以为千古以来,必当推杜甫为太白惟一之知己,因为太白诗的真正佳处所在,实在并不易为人所知,世之不能赏爱太白的人,固不免目太白之恣纵不羁为浮夸率意,而即使赏爱太白的人,也往往但能赏其飘逸,而不能赏其沉至。其实太白虽然常以其不羁之天才,表现为飞扬高举之一面的飘忽狂想,而在另一方面,太白却也有着不羁之天才所感受到的一份挫伤折辱的寂寞深悲,杜

142

甫就是对太白此两方面都有着深知与深爱的一位知己的友人。因此我愿举出杜甫赋太白的一首小诗略加解说，一则以此证明李杜相轻之说的决不可信，再则借此以窥见李杜二人于外表的相异之下所蕴含的一份生命与心灵上的相通，三则借杜甫对太白的深知与深爱或者也可使我们对这位天才诗人有较深的了解。但我所要说的，乃是杜甫赠太白诗中最短的一首。现在先把这一首诗抄录出来：

秋来相顾尚飘蓬，未就丹砂愧葛洪。痛饮狂歌空度日，飞扬跋扈为谁雄。（《赠李白》）

除了这一首七言绝句的小诗外，杜甫为太白而写的诗篇尚有《赠李白》"二年客东都"五古一首，《与李十二白同寻范十隐居》"李侯有佳句"五排一首，《梦李白》"死别已吞声"及"浮云终日行"五古二首，《天末怀李白》"凉风起天末"五律一首，《寄李十二白》"昔年有狂客"五排一首，《不见》"不见李生久"五律一首，此外在其他诗中提到太白的句子，还有《饮中八仙歌》的"李白一斗诗百篇，长安市上酒家眠"之句，《苏端薛复筵简薛华醉歌》的"近来海内为长句，汝与山东李白好"之句，《昔游》的"昔者与高李，晚登单父台"之句，《遣怀》的"忆与高李辈，论交入酒垆"之句，在如此众多的诗篇与诗句之中，以杜甫天才工力之深，及其与太白相知交谊之厚，自然有着不少流传众口的佳句与名篇，而我乃独选取其中最短的一首七绝而说之的缘故，是因为这一首短短的小诗，固正如《杜诗镜铨》引蒋弱六之所评："是白一生小像，公赠白诗最多，此首最简，而足以尽之。"以太白的天才之态纵，生活之多彩，要想以寥寥几笔，为之勾勒出一幅速写的小像，其形象之捕捉与素材之选取，当然并不是一件简单容易的事，而杜甫却独能以其另一天才之心灵，轻而易举地只用了短短二十八个字，便做到了这件事。在这首诗中，杜甫不仅淋漓尽致地写出了太白的一份不羁的绝世天才，以及属于此天才诗人所有的一种寂寥落拓的沉哀，更如此亲挚地写出了杜甫对此一天才所怀有的满心倾倒赏爱与深相惋惜的一份知己的情谊。姑不论李杜之交往及其相互之影响，在历史方面与学术方面的意义与价值如何，即以此属于两大天才之心灵的一段遇合而言，其心弦之相撼拨相触击所发出的音响与光亮，便已足为此荒凉落寞之人世，破除千古之寂寥与千古之黑暗了。

这一首小诗之所以写得如此成功的缘故，我以为第一点乃是由于其写作时间的恰到好处，我所谓写作的时间，并非指写作时所用之时间，或写作时所处之时季，而乃是指写此诗时，李杜二人交谊进展之阶段而言。我常想：一位诗人对于他所欲叙写的主题，自其意念之获得，到其意念之表达，中间所经过的一段酝酿的时间，是极为重要的。其酝酿之时间有所不足者，当然对其所欲写之主题，尚未能有完整深刻之体认，而其情绪之培养，亦尚未臻于成熟之境地，如此所写出来的作品，往往会不免有浮浅与生涩之病；而其酝酿之时间已过者，则对其所欲写之主题，已失去一份新鲜刺激之感受，而其情绪之培养，亦已因过于成熟，而步入了衰老僵化之阶段。如此所写出来的作品，则往往会因感情之凝固定型已久，而失去了一份作品所应有的生长触发的生命力。此种情形，不仅于写作为然，即以交友而论，亦自有其最为成熟饱和之一阶段，前乎此者，相知未深，彼此自尚不免于生疏与客气；后乎此者，则纵使有一份"落日故人情"的依依温暖之感，却也绝不能与由"新相知"而进至互相倾倒的一种"乐莫乐兮"的互相冲击震撼的狂热来相提并论了。那便是因为两个生命，刚由相识而步入相知的一阶段更能予人以一种心灵之震撼与生命之触发之感的缘故。杜甫与太白相识于天宝三载，正当太白自翰林放归之时，他们之相交往，前后不过仅仅两年的时间，其后太白便离别了杜甫而远游江东，未几，天宝乱起，太白以永王璘之事获罪，几乎被流放到夜郎去，虽幸而遇赦，于中途释还，而此后太白便一直过着漫游落拓的生活，竟至穷老无归，依当涂令李阳冰以终；而杜甫则于天宝乱后，历经陷长安，奔行在，出华州，度陇山，客秦州，迁同谷，寓成都，下夔峡的种种流离艰苦，而死于荆楚的旅途之间。于是李杜二人当年匆促的一别，便成了千古的永诀，而终生未能再谋一面。而杜甫这一首七绝小诗，便是写在二人相识之后，相别之前，交往有日，相知已深的一段时期的作品，这正是杜甫深深为这一位天才的友人所吸引震撼，而满怀着倾倒赏爱之情的时候。前乎此时的作品，如《杜甫诗集》中所收的第一首《赠李白》的"二年客东都"一篇五古，其"李侯金闺彦"诸句，便使人觉得其中隐隐有着一份初识的客气之感；而离别以后的作品，则虽然写得惋惜怀念，无限深情，却大多仅为对过去一段生活之回忆，以及对此回忆中之天才的叹惋，而无复如此诗之由相识而相知的一种深深为此天才所震撼着的激荡之情了。即使杜甫在怀念太白的诗篇中，一直不乏深情感人的佳句，也仍是此一时期的激荡之情的余波与再现，而并非是另一高潮的新生的涌起。所以我说，这一首诗之写得如此成功的缘故，第一点乃是由于写作时间的恰到好处。

此外，我以为这首小诗之所以能以短短二十八个字，勾勒出一幅天才之小像的缘故，乃是由于杜甫此一诗篇对李白此一天才之捕捉，完全做到了遗貌取神的结果。在这首诗中，杜甫完全以心灵与感情来捕捉抒写，而未尝琐琐为来往之事迹的叙述。所以这一首诗虽是仅写在二人短短二年的交往中尚未分手之前的日子，但此诗却并不为此一短暂之交往的时间所限，而乃足以概括太白整个一生的天才之不羁与生涯之落拓于其中，这也就是蒋弱六之所以说此诗是白"一生小像"的缘故。杜甫与太白的一段交往，实在是会少离多的，所以杜甫为太白所写的诗篇，仔细算起来，多半乃是属于离别以后的怀念回忆之作，真正写在二人相交往之时的作品，不过仅有三首而已，除去本文所说的一首七绝而外，其一便是我前面所曾提到过的，称李白为"金闺彦"的一首未能免除客套之感的五古，另一首则是《与李十二白同寻范十隐居》的五排。我们看此一首五排中所写的"余亦东蒙客，怜君如弟兄，醉眠秋共被，携手日同行"之句，其共眠携手的友情，岂不亦极为亲挚，然而震撼人心的力量，却远不及本文所要说的这首七绝的深切有力，那便因为那一首五排乃是全由形迹上着笔的缘故，因之其所感人者，亦仅限于常人形迹之亲的感情而已，而此一首七绝则是挟持其天才之心灵的强大震撼之力而随笔墨以俱下的，所以我说此一首小诗之所以写得如此成功的因素，乃是因其全由心灵与感情着笔，而完全做到了遗貌取神的结果。

现在让我们来看一看这首小诗，第一句"秋来相顾尚飘蓬"，仅开端"秋来"两字，便写出了多少萧飒之气与落拓之悲，宋玉有句云"悲哉！秋之为气"，杜甫《咏怀古迹》诗亦有句云："摇落深知宋玉悲。"夫杜甫之所深知，宋玉之所深悲者，正惟同此一摇落的生命落空之感，而杜甫此诗开端二字便把握了此一摇落之感。杜甫与太白相识于天宝三载，正当太白自翰林放归之时，在现实生活中，太白已经有过玉堂金马的际遇，如我在前面所举杜甫在第一首《赠李白》的诗中便曾以"李侯金闺彦"相称，可是杜甫在经过一段与太白的交往之后，却发现了这一位被称为"金闺彦"的李侯，在其心灵生活的一面，却原来乃是飘泊于九秋之寒风中的，一朵落拓无依的蓬草。

说到这里，我们不得不谈一谈李白的为人了，从其"想落天外局自变生"（沈德潜《说诗晬语》）的恣纵的诗篇，到他"脱屣轩冕释羁缰锁"（范传正《李公新墓碑》）的恣纵的生活，我以为只有用"不羁"二字，可以写出太白一生的才气、性情、志意、作品，甚至于太白一生的悲哀。法国诗人波特莱尔曾有诗云"我爱云，那飘逝的云"，太白就像是天上的一朵云，这种飞扬在天从风飘逸的天才，原非尘世间的一切事物所可拘系得住的，而太白毕竟诞降生活于此尘世之间了。杜甫在《寄李十二白》一诗中，开端即说："昔年有狂客，号尔谪仙人。"四明狂客贺知章为太白所加的"谪仙人"三字的称号，就世人的一份赞叹爱慕之情来看，确实是太白千古的荣誉，而如果反过来站在太白的心灵处境一想，我们就会恍然感悟到这实在也正是太白千古的悲哀。假如我们只看到太白由"不羁"之天才所表现的恣纵自由之可喜，而不能体会到太白由"不羁"之天才所产生的无所归依的可悲，我们就未曾对这一位诗人有过真正的了解，一个天才的诗人，诞生于此蠕蠕蠢蠢的人世间，原来就注定了他寥落无归的命运，陶渊明《咏贫士》诗曾经说："万族皆有托，孤云独无依。"苏东坡《次韵郭功甫》一诗也曾经说："九万里风安税驾，云鹏今悔不卑飞。"其所咏叹的都同样是这一份天才的无所皈依的寂寞哀伤。然而渊明毕竟是一位智者，他虽在寂寞悲苦中，而终能以其一己之智慧，为自己安排觅致了一片"俯仰终宇宙，不乐复何如"（《读山海经》）、"纵浪大化中，不喜亦不惧"（《形影神》）的足以栖心立足的天地；东坡也不失为一位达士，他虽在贬谪不幸中，却能常存着一份"云散月明谁点缀，天容海色本澄清"（《六月二十日夜渡海》）、"回首向来萧瑟处，也无风雨也无晴"（《定风波》）的超然旷观的怀抱。而唯有太白所有的，乃是全然无所栖迟荫蔽的一份赤裸裸的天才，自"明月出天山，苍茫云海间"（《关山月》）的兴起，到"大鹏飞兮振八裔，中天摧兮力不济"（《临终歌》）的陨落（注：诸本太白集皆作"临路歌"，据李华《太白墓志》云"赋《临终歌》而卒"，疑"路"字乃"终"字之误，因引作"临终歌"）。终太白之一生，他未尝有过丝毫如渊明、东坡所有的自我安顿和排遣的方法，除了使他暂时得到麻醉遗忘的一杯酒以外，他就更无所有了。东坡虽然亦有坡仙之称，但如果与这一位谪仙太白比起来，则东坡之称仙乃是人而仙者，所以他的"人"的烦恼，反而正可凭借着几分飘忽的"仙"气得到解脱，而太白则不幸却是一位仙而人者，以太白天才之恣纵不羁，原非此庸懦鄙俗之人世所可容有，贺知章把他比作谪仙，也许原意只是就其飞扬飘逸的一面加以赞美，而却于无意中正好说中了这一位绝世的天才入世的沉哀。太白之触忤失意于世，原是此一天才之命定的悲剧，杜甫在"不见李生久"一诗中，就曾说过"世人皆欲杀"的话，以太白不羁之天才，就原不该受此庸俗之尘世的种种是非成败，甚至礼法道德的羁束，然而既诞生而为人，自又无法不生活于周围的社会人群所形成的种种桎梏之中，杜甫的"世人皆欲杀"五字，真是说尽了太白之天才与庸俗之尘网的触忤深悲。我常想，一个人假如果然能在此一人世间，寻求到任何一件足可使人寄托心灵交付感情的事物，而值得甘愿受其羁束，如韦庄《思帝乡》词所云"妾拟将身嫁与一生休"者，原都不失为一件幸福美好的事，只是以人间如此之世，太白如此之才，又岂能有任何事物，足可使之甘愿受其羁束者，即此便已为太白生于此世之一大悲哀。而尤可哀者，则是太白以如此不为世羁之才，偏偏又不能免除其求为世用之一念，于是一误于玄宗朝之入为翰林，再误于永王幕之出为僚佐。我如此说，并非以为天才不当为世所用，昔晋之刘越石有云："夫才生于世，世实须才。"（《答卢谌诗序》）以如此寂寥悲苦之人世，其需要天才之光照与拯拔，固正有如刘越石之所云者。只是我以为天之生才，原有二大类型，其一种为能忍世人所不能忍之羁束，而足可于现世中完成其拯拔世人之大业者；其另一种则为不能忍世人所忍之羁束，虽其本身之天才亦足以光照千古，而却并不足以成就任何现世之功业者。以太白而论，其天才自属于后一类型，是太白之才，原不合于为世所用，而其竟又不能免除用世之一念者，我以为其原因可分析为以下数端：其一是由于儒家用世之说的影响之深；其二是因为时世之有待拯拔的需要之切；其三则是由于天才对其过人之禀赋的一份徒然摇落的不甘。先从第一点来说，在中国古代的社会中，一般读书的所谓士人，几乎无不深受儒家用世之说的影响，虽然其追求之结果有得失成败，其反应之态度有正反重轻，总之"仕"与"隐"的两大观念之形成为中国诗之主要内容，是无可否认的事实，所以太白虽然在其《庐山谣》的放歌中有过"我本楚狂人，狂歌笑孔丘"的狂语，而其实在他的意识中，却曾经深受过这一位他所狂歌而笑之的"孔丘"的影响，我们试从他的诗作中来看，如其《古风》五十九首，于开端一篇即说："大雅久不作，吾衰竟谁陈。"又说："希圣如有立，绝笔于获麟。"又于其《书怀赠南陵常赞府》一诗中说："问我心中事，为君前致辞，君看我才能，何如鲁仲尼。"又于其《古风》五十九首之廿九说"仲尼欲浮海""圣贤共沦没"，又于《临终歌》一诗中说："仲尼亡兮谁为出涕。"观其所言"吾衰""绝笔""希圣""获麟""仲尼""浮海"诸语，则其中心所企慕自比者，非孔子而谁。虽然太白之恣纵不羁，固迥然不同于孔子之克己复礼，而且其所表现的也不尽然是正面的求仕，有时也表现为反面的求隐，然而其意识中之曾深受儒家学说之影响，而追求着"不朽"与"致用"，则是可以断言的，我以为这正是太白未能免除用世之念的第一点原因。其次，再谈到前面所说的第二点原因，我们仍从太白的诗篇来看，太白在其《读诸葛武侯传书怀》一诗中曾说："余亦草间人，颇怀拯物情。"又在其《送裴十八图南归嵩山》一诗中说："谢公终一起，相与济苍生。"又于其《邺中赠王大劝入高凤石门山幽居》一诗中说："欲献济时策，此心谁见明。"可见太白之生活虽然放恣，而其中心则未尝不深怀有拯物济时之情在也，而况太白当时所见的时世，原来也确实有待于拯拔的援手，我们只从其《古风》五十九首所写的内容来看，如其第二首云："蟾蜍入紫微，大明夷朝晖，浮云隔两曜，万象皆阴霏。"其第四十八首云："征卒空九宇，作桥伤万人，但求蓬岛药，岂思农荐春。"其第五十一首云："殷后乱天纪，楚怀亦已昏，夷羊满中野，菉葹盈高门。"其第五十三首云："赵倚两虎斗，晋为六卿分，奸臣欲窃位，树党自相群。"诸诗中所表现的时世之艰危，百姓之疾苦，朝廷之失败，边将之不法，豪贵之弄权，种种现象，岂不皆显示出当时的时代之有待拯拔的需要之亟，以太白所蓄的济世之情，而又生当此待济之世，我以为这是使太白不能免除用世之念的又一因。最后，我们再来看前面所说的第三点原因，美人迟暮，修名不立，岁华摇落，芳意无成，生命之徒然落空，此原为千古才人志士之所同悲与同惧，而此悲与惧之情，又往往随其天才之禀赋以俱深，"艳色天下重，西施宁久微"（王维《西施咏》）、"铅刀贵一割，梦想骋良图"（左思

《咏史》），摩诘与太冲的这两句话，正可以为千古不甘于生命徒然落空的天才之写照。太白天才之过人，自不待言，其不甘于生命之落空，亦不待言，我们仍从他的作品中来看，如其《与韩荆州书》云："十五好剑术，遍干诸侯，三十成文章，历抵卿相，虽长不满七尺，而心雄万夫，……必若接之以高宴，纵之以清谈，请日试万言，倚马可待。"《上裴长史书》云："五岁诵六甲，十岁观百家，轩辕以来，颇得闻矣，……以为士生则桑弧蓬矢，射乎四方，故知大丈夫必有四方之志。"《上李邕》诗云："大鹏一日同风起，扶摇直上九万里，假令风歇时下来，犹能簸却沧溟水。"《赠崔咨议》诗云："骅骝本天马，素非伏枥驹，长嘶向清风，倏忽凌九区。"《将进酒》云："天生我才必有用。"《梁甫吟》云："逢时吐气思经纶。"在这些文句与诗句中，太白所表现的对其自己之天才的一份自信与自负，真使人千古以下读之，犹觉其跃然纸上。夫以太白之才，固当有此不甘于生命之徒然落空的一份豪情与伟愿，我以为这正是太白之所以不能免除用世之念的又一原因。然而太白之天才，毕竟是属于不羁的一型，所以太白虽有用世之念，而其所追求的却并非如常人之碌碌于科举仕进，他轻视世间的荣禄，也看不起一些硁硁琐琐的拘守常法的小儒，以为"拨乱属豪圣，俗儒安可通"《登广武战场怀古》），而向往着"我以一箭书，能取聊城功，终然不受赏，羞与时人同"（《五月东鲁答汶上翁》）的鲁连，与"入门开说骋雄辩，两女辍洗来趋风，东下齐城七十二，指挥楚汉如旋蓬"（《梁甫吟》）的郦生，他盼望着能够和这一辈游侠纵横的狂士一样，有一日风云际会，便尔能卓然立不世之功，然后拂衣而去，飘然归隐，如他在《赠韦秘书子春》一诗中所说的："终与安社稷，功成去五湖。"此在太白而言，以其不羁之天才，固正当有此浪漫之狂想，然而此种浪漫之狂想，毕竟是不合于现实之世的，因此太白怀抱此狂想而求为世用的结果，乃前后遭遇到了两度的幻灭与失败。就世人之浮浅的眼光来看，方其入为翰林之时，玄宗对太白固不可谓之不厚，如李阳冰《李白诗序》所记的"七宝床赐食，御手调羹"的宠遇，此在但求荣禄的常人得之，固足可为不世之荣，然而就太白之天才与太白之志意言之，则玄宗之遇太白，不仅不足以之为荣，甚且更可谓之为太白之辱，何则？我们试看范传正《李公新墓碑》、乐史《李白别集序》，及《本事诗》与《摭言》诸书所记载的，如玄宗游宴白莲池之召太白为《白莲池序》，于宫中行乐时之召太白为《宫中行乐词》，于赏名花对妃子时之召太白为《清平调》，则玄宗之遇太白，实在不过是倡优畜之，欲豢养之以为宫中歌舞行乐之际，与梨园子弟同为宫廷中之一装饰点缀而已，此种情势之形成，一则固然因为当时之玄宗，早已倦于旰食宵衣的励精图治，一则我以为太白之放浪不羁的表现，或者也使玄宗不欲与之作庄语，更何况太白更复有着"安能摧眉折腰事权贵"（《梦游天姥吟留别》）的一份傲岸的狂气，于是玄宗与太白的一段遇合，终于落得"白玉栖青蝇，君臣忽行路"（《赠历阳宗少府涉》）的不幸的下场，于是太白乃辞别了金马门而恳求放还归山了，这是太白以不羁之才而怀用世之念，第一度遭遇到的幻灭和挫伤。如果天宝之乱没有发生得这样快，而太白就此优游江湖以终其身的话，则太白虽落拓失意于时，也许会较易得到谅解与同情于世，然而不幸的是，这一位不羁之天才，竟又于天宝乱起之后，以其天真浪漫的狂想，作了第二度失败的选择和尝试，关于这一次太白之依附永王璘的事件，历来对之指责，或为之解说的论辩已多，我现在不想再从世俗的忠奸正逆的道德观念来作任何判断和衡量，我以为我们但当为太白不羁之天才与其用世之志意的惨遭挫辱与失败而同声一哭，我们看太白于天宝乱后转侧道途间所写的一些诗篇，如其《赠张相镐》诗中所写的"抚剑夜吟啸，雄心日千里，誓欲斩鲸鲵，澄清洛阳水"，及其《南奔书怀》诗中所写的"过江誓流水，志在清中原，拔剑击前柱，悲歌难重论"，从这些诗句我们都可看到这一位天才于世变之际所表现的冀得一用的慷慨激昂的志意，因之对太白之入永王幕一事，虽然太白于《经乱离后天恩流夜郎忆旧游书怀赠江夏韦太守良宰》一诗中曾有"半夜水军来，浔阳满旌旃，空名适自误，迫胁上楼船"之语，自叙其加入永王之军队全非得已，然而我们试看太白在《永王东巡歌》中所写的"三川北虏乱如麻，四海南奔似永嘉，但用东山谢安石，为君谈笑静胡沙"，及在《水军宴赠幕府诸侍御》一诗中所写的"卷身编蓬下，冥机四十年，宁知草间人，腰下有龙泉，……所冀旄头灭，功成追鲁连"的一些诗句，我们都可看出，太白之入永王军，即使并非出于自动，然而当其被征辟而入幕府时，即实在曾怀着极为天真的一份浪漫之狂想。太白一生都向往着能有"风云感会起屠钓"（《梁甫吟》）之一日，方禄山之乱，太白年已五十六岁，既感老之将至，复叹修名不立，况值世变如斯，于是永王之征辟，乃重又点燃起这一位诗人的浪漫的希望之火，而想望着能借此有灭虏建功的际会，然后敝屣荣名拂衣归去，这种不顾现实的狂想，造成了太白再一次尝试的失败，而且为世之好议论者，留下了千古指责的话柄。我们怜其才，矜其志，哀其欲以此不世之才与志，突破世网以立不世之功，而终于折辱于现世的种种乖违与限制之下，太白真是一位属于不羁之天才的典型之悲剧人物。以太白之天才，他原该是一位"手把芙蓉朝玉京"的仙人，然而谪降于世，却落得只成了一朵在九秋之寒风中飘泊无依的蓬草，虽然当杜甫写这首诗时，不过才在太白遭遇到"北阙青云不可期，东山白首还归去"（《忆旧游寄谯郡元参军》）的第一次的幻灭失意之后，而尚未曾发生"天地再新法令宽，夜郎迁客带霜寒"（《江夏赠韦南陵冰》）的第二次的挫辱和玷污，但太白在人事方面之廓落无成的命运，却是早就与他生而俱来的性格同时注定了的。所以杜甫此诗，仅开端一句便以其深情健笔道尽了太白这一位天才诗人之所有的一片飘零落拓的沉哀，此种探骊得珠之笔，正是使此一首小诗足以笼罩太白一生而不为时间所拘限的缘故。何况杜甫更于"飘蓬"二字之上加了一个"尚"字，则其飘零落拓乃更显得如此长久而无望，而又于首二字"秋来"的摇落迟暮之感，与此三字"尚飘蓬"的飘零落拓之悲中，杜甫更如此亲挚地用了"相顾"二字，这一份知己共鸣相怜同病的情谊，千古以下读之，仍使人觉得深情弥漫，如此可感动而且可哀伤。

第二句"未就丹砂愧葛洪"，此句如果轻易读过，大似浮泛之笔，即使有些对此句加以赞赏的人，亦不过如金圣叹之赞美其用语恰当，以为"李侯诗每好用神仙字，先生亦即以神仙字成诗"而已（见金批杜诗《赠李白》"二年客东都"一首）。殊不知杜甫此一句所表现之沉哀深痛，实在正复与第一句相承而下，如果说第一句所写的，乃是太白此一天才对现世追求所得的幻灭与失望，则此一句所写的，正是此一天才对现世以外的另一追求之幻灭与失望。关于太白之学道与求仙，吾人对之不但不可目为迷信而妄加讥哂，而且正当借此一份对神仙之向往，而对此一天才作更深入一层的了解和体认，我以为太白之向往于神仙，其一乃是出于一种天才的浪漫之狂想，此一求仙之狂想与其求为世用之心意，实为相反而相成的一体之两面表现，正如我在前面所说，太白的天才是不羁的，因此他虽有求为世用之心，而却并不屑于受仕禄名位的羁縻，和虚伪鄙俗的玷辱，太白所向往的乃是却秦军而后长揖辞爵赏的"鲁连"，立太子而后拂衣还南山的"绮皓"，关于其赞美鲁连的诗篇，我在前面已曾举过一些例证，至于赞美绮皓的诗篇，则如其《商山四皓》《过四皓墓》及《山人劝酒》诸诗，都是通篇咏四皓的作品，在这些诗篇中，太白一方面既称述其"一行佐明圣，倏起生羽翼"的事功，一方面又赞美其"功成身不居，舒卷在胸臆"的引退，而且在太白的心目中，这些敝屣尘世洁身而退的高士，本身就颇有着一些神仙的意味，所以太白在《过四皓墓》一诗中，就曾说过"我行至商洛，幽独访神仙"的话，这在太白只是出于一份不羁之天才的向往，他并不迷信于神仙之必有，即如他在这首诗后面就曾经写出"荒凉千古迹，芜没四坟连"的事实，可是太白这一位天才，却往往不以理性的明辨来从事衡量和计较，他只是全凭其一厢情愿的一份自我的感情与幻想而生活，因此在他的狂想中，他既为了不甘于生命之落空而向往于致用求仕，又为了不甘于世俗之羁縻而向往于隐居求仙，他深慨于人世之短暂无常，因此乃以其不羁之天才，不计真伪成败地追求着不朽和永恒，这一份天真烂漫的狂想，使人真觉得可爱亦复可伤，所以我们对太白之学道求仙，如果不从这一位天才的感情与幻想来体认，而只从理性上去判断和衡量，那对认识这一位诗人而言，就未免南辕而北辙了。所以我说太白之学道求仙的第一点因素，乃是出于一份天才之狂想。其次，我们对唐代之道教盛行的时代背景，也该有一份相当的认识，唐代之君主为李姓，而道教所尊奉之教主老子亦为李姓，因之道教在唐代乃特别受到国家的重视和提倡，如高宗曾上尊号称老子为太上玄元皇帝，玄宗更于两京及诸州遍置老君庙，又令士庶人家各备《老子》一书，科考亦加入《老子》一策（以上见两《唐书》高宗、玄宗《本纪》，及《唐书·选举志》），而玄宗更曾于宫中筑坛炼药（见《通鉴·玄宗纪》），故唐人之学道求仙，真可以说是自上好之，一个人生于某一时代，原来就不可避免地要受其所生之时代的影响，而况太白又与尊崇道教之唐室同为老子之同姓，更加之以太白性格所原有的一份浪漫之狂想，则其学道与求仙，毋宁说是时代与性格所结合形成的一种必然之现象，这在千百年后之今日来看，也许会目之为迷信，而如果太白果然生于千百年后之今日，则其不羁之天才与浪漫之狂想，必将会凝聚为另一种之表现，而不复向往于学道与求仙了，所以我说太白之学道求仙的第二点因素乃是时代之影响。其三，如果我们更深入一层去探究，就会发现太白之学道求仙，除了第一点所说的天才之狂想，与第二点所说的时代之影响以外，还有着一个更为幽隐可悲的因素，那便是太白失望于现世以后所欲寻求的一种安慰和逃避，古人所谓"有托而逃"，这自魏晋以来游仙诗之表现为"坎壈咏怀"（《诗品》评郭璞《游仙诗》），诗人们便早已把神仙之言视为失望于世以后的憩心寄意的另一天地了，我们看太白在《古风》之十九所写的"素手把芙蓉，虚步蹑太清，霓裳曳广带，飘拂升天行"数句，固是飘飘然大有神仙之意，然而接下去太白所写的却是"俯视洛阳川，茫茫走胡兵，流血涂野草，豺狼尽冠缨"的时代之危乱，又如其《来日大难》一首，虽有"仙人相存，诱我远学，海凌三山，陆憩五岳"的逍遥放旷之语，然而前面所写的却是"来日一身，携粮负薪，长鸣食尽，苦口焦唇"的人生之艰苦，即使如其《庐山谣》之"早服还丹无世情，琴心三叠道初成，遥见仙人彩云里，手把芙蓉朝玉京，先期汗漫九垓上，愿接卢敖游太清"的一首狂歌，其放浪之中亦自有致力于腾越以求挣脱的一份深意，从这些诗句中，我们已可体会出，太白之歌咏神仙，原来不仅并非迷信，而且也并不如我前面所写的，仅出于一份单纯的天才之狂想，或后天的时代之影响而已，他之向往于神仙，固自有其透过人生之艰苦与时代之危乱，努力挣扎以求解脱的一种深沉的哀痛在，而尤可悲者，则是太白又深知此种对神仙之向往，较之令其失望之对现世的追求为尤不可恃，我们看太白在《古风》之三所写的"刑徒七十万，起土骊山隈，尚采不死药，茫然使心哀，……徐市载秦女，楼舰几时回，但见三泉下，金棺葬寒灰"，及《古风》之四十三所写的"瑶水闻遗歌，玉杯竟空言，灵迹成蔓草，徒悲千载魂"诸语，从这些诗句中都可看出，太白于欲寻求现世以外之憩息解脱之际，所面对的乃是另一更大的幻灭与失望，而况太白也并非是一个果真能够冥心学道的人，我们看他在《寄远》十二首之九所写的"卷葹心独苦，抽却死还生"，及其在《代寄情楚词体》一诗所写的"愿为连根同死之秋草，不作飞空之落花"的一些用情至深的话，以及他到了六十一岁临死的前一年，还曾经想要请缨从军，参加李光弼的军队，在其《闻李太尉大举秦中兵百万出征东南儒士请缨冀申一割之用半道病还》一诗中，其所表现的老骥伏枥暮年未已之雄心伟愿，我们都可看出，太白实在并不是一个果真能做到弃世忘情的解脱人物，太白乃是一个以其不羁之狂想，终身腾越挣扎于种种失望与悲苦之中的天才，他既失望于世，而又不能弃世，既不能弃世，而又怀有神仙之向往，既怀有神仙之向往，而又明知其不可信与不可恃，如此幽微曲折之深恨，如此腾越挣扎之努力，又岂是一些妄指其迷信，或但赏其飘逸的一些人士所可领会的，而惟有杜甫之高才深情，方足以知太白之深悲隐痛，于是乃紧承第一句之"秋来相顾尚飘蓬"之对现世的失败与失望之后，再以此句之"未就丹砂愧葛洪"，写出太白对现世以外所作的另一追寻挣扎所得的更大的失败与失望。

第三句"痛饮狂歌空度日"，承接着首二句的两重幻灭与失望之后，此句乃正写其生涯之落拓堪悲，夫人世既无可为，神仙又不可信，则人间天上，此一不羁之天才乃并无一可资为栖托荫蔽之所，于是乃不得不逃之于饮酒狂歌，以求得暂时之麻醉与抒泄，我们看杜甫于"饮"字上着一"痛"字，"歌"字上着一"狂"字，真乃把太白之千古沉哀，写得跃然纸上。夫杜甫与太白之性格，固并不属于同一类型，然而其为天才同，其为落拓同，其深情伟愿正尔亦复相似，只是太白恣纵，杜甫坚实；太白如同天上的一朵云，杜甫如同地面的一座山，山与云自不属于同一之类型，然而假令白云青山而有知，则吾知其亦必将结为千载之知己。杜甫之于太白，是从一相识就为其天才所吸引和震撼着的，我们看杜甫回忆他们彼此相识之情所写的诗："乞归优诏许，遇我夙心亲。"（《寄李十二白》）"乞归"一句，杜甫把玄宗与太白之间，一段君臣的遇合与乖违，写得如其蕴藉，如其温婉，而太白之品格与身份，太白之得意与失意，乃尽于此短短五字中全部写出，杜甫对太白的相知之深已隐然可见，而复承以"遇我"一句，其"夙心亲"三字，更如此真切诚挚地写出了彼此互相倾倒吸引的一份源自感情与心灵的强大的力量，我尝以为人与人之间的情谊，约可分为以下数种，其一是出于理性的责任，其二是出于情感的感动，其三则是出于心灵的吸引。第一种必有其伦理之依据，第二种必有其交互之条件，而第三种则是泯没了一切外表的拘束和限制，无恃于任何的依据和条件，而全出于心灵的某种呼召应求的本然之能力，此种吸引之力，完全不受尊卑、贵贱、贫富、长幼，甚至男女的种种区别和限制。杜甫与太白相识时，太白已经是曾经出入金闺，名重一时的翰林学士，而杜甫则还是未曾博得一第的布衣野老，而且太白比杜甫的年岁大了有十一岁之多，但这一切都不足以为两大天才之心灵间的任何限制，杜甫对这一位天才友人的不羁，有着如此强烈的一份激赏，杜甫对这一位天才友人的落拓，也有着如此深沉的一份痛惜，从他们彼此相识之后，杜甫曾与太白一同度过一段千古以下犹使人艳羡不已的相知相得的日子，他们曾经一同赋诗饮酒，一同高谈阔论，一同起舞狂歌，一同登临怀古，我们看杜甫在《遣怀》及《昔游》诸诗中所写的"论交入酒垆""怀古视平芜""晚登单父台""清霜大泽冻"的一段生活，以及在《寄李十二白》一诗所写的"醉舞梁园夜，行歌泗水春，剧谈怜野逸，嗜酒见天真"的一份倾倒，我们知道杜甫必曾经在二人交往之际，于目睹太白之痛饮狂歌之余，深深体会出这一位天才的不羁之可赏，与落拓之可伤，所以即使在他们长久分别之后，杜甫在《不见》一诗中，于怀念太白之时，还写出了"敏捷诗千首，飘零酒一杯""世人皆欲杀，吾意独怜才"的诗句，而对其千首狂歌，一杯痛饮，深致其怀思痛惜之意。以上是从杜甫诗中，看他对太白的痛饮狂歌的一份赏爱与描写。然后我们再看一看太白自己在诗篇中所表现的痛饮狂歌之生活，太白诗中写饮酒的作品极多，归纳起来，我以为其中有两点值得注意之处：其一是太白之饮酒，迥然不同于陶令之"清琴横床，浊酒半壶""静寄东轩，春醪独抚"的从容闲逸，太白之饮酒，乃是"会须一饮三百杯""但愿长醉不愿醒"（《将进酒》），而抱着"舒州勺，力士铛，李白与尔同死生"（《襄阳歌》）的宁愿一醉至死的心情，从表面看来，渊明似乎尚不失为一位闲情高致的酒人，而太白乃竟然像一个烂醉沉迷的酒鬼，殊不知太白之所以不为小酌而为痛饮的缘故，固正因其赤裸之天才的一份无所荫蔽的悲苦，正如我在前文所说，渊明是一位智者，他曾以一己的智慧，为自己觅致得一片栖心立足的天地，所以渊明有时虽然在诗歌中，也表现得有"一觞虽独进""挥杯劝孤影"的一份寂寞，然而渊明在"采菊东篱下，悠然见南山""既耕亦已种，时还读我书"之际，他毕竟对生活已经有一份适当的安排，对人生也已体会到一份自得的真意，所以渊明的寂寞悲苦，即使不借饮酒的沉醉，也能以其自力得到一份支持和解脱，而太白则是自己全然无所安排无所依恃的，因此他乃不得不求解脱于痛饮，求遗忘于麻醉，就这一点而言，则太白饮酒时，其天才之无所栖迟荫蔽的悲苦，较之渊明，实当尤有过之，因此我们就自然注意到太白写饮酒之诗篇中的第二点特色了，那就是每当太白写"酒"之时亦必往往写"愁"，如其"涤荡千古愁，留连百壶饮"（《友人会宿》）、"愁来饮酒二千石"（《江夏赠韦南陵冰》）、"抽刀断水水更流，举杯消愁愁更愁"（《宣州谢朓楼饯别校书叔云》）、"呼儿将出换美酒，与尔同销万古愁"（《将进酒》），这些诗句，都明显地写出了，他之所以不辞"百年三万六千日，一日须倾三百杯"（《襄阳歌》）的痛饮，正因为他除了麻醉，无法解脱的一份深沉的悲哀，所以在"举杯消愁愁更愁"的一句诗之前，太白还曾写了"弃我去者昨日之日不可留，乱我心者今日之日多烦忧"的两句话，这一种对人生之无常与无望的感慨哀伤，就时常在他写饮酒的诗篇中，或明或暗地隐现着，这正是太白之所以不得不饮酒，而且不得不痛饮的缘故。其次我们再来看太白的狂歌，太白之诗篇的恣纵放浪，固早为世人之所共知，早在唐朝李阳冰的《草堂集序》中，即尝称"其言多似天仙之辞"，清朝的方东树，也尝称其"如列子御风而行，如龙跳天门，虎卧凤阙，有非地上凡民所能梦想及者"，像太白这样的诗篇，才真称得上是狂歌，如其《蜀道难》《远别离》《鸣皋歌》、《天姥吟》诸作，其"霓为衣兮风为马""虎鼓瑟兮鸾回车"的神奇的想象，"咆柯振石，骇胆栗魄"的奇险的描写，"盘白石兮坐素月，琴松风兮寂万里"的高逸的情怀，"苍梧山崩湘水绝，竹上之泪乃可灭"的绵远的悲恨，其言辞之闪幻变化，情意之发扬腾越，真所谓"如风飞蠖动，起雷霆于指顾之间"（沈德潜《说诗晬语》），无论就其谋篇遣词而言，无论就其发心立意而言，太白的诗歌都迥非常人之所能写与所能有。那便因为太白之诗，也正一如太白之人，完全只是一份赤裸之天才的腾越挣脱之表现，以太白绝世的不羁之才，与其入世的无穷之恨，又何暇如元白之庸庸琐琐必求老妪之解，而去写那些喔咿嚅唲的尘俗之语，而其不欲以理性求安排的任纵之性格，且使之不肯如杜甫之斤斤于求格律之工细，太白之诗，只是如云飞水逝的一片神行，其不羁之天才，固完全不在为李杜优劣之论者的衡量之内，而以集大成著称的工力深厚之杜甫，却独能以其博大之襟怀，与过人之才性，对此另一类型之天才，有过人独到的赏爱，我们看杜甫所写的赞美太白之诗篇，如其"白也诗无敌，飘然思不群"（《春日怀李白》）、"笔落惊风雨，诗成泣鬼神"（《寄李十二白》）诸句，都可见杜甫对太白之飘然落笔之狂歌的一份深相倾倒的爱赏之意，而且杜甫就在太白的痛饮狂歌之中，体认出来了这一位友人的不羁之天才与落拓之悲苦，正如我在前面所言，太白在既失望于人世，复幻灭于神仙之后，所借以略得麻醉或排遣的遗忘与抒泄之方，原来就只剩下狂歌和痛饮了，而杜甫却更于此一句的"痛饮狂歌"四字之后，更复极沉痛地写下了"空度日"三个字，此正如杜甫《送郑十八虔》一诗之直写到"九重泉路"，杜甫每于知交挚友之间，常任其深情健笔之所之，而写得丝毫不留余地，金圣叹批杜诗，尝称此诗首句"相顾"二字为"舍身陪人"，其实杜甫写作之际，往往一意徇诗，无论于人于己，皆写得无所顾惜，正如卢德水评其《送郑十八虔》一诗之所云："诗到真处，不嫌其直，不妨于尽也。"此固正为杜甫性情深挚之表现，即如此句所写，太白于"痛饮狂歌"之外，原已一无所有，而杜甫更复以"空度日"三字，将"痛饮狂歌"也一并抹煞，那正因为杜甫深知以太白之天才与志意，他的痛饮狂歌，原来并不能真正自其中得到满足与安慰，而只是欲求在沉重的失望之悲苦下得到一种暂时的发泄和逃避而已，然则如此说来，则太白之"痛饮狂歌"其非"空度日"而何，着此三字然后太白的狂歌之才与痛饮之悲，乃更觉弥复可伤。而杜甫对太白爱之弥深，痛之弥甚的一份深挚的知己之情，也就从这一句诗中，淋漓充溢地表现出来了。

第四句"飞扬跋扈为谁雄"七字，则继上三句的失望幻灭的悲苦，与落拓放浪之生活而后，总写此一绝世之天才的绝世之寂寞。庄子说得好："小知不及大知，小年不及大年。"若鲲鹏之"抟扶摇而上者九万里，绝云气、负青天"的飞翔，当然不是一般"腾跃而上，不过数仞，而下翱翔蓬蒿之间"的斥鴳之辈之所能知，于是鲲鹏就生而注定了其寂寞之命运。杜甫写太白之寂寞，而却用了"飞扬跋扈"四个字，"飞扬"固足以使人想到鹏鸟之飞，而"跋扈"也足以使人忆及鲲鱼之跃，《镜铨》注此诗，就曾引《说文》云："扈，尾也。跋扈，犹大鱼之跳，跋其尾也。"以太白之天才的恣纵不羁迥出流俗而言，亦复正大似庄子所写的"翼若垂天之云"的鲲化而飞的鹏鸟，而太白一生亦往往以鹏鸟自比，我们在前面已曾引过他在《上李邕》诗中的"大鹏一日同风起"的自比，现在再来看一看他在《大鹏赋》中所写的"脱髻鬣于海岛，张羽毛于天门，刷渤海之春流，晞扶桑之朝暾，燀赫乎宇宙，凭陵乎昆仑，一鼓一舞，烟蒙沙昏……怒无所搏，雄无所争，固可想象其势，仿佛其形，……岂夫蓬莱之黄鹄，夸金衣与菊裳，耻苍梧之玄凤，耀彩质与锦章，……俄而希有鸟见谓之曰：伟哉鹏乎，此之乐也，吾右翼掩乎西极，左翼蔽乎东荒，跨蹑地络，周旋天纲，以恍惚为巢，以虚无为场，我呼尔游，尔呼我翔，于是乎大鹏许之，欣然相随，此二禽已登于寥廓，而斥鷃之辈，空见笑于藩篱"，在这一篇赋中，太白之以鹏鸟自比，是显然可见的。而这一篇赋，应该还是太白早期的作品，所以他对于鹏鸟之振翼高飞，仍有着极为天真浪漫的一份狂想，虽然其间"怒无所搏，雄无所争"二句，亦颇有寂寞之感，然而却毕竟仍不失其"怒"与"雄"的一份豪情与勇气，而且太白更假设了一只希有之鸟，以表示出他对于寻求一个可以同飞共举之伴侣的期待与向往，更有着对于夸世俗之荣耀的黄鹄玄凤，与栖息于藩篱的平凡之斥鷃一辈的一份鄙夷，然而太白这一只鹏鸟，却终于在一生的腾越挣扎之后，折翼挫伤了，所以太白在《临终歌》中，便发出了"大鹏飞兮振八裔，中天摧兮力不济"的悲吟，而范传正在《李公新墓碑》一文中，更明白地以折翅的大鹏来比太白，说："大鹏羽翼张，势欲摩穹昊，天风不来，海波不起，塌翅别岛，空留大名。"又说："常欲一鸣惊人，一飞冲天，彼渐陆迁乔，皆不能也。"尘世上没有大鹏所期待的天风海波，也没有可以相伴而飞的希有之鸟，尘世间所有的，只是无知窃笑的斥鷃，与徒争腐鼠的鸱鸦，于是太白一生，都生活在寂寞中，寂寞地腾越，寂寞地挣扎，寂寞地摧伤，而终于寂寞地殒落，这真是一幕绝顶的天才之悲剧。负不羁之才如太白者，原来就不属于如此之尘世，所以太白之不为此世所知，不为此世所用，原来就是太白命定的下场，所可痛者，则是天才之欲求知与求用之情，偏偏又尤有过于常人者，孔子有云："沽之哉，沽之哉，我待价者也。"宋晏殊亦有词云："若有知音见采，不辞遍唱《阳春》。"而太白之飞扬跋扈，乃竟为谁雄乎。读杜甫此句"飞扬跋扈为谁雄"七字，真使人为太白此一绝世之天才的寂寞之殒落而感伤无已，而更可哀伤的，则是千古以下的一些读者，依然以尘世的一些尺度来衡量太白，则太白之不为人知，乃真将"千秋万岁"、"寂寞身后"了。昔庄子有瓠瓢樗木之喻，世之有才如此者，固当不免于廓落无容不得一顾之悲，则安得有一人焉，而"虑"此巨瓠"以为大樽而浮于江湖"，"树"此大樗"于无何有之乡广莫之野"，而"彷徨乎无为其侧，逍遥乎寝卧其下"者乎。吾固知其世不仅无如此相知相赏之人，抑且无如此之江湖与如此之乡野也。

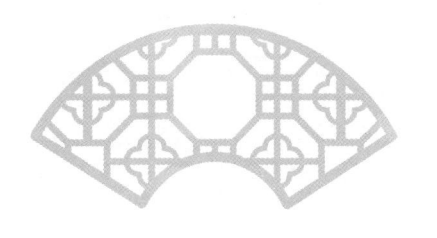

从义山《嫦娥》诗谈起

一个真正的诗人，都有着一种极深的寂寞感，而义山这首《嫦娥》诗，便是将这种寂寞感写得极真切极深刻的一首好诗。

　　李义山的诗，具有一种特别炫人的异彩。从内在的意蕴方面而言：义山诗思致的深曲，感情的沉厚，感觉的锐敏，观察的细微，既都足以使人情移而心折；而从外在的辞藻方面而言：义山诗用字的瑰丽，笔法的沉郁，色泽的凄艳，情调的迷离，更足以使人魂迷而目眩。虽然也有些人对义山的一些"尖新涂泽""晦涩隐僻"之作，颇加诋毁，然而对义山诗有所偏爱的读者毕竟很多。但我这篇小文，则既不想将义山诗做完整具体的介绍，也不想对义山诗做优劣轩轾的批评。我所要写的，只是我个人因读义山《嫦娥》一首小诗触发引起的一些感想而已。现在先把这首诗抄在后面：

　　　云母屏风烛影深，长河渐落晓星沉。嫦娥应悔偷
　　灵药，碧海青天夜夜心。（李商隐《嫦娥》）

　　这首诗在义山诗集中，原算不得什么了不起的好诗，然而这首小诗给予我的印象却极深。我常想，我们读者对作品的欣赏，

虽说是"口之于味有同嗜也"，不至于"若犬马之不同类"，然而酸咸之嗜毕竟不能尽同。在客观的批评一方面，我们固然该力求对众人之同嗜，有广泛的理解；而在主观的感受一方面，却无妨各从其所嗜而自得酸咸之乐。而且这种酸咸之乐的获得，不但因人而异，更似乎还颇有一些"莫之致而至"的机缘存乎其间。我之对于义山这首《嫦娥》诗能有较深的印象，该也是一件极偶然的事。

我学习读旧诗的年龄颇早，对这件事，我觉得利弊各半。先说弊的一方面，我当时年纪尚小，对旧诗全无欣赏能力，我之爱读旧诗，似只因其读起来颇为悦耳，背起来颇易上口，如此而已。我想我当年读旧诗的心情，恐怕和现在我的上幼稚园的小女儿唱"两只哈巴狗，坐在大门口"的儿歌的心情是颇为相似的。其后，我年岁渐长，欣赏感受的能力也逐渐养成，对古人之作也颇能有所"会意"了。但是说来可笑亦复可怜，我竟对以前幼时读得极熟的作品，反而麻木无所感受了。因之我想人的心灵大概也和肉体一样，是可以因摩擦日久而生胝起茧的。第一次摩擦接触的感觉，该是最鲜明生动而富有刺激性的，但是可惜我第一次读这些作品时，竟幼稚得没有感受的能力。等到我有了感受的能力，我的心灵对这些作品却已因摩擦日久而生茧了。直到现在，我对于幼年时读过的一些作品，仍不能有如年长以后读其他作品所有的同样鲜明的感受。对这件事，我一直是觉得非常痛心的，这可以说是弊的一方面。现在再说利的一方面，人在幼年时记忆力较强，所以早年读过的一些作品，常常不加思索便可琅琅上口，即使将它们已经冷落多年，而偶然机缘凑泊，它们也仍然会自然而然地便涌现脑中，不速而来不邀而至的。如果把它们冷落到某一个恰到好处的程度——即已因冷落而使旧日所生之茧逐渐淡薄，而又未至完全遗忘的地步，那么，偶然为一些机缘所触发，于是而对旧读的作品，恍然若有新的会意，这时之所得常是极亲切深刻，而且有着一种莫名的快感，如《圣经》"浪子回头"一篇故事所云，因为这是"死而复活，失而又得"的，这种感受，较之新读所得的感受更可贵，这可以说是利的一方面。而义山这首《嫦娥》诗，我个人对它的感觉便是"死而复活，失而又得"的，所以我对于从这首诗所得的一点触发体会，也有着过分偏爱的珍视。

我初读义山这首《嫦娥》诗时，年岁不过只有七八岁，当时家人正教我读《唐诗三百首》，而《唐诗三百首》是按诗的体裁编的，开首便是五言古诗，当时我对"美服患人指，高明逼神恶"，及"欣欣此生意，自尔为佳节"等哲理，既不能体会，而古体诗的音节韵律，似乎也不及近体诗的谐和优美，因此我对家人所教的并不感到满足。我常于无事时，拿着这本《唐诗三百首》前后翻寻，觅取我自己所喜爱的作品——就是没有生字难词，而且读起来颇为顺口的——自选自读。而义山这首《嫦娥》诗便是这样经我自己选读而背下来的。这首诗，我后来才知道实在并不容易懂，但当时以我幼稚的眼光来看，则"屏风""烛影""长河""晓星"，既都是我所认识的事物，"嫦娥偷灵药"而奔月宫，也是我所熟悉的故事。于是我自以为懂了这首诗。但当时我所喜爱的，只限于首二句，因为首二句境界之静美我尚颇可领会。至于后二句，则我以为李义山实在是对嫦娥自作多情，强为解人，未免好事。既已先有此成见，因之当我年长以后读义山专集时，便将这一首诗轻易地忽略了过去，而未尝一作深思。其后，我离开了故乡，十年来进无师友之助，退有生事之累，既无暇于"温故"，更不足以"知新"，义山这首《嫦娥》诗，在我脑中亦复早已淡然若忘。而三年前的某一日，我偶然为学生们讲《资治通鉴》的淝水之战，至"获秦王坚所乘云母车"一句，忽尔一时因"云母"二字之触发，而忆起多年前所读的"云母屏风烛影深"一首《嫦娥》诗。课后返家途中，这首诗便一直在我心中徘徊不能去。蓦然间，我觉得这首诗我懂了，因为此时我忽然体味出这首诗后二句的好处所在，而且有了颇真切的感受。而这时距离我初读此诗时已经有二十余年之久了。

关于这首诗，前人也颇有解说。有人以为是"自比有才反致流落不遇"（何义门说）；有人以为是"为入道而不耐孤孑者致诮"（冯浩说）。这二种说法，我也都可以"懂"，但都异于我前面所说的"真懂"。因为我以为对诗歌的欣赏，不该只是知识与理智的了解，同时该是感觉与感情的感受。我现在无意考辨这二种说法之有否得义山写作动机之真，只是我个人对这二种说法都不能引起共鸣。因为我觉得前一说将义山这首诗解释得过于浅狭，后一说将义山这首诗解释得过于尖刻，都为我所不取。我所说的"真懂"，是那天当我在路上默诵义山这首诗时，我忽然极为这首诗中所含蕴的一份诗人的悲哀寂寞的心情所感动。我们不得不承认，天之生才确实不同，其思想感情感觉之深浅、厚薄、利钝，真乃千差万别不能强同。一个真正的诗人，其所思、所感必有常人所不能尽得者，而诗人之理想又极高远，一方面既对彼高远之理想境界常怀有热切追求之渴望，一方面又对此丑陋、罪恶，而且无常之现实常怀有空虚不满之悲哀，而此渴望与不得满足之心，更复不为一般常人所理解，所以真正的诗人，都有着一种极深的寂寞感，而义山这首《嫦娥》诗，便是将这种寂寞感写得极真切极深刻的一首好诗。

此诗首二句"云母屏风烛影深，长河渐落晓星沉"写现实生活的"身"的寂寞，后二句"嫦娥应悔偷灵药，碧海青天夜夜心"写超现实生活的"心"的寂寞。而此四句又互为因果，互为衬托，融为完整之一体而不可或分。首句"云母屏风烛影深"写诗人所居处的室内之情景，次句"长河渐落晓星沉"写诗人所望见的天空之情景。"屏风"而饰之以"云母"①，可以见其精美，烛影而掩映于"屏风"之中，可以见其幽深，而在此精美幽深之境界中的诗人，所望见者则为"长河渐落晓星沉"之景象。二句合参，自"烛影"及"长河渐落"六字观之，则此诗人必已是长夜无眠之人，更自其对所处之境界，所见之景象，有如此精微锐敏之观察感受而言，则此诗人必是孤独寂寞之人。所以知其然者，则在李义山另外两首诗"高阁客竟去，小园花乱飞"及"客去波平槛"可以为证。彼"客"之去原无与于"花"之"乱飞"，亦无与

---

① 云母为一种矿石，颇珍贵，为透明之晶体，可用作屏扉等之装饰品。

于"波"之"平槛"，然而必待"客去"之后，方始能见到"花"之"乱飞"与于"波"之"平槛"，就因为人在孤独寂寞之中，才能有这种精微锐敏的观察和感受，所以此诗开首便有一种寂寞之感袭人而来。然此首二句尚不过只为后二句之陪衬，首句"云母屏风烛影深"之精美幽深之境界，正以之陪衬"嫦娥偷灵药"后所得之境界；次句"长河渐落晓星沉"之孤独寂寞之心情，正以之陪衬"碧海青天夜夜"之心情。而此"长河"一句实为全诗之关键，有此一句，于是遂自"室内"写到"室外"，由"诗人"写到"嫦娥"，而"诗人"与"嫦娥"，"嫦娥"与"诗人"遂亦由此一句而打成一片。所以第三句之"嫦娥应悔偷灵药"实在可视为诗人之自谓。"偷得灵药"者，即是诗人所得之高举远慕之理想之境界。此一境界，倘使被世上一些"小有才未闻君子之大道"的诗人窥见，则必将沾沾自喜，既自命以为不凡，复自伤以为不遇，正如一些浅薄的女子，略具容色，便尔"搔首弄姿"、"顾影自怜"一般，这是极为可厌的一种态度。所以我对说者的"自比有才反致流落不遇"之言，亦认为浅狭不足取。而我所以相信李义山这首诗的感情不如此之浅狭的缘故，则因为这一句中的"应悔"两个字，这两字说得极真挚、极诚恳，丝毫没有"自喜""自得"的意味。"偷灵药"是既已得此诗人之境界，虽欲求为常人有不可得者。而诗人则固未尝鄙视常人，不欲为常人也；更未尝尊视诗人，而自喜得为诗人也。所以我对义山用"应悔"两个字的一片沉痛深厚的感情，是觉得极可贵，也极可同情的。最后一句"碧海青天夜夜心"是总写其寂寞的悲哀，写得极沉痛，也极深刻。碧海无涯，青天罔极，夜夜徘徊于此无涯罔极之碧海青天之间，而竟无可为友，无可为侣，这真是最大的寂寞，也是最大的悲哀。李太白《关山月》一诗，首二句云："明月出天山，苍茫云海间。"似大可拿来做义山此句"碧海青天"之注脚，不过太白的两句诗颇有超脱飞扬之气，把明月的孤独寂寞之悲哀冲淡了；而义山的"碧海青天夜夜心"一句，则情深意苦，往而不返。然则此"碧海青天"之孤独寂寞既已令人深悲沉恨，而复益之以"夜夜"，则一夜复一夜，一年复一年，此深悲沉恨乃竟将长此而终古。结尾着一"心"字，元遗山《论诗绝句》有云："朱弦一拂遗音在，却是当年寂寞心。"义山这首诗的"碧海青天夜夜"之"心"，便真是寂寞心。

　　而由此"寂寞心"之一念，我又生出了一些其他的联想，从前我在辅仁大学读书时，曾见到沈兼士院长的两句诗"轮囷胆气唯宜酒，寂寞心情好著书"。人惟有在寂寞中才能观察，才能感受，才能读书，才能写作。譬之于水，必是其本身先自晶莹澄澈，然后方能将天光云影绿树青山，毕映全呈，纤毫无隐；必是其本身先自宁谧平静，然后方能因蘋末微风，投石小击，而一池春皱，万顷涟漪。作为一个诗人，尤其更需要有纤细的观察，和锐敏的感觉，所以诗人多是具有寂寞心的，这该是古今中外之所同然。然而人心不同有如其面，同为诗人，其寂寞心虽同，而其所以为寂寞心之因，与其由寂寞心所生之果，则不能尽同。以古今诗人之众，其寂寞心之差别之精微繁复，当然不是浅拙如我者所能述说得尽的，但我现在愿将我一时联想所及的两个人的作品，拿来与义山这首诗所表现的寂寞心做一极概略的比较。我之所以想起这两个人，当然也是颇有一段因缘的。其一是王静安先生，我暑假中曾写过一篇《说静安词》的小文，所以我现在所想起的便是我所说过的一首《浣溪沙》词。现在先把这首词抄在后面：

> 山寺微茫背夕曛，鸟飞不到半山昏，上方孤磬定行云。试上高峰窥皓月，偶开天眼觑红尘，可怜身是眼中人。（王国维《浣溪沙》）

另外我所想起的一个人便是王摩诘居士，我近来方为学生们讲了几首摩诘诗，所以一时便也联想到了摩诘居士的一首诗。现在把这首诗也抄在后面：

> 独坐幽篁里，弹琴复长啸。深林人不知，明月来相照。（王维《竹里馆》）

如果将所举静安先生的词、摩诘居士的诗，与义山这首《嫦娥》诗相较，则其为寂寞心虽同，而其所以为寂寞心之因，与其由寂寞心所生之果，则不尽同。静安先生所有的是哲人的悲悯，摩诘居士所有的是修道者的自得，而义山所有的则是纯诗人的哀感。现在分别说明于后。

静安先生的感情极厚，而理智复极强。理智促使他研究哲学，希望于哲学中求得了悟与解脱；而感情则使得他陷溺于人生之厌

176

倦与苦痛中而终不克自拔。静安先生有一首《端居》诗，诗云：

> 阳春煦万物，嘉树自敷荣。枳棘生其旁，既锄还
> 复生。我生三十载，役役苦不平。如何万物长，自作
> 牺与牲。安得吾丧我，表里洞澄莹。织云归大壑，皓
> 月行太清。不然苍苍者，褫我聪与明。冥然遂嗜欲，
> 如蛾赴寒檠。何为方寸地，矛戟森纵横。闻道既未得，
> 逐物又未能。衮衮百年内，持此欲何成。（王国维《端
> 居》诗三首之一）

这真是写得极悲哀的一首诗。我常以为，人如果能在世法与
出世法之中，任择其一而固执之，都不失为一种可羡的幸福。如
不可能，次焉者虽徘徊于入世与出世的歧途之上，时而入世，时
而出世；此一件事入世，彼一件事出世，而却不但没有矛盾牴牾
之苦，反有因缘际会之乐，这也不失为获得幸福之一道。再次焉
者，则徘徊于入世与出世的歧途之上，想要入世，而偏怀着出世
的高超的向往；想要出世，而偏怀着入世的深厚的感情，这已经
无异于自讨苦吃了。而更次焉者，则怀着出世的向往，又深知此
一境界之终不可得；抱有入世的深情，而又对此芸芸碌碌之人生
深怀厌倦，不但自哀，更复哀人，这一种人该是最不幸的一种人
了。而不幸静安先生就正是此一种不幸的人，而也就正是此种不
幸的性格，造成了静安先生诗词中一种特有独到的境界。这种境
界，并非人人皆可具有，亦非人人皆可了悟，所以具有此种境界

的静安先生的心情是寂寞的，这是静安先生的寂寞心之因。我们从前面所抄的一首《浣溪沙》词来看，前半阕三句"山寺微茫背夕曛，鸟飞不到半山昏，上方孤磬定行云"是写对一种出世的高超的哲理境界之向往；后半阕首句"试上高峰窥皓月"写对此境界之努力追求，次句"偶开天眼觑红尘"写对此尘世之不能忘情，末句"可怜身是眼中人"则是自哀哀人（关于此词之详细解说，可参看《迦陵谈词》中拙作《说静安词》一篇小文）。静安先生因其有着对出世的哲理之向往，所以对尘世极感厌倦与苦痛，而又因其有着入世的深厚的感情，所以厌倦与苦痛之余，所产生的并非怨恨与弃绝，而为悲哀与怜悯。因为这个缘故，所以我称静安先生由寂寞心所生之果为哲人的悲悯。

至于摩诘居士的寂寞，则似乎该属于"求仁得仁，又何怨乎"的一类。据史书的记载，摩诘居士晚年是过着不衣文彩长斋奉佛的生活，常焚香独坐，以禅诵为事。如果照我前面所说的入世与出世的几种生活态度而言，摩诘居士该是自己选择了出世，而且颇能择善而固执的。不过我对摩诘居士的诗并无深爱，这当然因为我的尘缘未净道心不足的缘故。但我自己对我之不爱摩诘居士的诗，也颇有一些解说。摩诘居士奉佛，今即以佛理说之。佛家有"透网金鳞"之喻，如以摩诘居士与靖节先生相比，则靖节先生颇似个"透网"而出的"金鳞"，故对所谓"网"者既已无所畏忌，而所谓"网"者似亦已对之无可奈何；而摩诘居士则是唯恐触"网"，故对所谓"网"者既不免深怀畏忌，而对其未曾触"网"亦不免深怀自喜。我们试取王摩诘居士的《积雨辋川庄作》

之"山中习静观朝槿，松下清斋折露葵"及《竹里馆》诗之"独坐幽篁里，弹琴复长啸"诸语，与陶靖节先生之"采菊东篱下，悠然见南山"及"结庐在人境，而无车马喧"诸语相较，则王氏之"折露葵"为有意，陶氏之"采菊"为无意；王氏之"独坐幽篁里"为人我隔绝，陶氏之"而无车马喧"为人我俱忘。其浅深高下岂不显然可见。再则摩诘居士所证之果，似亦只是辟支小果，《大智度论》所云"大慈与一切众生乐，大悲拔一切众生苦"及《法华经》所云"利益天人，度脱一切"的大乘佛法似还大有一段距离在，然而也惟其如此，所以王氏颇有"自了""自救"的"自得"之乐。王氏是有心出世的，因此我说王氏寂寞心之因是"求仁得仁"，故其于寂寞中所感者亦少苦而多乐，自前所举《竹里馆》诗之"独坐幽篁里"及"深林人不知"观之，岂不是极寂寞的境界，而王氏偏有"弹琴复长啸"的快乐，和"明月来相照"的欣喜。因此我说摩诘居士由寂寞心所产生之果为修道者的自得。

最后，我们再把义山《嫦娥》诗所表现的寂寞心，与静安先生及摩诘居士所表现的寂寞心做一比较。义山诗所说的"偷"得"灵药"，正象征着他们三位所得的一种不同于吾辈凡人的高超的境界，处于这种境界中的人，该是寂寞的。然而，这种境界对摩诘居士说来，则是有心求得的，所以此一境界虽然寂寞，而摩诘居士却颇有点甘而乐之的自喜之感。对静安先生说来，则是有心求而无心得的。不过，静安先生所有心求的原是哲理之了悟，可悲的是他所求者既望而未至，而却于无心中得此一极寂寞之境界，更且深陷于此寂寞之中，虽极悲苦，而竟不复能自拔。至于义山，则是无心求而且无心得的。摩诘居士有着一份得道之心，静安先生有着一份哲人之想，而义山所有的则只是与生俱来的一份深情锐感。所以我对静安称先生，表示我的一份尊敬之意，对摩诘称居士表示我的一份疏远之感，而独于义山不加称谓，就因为义山给我们的感觉最为亲切。义山没有得道之心，也没有哲人之想，义山的寂寞心，只是因为他的感情较我们更为深厚，他的感觉较我们更为锐敏，因此而造成一份纯粹诗人气质的寂寞。我们从义山诗中，处处可以看出他的多情善感，不但对人多情，对一切生物莫不多情，不但对一切生物多情，对一切无生之物亦莫不多情。我们看他的诗，如同"荷叶生时春恨生，荷叶枯时秋恨成，深知身在情长在，怅望江头江水声"（《暮秋独游曲江》），及"怅望西溪水，潺湲奈尔何"（《西溪》）诸语，真是灵心锐感，一往情深。夫如是，如何能够不寂寞，而义山之所以能得此超乎凡人的寂寞之境界，则真是"莫之为而为者，天也"。所以义山不但未曾因得此境界而沾沾自喜，反而因得此境界而生出无限哀感。因此义山《嫦娥》诗乃有"嫦娥应悔偷灵药，碧海青天夜夜心"之言。义山诗中的"碧海青天"之境界，就相当于静安词中的"高峰窥皓月"之境界，摩诘诗中的"独坐幽篁里"之境界。这种境界，都是超乎凡人的境界，在此境界中的心情，也该都是寂寞的心情。然而摩诘能够去而不顾，所以有"弹琴长啸"之乐；静安则方窥皓月，复觑红尘，既向往解脱，而又深怀悲悯，哀人自哀，故有"可怜身是眼中人"之言；至于义山，则天生锐感，自禀深情，如

同"结夜霜"之"丁宁青女","送朝阳"之"辛苦羲和"①真是欲
罢不能，谁能遣此，所以有"碧海青天夜夜心"之言。因此我说
义山由寂寞心所生之果是诗人的哀感。

在我以上所举的三位诗人之中，我所不能深爱的是摩诘，关
于这一点，我对自己之不能修道有得非常觉得自愧。我所喜爱的
是义山和静安，而义山及静安予我的感觉则又有不同：我喜爱义
山，而且极为其哀感所感动，但感动之余，尚能保有欣赏的余裕；
至于静安，则我深为其悲苦所袭击，常不免有弃甲曳兵之虞。而
且义山的哀感中有着一种诗意的滋润之感，静安的悲苦则有时不
免斩尽杀绝，丝毫不为人为己略留余地。所以我以为在这三位作
者之中，似当推义山为纯乎纯者的诗人。不过，我这种解说比较，
都只凭一己之私见，或者不无缺允失当之处。但我原无意于评诗
说诗，我只是写我个人读诗的一点感受而已。

再者，我这篇小文只是信笔写来，初意树大可以自直，谁想
到行文之际不觉藤生蔓引，竟尔形成了错节虬枝，因之命题之时，
颇费斟酌，虽然古有"削足适履"之说，然而足已生成，复欲削
之，则既劳斧削，又伤自然，最后想了个办法——就是做双宽大
的鞋子，但求遮掩保全，不复计及样式，因命题曰："从义山《嫦
娥》诗谈起"。

---

① 李义山《丹印》诗云："青女丁宁结夜霜，羲和辛苦送朝阳。丹印万里无消
息，几对梧桐忆凤凰。"

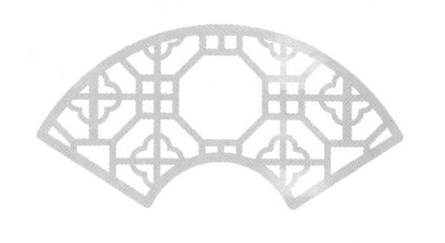

旧诗新演：李义山《燕台》四首

对《燕台》四首作一种象喻性的深入的体认，而不必字比句附的强加穿凿，也许反而不失为一条可以探寻个中真意的新途径。

前　言

庄子的"得鱼忘筌，得意忘言"，渊明的"好读书不求甚解，每有会意，便欣然忘食"，这二位古人对言语文字所取的态度，乃是我这天性疏懒而又颇耽于自得其乐的人所最为欣赏的。虽然有时为了求得鱼，也不得不用到筌。但结网制筌毕竟只是一种手段而已，得鱼才是最大的欣喜和最终的目的。何况有些时候，我们所觅取的材料确乎不够结成一面完整的网或制出一具完整的筌来，而山辉川媚之闪耀的光彩中，则似乎又确可必信某一条溪流中之蕴有无数锦鲤珍鲂，于是乎当临川羡鱼而又结网无方之际，我这懒于结网而又急于得鱼之人，乃颇想把制不成的筌或网一手抛开，而亲自跃入水中去做一番摸索探寻的尝试了。虽然这种尝试可能颇为大雅君子所不取，而且这种探寻也并不见得有必然得鱼的把握。但即使不能捕得一条鱼，而只要我们确实能在水中抚触到活泼的鱼之生命自我们手指间滑过的一种感觉，也就应该是足可使人欣喜的了。

我国旧诗的遗产中，就一直存留着有一部分徒然令人对之兴临川之叹，而又苦于无结网之方的作品，于是在无可奈何之余，似乎便只有亲自跃入水中去试作摸索探寻之一法了。可是我之为人一方面虽然颇有任性大胆的狂想，而另一方面却又颇有悖礼犯禁的顾忌，所以很想为自己这种不尽合法的尝试找到一个可援的先例，以资为辩护之依据。因之乃想到了在我国旧小说中既早有史话演义一类的作品，在新小说中也不乏古事新编一类的尝试。这两种写作的态度就不尽拘执于史实之考证，其发言叙事都有着由改写者可以自由操纵掌握的一种推挥接演的余地，虽然旧日的史话演义，不免有着以听众或读者为对象之欲求其取悦于大众之目的，而近代之古事新编也有着以时代现象为背景之欲以之讽刺现实之作用。而我今日之要推演某些旧诗，而给予一些新的诠释和解说，则只是自己入水摸鱼的一点抚触的心得而已，取材和用意与前二者都迥然并不相类。但是对于不尽拘执于材料之整理和考证，而有着推演和发挥之自由的一点，则是颇为相同的。因之乃糅合了历史演义与古事新编之两种命名的办法，为这种新尝试起了一个新名字，名之曰"旧诗新演"。因略叙写作之动机及命名之源起如上。

春

　　风光冉冉东西陌，几日娇魂寻不得。蜜房羽客类芳心，冶叶倡条遍相识。暖蔼辉迟桃树西，高鬟立共桃鬟齐。雄龙雌凤杳何许？絮乱丝繁天亦迷。醉起微阳若初曙，映帘梦断闻残语。愁将铁网罥珊瑚，海阔天宽迷处所。衣带无情有宽窄，春烟自碧秋霜白。研丹擘石天不知，愿得天牢锁冤魄。夹罗委箧单绡起，香肌冷衬琤琤佩。今日东风自不胜，化作幽光入西海。

夏

前阁雨帘愁不卷，后堂芳树阴阴见。石城景物类黄泉，夜半行郎空柘弹。绫扇唤风阊阖天，轻帷翠幕波洄旋。蜀魂寂寞有伴未？几夜瘴花开木棉。桂宫流影光难取，嫣薰兰破轻轻语。直教银汉堕怀中，未遣星妃镇来去。浊水清波何异源，济河水清黄河浑。安得薄雾起缃裙，手接云軿呼太君。

秋

月浪衡天天宇湿，凉蟾落尽疏星入。云屏不动掩孤嚬，西楼一夜风筝急。欲织相思花寄远，终日相思却相怨。但闻北斗声回环，不见长河水清浅。金鱼锁断红桂春，古时尘满鸳鸯茵。堪悲小苑作长道，玉树未怜亡国人。瑶琴愔愔藏楚弄，越罗冷薄金泥重。帘钩鹦鹉夜惊霜，唤起南云绕云梦。双珰丁丁联尺素，内记湘川相识处。歌唇一世衔雨看，可惜馨香手中故。

冬

　　天东日出天西下，雌凤孤飞女龙寡。青溪白石不相望，堂中远甚苍梧野。冻壁霜华交隐起，芳根中断香心死。浪乘画舸忆蟾蜍，月娥未必婵娟子。楚管蛮弦愁一概，空城舞罢腰支在。当时欢向掌中销，桃叶桃根双姊妹。破鬟倭堕凌朝寒，白玉燕钗黄金蝉。风车雨马不持去，蜡烛啼红怨天曙。

　　这四首诗真是使人读后对之深感无可奈何的作品，其一是因为他所闪放的一种深幽而冶艳的光彩，使人对之有无穷的眩迷；其二是因为他所含育的一种无可把捉的意蕴，使人对之生无穷的想象。面对如此幽微窈眇的诗篇，我们所见的只是一片心灵之光影与彩色的闪烁，一切言筌在这种光彩中都早已成为糟粕。这种作品好像是一种在梦幻中的心灵之呓语，原来就不属于人类理性之解说分析的范畴之内。如今我却妄想要迈越过人类理性的拘限，而进入一位作者心魂深处的梦魇里去探寻，则其不免于没顶丧生而终然无获，正该是必然的结果。但我却仍然愿意跃入这一条绵渺幽深的水中去一作探寻的尝试，一则是因为我无法抵御其美与不可知的双重之诱惑；再则我在前面已经说过，我原不敢存必然得鱼之望，只是想亲自体验一番摸触追寻的欣喜而已。

　　关于这四首诗，前人也曾对之作过结网制筌的尝试。在我以一己之体验为演绎之前，我愿先把有关的一些材料略作简单的介绍。首先我们该提到的，乃是与这四首诗有关的一则悲哀的插曲，一个最早为这四首诗所眩惑了的女子柳枝的故事。据义山《柳枝诗序》云："柳枝，洛中里娘也。父饶好贾，风波死湖上。其母不念他儿子，独念柳枝。生十七年，涂妆绾髻未尝竟，已复起去。吹叶嚼蕊，调丝擪管，作天海风涛之曲，幽忆怨断之音。居其旁与其家接，故往来者，闻十年尚相与疑其醉眠梦物，断不娉。余从昆让山，比柳枝居为近。他日春，曾阴，让山下马柳枝南柳下，咏余《燕台》诗。柳枝惊问：'谁人有此？谁人为是？'让山谓曰：'此吾里中少年叔耳。'柳枝手断长带结让山为赠叔乞诗。明日，余比马出其巷，柳枝丫鬟毕妆，抱立扇下，风鄣一袖，指曰：'若叔是！后三日，邻当去溅裙水上，以博山香待与郎俱过。'余诺之。会所友有偕当诣京师者，戏盗余卧装以先，不果留。雪中，让山至，且曰：'东诸侯取去矣！'明年让山复东，相背于戏上，因写诗以墨其故处云。"有不少人把这一则故事与《燕台》诗比附立说，将二者混为一谈，且根据《燕台》四首所提及的一些地名，对柳枝为东诸侯取去以后的踪迹大加猜测。其实，关于柳枝的事，除了这一篇序文以外，我们所知道的并不多，一切猜度都只是假想。而且据义山《柳枝诗序》，是义山写《燕台》四诗在前，而与柳枝相遇在后，《燕台》诗中当然不该混有柳枝的事迹。我以为与其将《柳枝》与《燕台》二诗比附立说去猜测其悲欢离合的时与地之踪迹，倒不如透过义山笔下柳枝对《燕台》四诗之赏爱，去看义山自己对《燕台》诗所自许的某种境界，该更为真实可信。

第一、我们先看一看义山对柳枝为人的一段描摹叙写。义山笔下的柳枝，所过的乃是"吹叶嚼蕊，调丝擫管"的生活；所爱的乃是"天海风涛之曲，幽忆怨断之音"的曲调，寥寥几笔，所勾划出的乃是何等幽美迥绝的心魂。我们再看柳枝初闻人咏义山《燕台》诗时，所发出的"谁人有此？谁人为是"的重复迫促的询问，其声气口吻中，所表现的乃是何等心弦被撼拨震动着的惊喜。以及未遇义山前的"涂妆绾髻未尝竟"的无以为容的寥落的情怀，与义山约见时的"手断长带""丫鬟毕妆""以博山香待"的一份倾迟奉献的心意，这是义山笔下所叙写的柳枝。然而语云："同声相应，同气相求。"我们往往可以从一个人所爱的对象中去认识一个人，这在大体上是不错的。虽然有时也不免有失误，如孔子之圣尚不免于有"以言取人失之宰我，以貌取人失之子羽"的可能，但有一点必然可信的，就是我们自己所塑造的爱之偶像，一定为我们自己心灵之所爱慕和向往则是必然的。辑本《李义山诗辨正》，张尔田曾云："柳枝为义山第一知己，此文极力写之，有声有色，是最用意之作。"义山所最用意写的，正不仅是柳枝，而实在乃是义山自以为其知己相感的某种属于义山自我的心灵之境界。"天海风涛之曲，幽忆怨断之音"，这岂非正是义山所为诗的风格？不得知爱的寥落，与既得知爱的奉献，这岂非正是义山所用情的态度？所以我以为与其把这篇序文与《燕台》诗比附去猜测柳枝之事迹，倒不如从这篇诗序来体认义山所向往之某种境界，进而去了解《燕台》诗，或者反而更有助益。

除去这一则有关的故事外，关于《燕台》四诗之时、地，与人，还有不少其他的猜测。以人而言，大别之约有以下数说：

一、燕台，唐人惯以言使府，必使府后房人也。（中华书局本，《玉溪生诗笺注》，卷五，页三七，《燕台诗注》）

二、其学仙玉阳东时，有所恋于女冠欤，其人先被达官取去……以篇中多引仙女事，故知女冠。（同前）

三、据序语是先作《燕台》诗后遇柳枝，是两事也。然艳情大致相同，艳词每多错互……终不能辨其是一是二矣。（同前，卷五，页三九，《柳枝诗注》）

四、燕台，用燕昭故事，唐人例指使幕，……《燕台》诗四章，盖皆为杨嗣复而作。（中华书局本，张尔田《玉溪生年谱会笺》，页七一，开成五年谱）

五、义山与燕台相见，在人家饮席，其人已先为人后房矣。（《玉溪生年谱会笺·附李义山诗辨正》，页四六八。观此则是竟直以燕台为人之代名矣）

六、此四诗乃对宫嫔飞鸾轻凤二人之哀悼，诗中桃叶桃根等句，表明卢氏等乃系姊妹。（商务本，苏雪林《玉溪诗谜》，页八七至九一，《与宫嫔恋爱的关系·追悼》章）

七、商隐诗之隐僻者，有些似为讽刺贵主，亦似为讽刺女冠，抑又似为讽刺宫妾，如……《燕台》诗四首。（《新亚学报》抽印本，孙甄陶《李商隐诗探微》）

以地而言，则有以下诸说：

一、其人先被达官取去京师，又流转湘中矣，……玉阳在东，京师在西，故曰东风西海也；玉阳在济源县，京师带以洪河，故曰浊水清波也。曰石城，曰瘴花，曰南云，曰楚弄，曰湘川，曰苍梧，皆楚地之境，故知又流转湘中也。(《玉溪生诗笺注》，卷五，页三七，《燕台诗注》)

二、统观诸诗（按指《燕台》《柳枝》《谑柳》《赠柳》《河内》《河阳》《石城》《莫愁》诸作），似其艳情有二，一为柳枝而发，一为学仙玉阳时所欢而发，《谑柳》《赠柳》《石城》《莫愁》皆咏柳枝之入郢中也，《燕台》《河阳》《河内》诸篇多言湘江，又多引仙事，似昔学仙时所恋者，今在湘潭之地，而后又不知何往矣。……但郢州亦楚境，或二美堕于一地，不可细索矣。(同前，卷六，页二，《河阳诗注》)

三、开成五年杨嗣复出为湖南观察使，冬贬潮州刺史，……"木棉"，点潮州；"瑶琴"四句"楚弄""南云"云云，喻嗣复自湘贬潮；四章，义山赴湘，嗣复已去之事。(《玉溪生年谱会笺》，页七六、七七，开成五年谱)

四、《燕台》诗次章第一段说现在到曲江离宫去走走，……三章第三段，言宫禁虽严，但外人可以从小苑进去。(《玉溪诗谜》，页八八、八九，《与宫嫔恋爱的关系·追悼》章)

五、石城……蜀魂……瘴花……木棉……南云……云梦……湘川……青溪……楚管蛮弦，这许多可指实的地方色彩，是不妨认为诗中女主人是在南方的。假如再检查诗中北方地方色彩如"济河水清黄河浑"，就知道北方地名偶亦采用一二。再诗题《燕台》，更是标准的北方。所以诗中忽南忽北，正是原作者故弄狡狯，无意将谜底告人。(文学杂志社，《诗与诗人》第一集，页

五五，劳榦，《李商隐燕台诗评述》)

再以四诗春夏秋冬之章法言，则有以下诸说：

一、首篇细状其春情怨思；次篇追叙旧时夜会；三篇彼又远去之叹；四篇我尚羁留之恨。(《玉溪生诗笺注》，卷五，页三六，《燕台诗注》)

二、首章，记义山与杨嗣复相见，及文宗忽崩嗣复渐危之事；次章专纪杨贤妃安王溶事；三章嗣复至湘约义山赴幕之事；四章义山赴湘嗣复已去之事。(《玉溪生年谱会笺》，页七六、七七，开成五年谱)

三、盖其人春间与义山相见即为人取去，夏间流转金陵，至秋又赴湘川，曾约义山赴湘，及冬间赴约，而其人又不知转至何处矣。诗所以分四时写之。(《玉溪生年谱会笺·附李义山诗辨正》)

以上诸说不过就手边所有的几种书略举其大要而已，然其说法之纷纭杂乱已可概见一斑，甚至于同一家之说法亦不免于先后之矛盾歧出，则其所说之完全出于一己之臆度与假想可知，守着这些不可据信的材料，正如治丝益棼，不过徒增困惑而已，原来就无法编出一面完整的网来，则我们何如把它暂时抛在一边，亲自跃入水中去做一番摸索探寻的尝试呢！

第一点我们所当探寻的当然乃是《燕台》四诗中的人物究竟何指的问题。在中国旧诗中，人物之所指有几种可能，其一是其人确为实有且确可实指的，如乐天诗中之小蛮樊素，小山词中之莲鸿蘋云；其二是其人虽属实有，然而信据不足无法确指者，如端己词"四月十七"的"别君"，"那年花下"的"初识"，白石词"肥水东流"的"相思","淮南皓月"的"感梦";其三是其人并非实有不过诗人泛为香艳之辞者,如南朝之宫体,五代之令词;其四是其人虽亦并非实有,然而亦并非泛为香艳之辞,乃全属于托喻之作,如曹子建之"南国佳人",阮嗣宗之"江滨二妃";其五是其人亦非实有,然既非泛为香艳之辞,亦非有心托喻之作,而但为心中某种缠绵惆怅之情的一种自然之流露,如正中词之"花前失却游春侣",六一词之"纵有远情难写寄"。以上五种乃是一时所想到的作品中人物之所指的几种可能性。至于读者对作品中人物所当取的态度,则当然最好乃是知之为知之,不知为不知。其果然有所确指者,则读者自当细加研读以求其究竟何指,至其本不可确指者,则读者如果强做解人横加附会,那就有时不免会陷于欺妄和误谬了。义山的《燕台》四首,观其恍惚错综的叙写,无一句落实之语,则其人物之属于不可确指,乃是不容置疑的一件事,只是此四诗中之人物又究竟属于不可确指中的哪一类呢?观其深悲切至之语,则此四诗必非浮泛之艳辞;然而若径谓其虽不可确指而确为实有,则此四诗又不似端己与白石诸词之单纯显豁;若谓其但为托喻之作,则此四诗又不似子建嗣宗二诗之喻言可想;若但谓其只为心中惆怅缠绵之情的自然流露,则此四诗之章法井然,自春徂秋,也决不同于正中六一的流连光景惆怅自怜的一时抒情之作。要想解说这一类难于归属的作品,我以为有两点基本观念,乃是读者所应当具备的,其一是承认其难于归属的多种可能,从而欣赏其由多种可能所暗示的丰美幽微的含蕴,而根本不必妄图加以拘限的归属;其二是承认诗歌

194

本身之价值与作品中所写之人物对象并无必然之关系。先就其意蕴之丰美来说，此四诗有极真实深切之感受，其使人心动神迷之处，恍如出于真实体验之情事，此其一；此四诗又有极复杂错综之象喻借比，完全不为任何真实情事所拘限，似全为象喻之作品，此其二；此四诗更充满了一种惆怅哀伤之致，似全为作者心灵中低徊悱恻之情的自然流露，此其三；然而如前所言，此四诗之周密精致，又不同于一时的抒情偶然之作，而似乎确实当有更深入的取义，此其四。我们欣赏这一类的作品，实在最好是同时承认这多种的可能，不受任何拘限地去体会作者内在最窈眇之心魂与外在最精美之艺术的一种最敏锐的结合。这种作品原来就不属于理念的有限的解说之内，它的不可指说正是它的好处所在，如果要对这一类作品加以指实的解说，那反而将是对其丰美幽微之含蕴的一种斫丧和损害了。再就诗歌本身之价值与所写之人物对象并无必然之关系而言，这种道理实在是极为浅显易明的，举个最通俗的例子来看，譬如酒之与水，其差别乃在于本身之品质是什么，而并不在于其所倾注的容器是什么，如果是酒则即使只盛起一杯来，也必然是酒，如果是水，则即使盛起一缸来也依然是水，如果撇开本身的品质，而单就其所倾注的对象来讨论酒与水的价值，这种误植重点的衡量，其错误乃是显然可见的。义山诗的好处，原来就在于其所具含的一种窈眇幽微的迥异于人的品质，如同《西溪》之潺湲无奈，如同《锦瑟》之哀怨无端，像这种无奈无端的情意，原是与诗人之生命深相结合着的一种品质，则我们又何必将那种与全生命结合着的品质强加分割，而将之拘限于某一个并不确知的狭隘的对象之中呢。所以我以为这四首诗中所叙写的对象，如果确实有可以指明的足够的证据，可以使我们在理性上有更清楚的认知的满足，不仅品味了酒的滋味还认知了酒的容器，那当然很好，否则，如果我们把酒的滋味丢开不尝，而只在隔靴搔痒地猜测容器的形状，那岂非是一种舍本逐末劳而少功的愚执之举。因此我以为对于义山这四首诗，我们与其妄加猜测义山诗外之"人"，倒毋宁细加品味去体认义山诗中之"我"了。

第二点我们所当探寻的，则当是《燕台》四诗中的地域问题，在这四首诗中，义山所提到的有着地域性的名物，大约有十余处之多，而且南北杂举，既无系统，又不一致，因此劳榦先生乃说："诗中忽南忽北，正是原作者故弄狡狯。"关于这一点，我以为当从几方面去看，因为地域或方位的指述，在中国诗中原可以有多种意义：第一种为写实性的，如杜甫《绝句》四首之"窗含西岭千秋雪，门泊东吴万里船"二句，其"西岭"与"东吴"便都是写实性的地域和方位；第二种是用典性的，如杜甫《奉送严公入朝》一诗之"南图回羽翮，北极捧星辰"二句，其"南图"与"北极"，便是用《庄子·逍遥游》大鹏之将图南，与《论语·为政》众星之拱北辰的典故；第三种是象喻性的，如张衡《四愁诗》之"泰山""东望"，"桂林""南望"，"汉阳""西望"，"雁门""北望"，其中之诸地名与诸方位便都是象喻性的，并不实指任何一地，不过列举四方艰险之地，以表现一种无所不至的追寻与终然不见的艰阻而已。有了这几点基本的认识，再来看义山《燕台》

四诗，就会发现其中许多地名及方位，原来都只是用典或象喻，而并非实指，如其举"济河"与"黄河"之取其清浊之对比，举"南云"与"楚弄"之取其绵渺之哀思，举"石城"与"苍梧"之取用石城莫愁与舜死苍梧之故实，凡此种种，如果我们不肯仔细体味原诗的取义，而妄加指实，那当然会不免于误谬白出而迷乱自失了。

第三点我们所当探寻的乃是《燕台》四诗中时节的问题，这首诗分明标举出春夏秋冬四时，当然应当有其所以如此标举的取义，只是如果按旧说之便据此实指为某些情事发生之时间与季节，则就又不免近于刻舟求剑的迂执了。在中国诗中的时间与季节也有写实与象喻的两种可能，如《诗经·豳风·七月》一篇，其一年四季十二月之叙述，当然乃全属写实之纪事；至于如繁钦《定情诗》之自日旰、日中，直写到日夕、日暮，则就并非写实之笔，而完全乃是一种无尽之期待的时间性之象喻了，因为时间性的推移，原来就可以在诗中造成一种久远而循环不已的感觉，这不仅是在象喻性的诗歌中，可以感受其明显的效果，即使在写实性的诗歌中，如《豳风·七月》一篇，我们之所以能对它所叙写的生活民俗得到如此强烈的周遍的感受，也未始不是由于它对时间的循环不已的叙述所造成的效果。至于在象喻性的诗歌中，则自屈子《离骚》之往往以"春""秋""朝""暮"的对举暗示时间性的永恒周遍之感，降而至于民歌俗曲之往往以四时十二月的重叠排比，来写无尽的爱恋相思，则更是一种常见的表现方法了。义山《燕台》四首之标举四时，我以为也不可过于拘执实指，而当从其所造成之整个的永恒周遍之感来做体认，从而领会这一位"荷叶生时春恨生，荷叶枯时秋恨成"的诗人，他所表现的一种"身在情长在"的经春历秋的整个一生的深情极怨，这似乎才是一种更有意义的探寻的角度。

最后还有一点也是我们所当探寻的，那便是这四首诗之标题"燕台"二字的取义何指的问题。在义山诗集中有不少无题之作，也有不少取诗歌中首句中二字为命题的虽有题而实近于无题之作。此四诗既标名《燕台》，自不同于一般无题之作，而《燕台》又非首句或全诗任何一句中曾经出现过的字样，则此标题自又不同于一般取首句中二字为题的近于无题之作，然则如此说来，是此二字之标题之必当有所取义，乃是无疑的了，至于其取义为何，则冯浩注云："燕台，唐人惯以言使府。"这话实在是不错的，义山在《梓州罢吟寄同舍》一诗中，就曾经有"长吟远下燕台去"之句，按义山于大中五年柳仲郢镇东蜀之时曾被辟为节度书记，迄大中十年柳仲郢内征为吏部侍郎府罢之时，恰为五年，义山此诗前有"五年从事霍嫖姚"之句，可以为证，是"长吟远下燕台去"固正指梓州府罢之事也。所以"燕台"指"使府"该是无可疑的。只是如果因此就臆测为义山与使府后房有恋爱之事如冯浩注之所云云，那就未免想入非非了，张尔田会笺即曾严驳冯氏之说以为不可信，可是张尔田却又因燕台指使府之一念，而联想及于杨嗣复之自湖南观察使贬为潮州刺史之事，而谓义山此四诗乃专为杨嗣复而作，且牵附及于文宗之崩，武宗之立，以及杨贤妃欲立安王溶之种种情事，字比句附，较之冯注尤为牵强，岑仲勉《玉溪生年谱会笺平质》也早已辨其同样为不可信（见中华书局，《玉溪生年谱会笺·附岑仲勉平质》，页二三〇）。那么这四首诗究竟何指呢？我以为关于"燕台"二字之命题，可以分作两层来看：其一、燕台确指使府，义山终生不遇，托身幕府，历依天平、兖海、桂管、武宁、东川诸幕，这种寄人趋走的生活，必多抑郁辛酸之感。像杜甫在成都依故人严武之幕，两代世交，而杜甫在其《宿府》、《遣闷》、《简院内诸公》等作品中，尚不免有"已忍伶俜十年事，强移栖息一枝安"、"胡为来幕下，只合在舟中"及"白头趋幕府，深觉负平生"等愤怨的话，则义山于其一生之历依诸幕之辗转漂泊的生活，以及依违恩怨的感情之间必当更有许多悲苦难言之情事，这是可以想见的，而义山一生仕宦之生活，则舍此栖托幕府之一片辛酸以外，又更别无较幸运之机遇，然则义山《燕台》四首岂非很可能有着对其整个之一生的自叙自慨之意，此其一；再则燕台原来又指燕昭王之黄金台，欲以延天下之贤士者，后人为诗往往用之以慨其不得知遇之悲，如李白之《行路难》，即曾有"昭王白骨萦蔓草，谁人更扫黄金台，行路难，归去来"之句，然则义山之以"燕台"命题除自慨其幕府生活之酸辛以外，岂非更可能有其自伤不遇的失志莫偶的悲怨之情在。何况义山幼而孤寒，对仕宦之幸蹇，自会比别人有更为重视的心理，而义山与令狐父子及其岳父王茂元之间的一段恩怨，虽然是仁是智，有着许多不同的解说和看法，然而一则为世交之谊，一则为翁婿之情，其间的猜嫌误会必有许多难言之痛，也是可以想见的。而义山平生所遇到的不幸又不仅仕宦一途而已，义山早年丧父，中年丧偶，都是在最为需要的时候失去了最大的依傍，其心灵上当然也都曾受到极大的挫伤。此外从义山诗集中许多缠绵悱恻的写恋爱的诗篇来看，纵使其中有一部分作品可能为别有寄意的托喻之作，然而一位多情善感的诗人如义山，他在感情方面之曾经有过一些伤心蚀骨的苦恋的经验，更是大有可能的。凡此种种不幸的挫伤失意，都可归之于广义的命运之不偶，把平生命运之不偶结合于平生羁栖幕府的一世的酸辛，如果从这种角度对《燕台》四首做一种象喻性的深入的体认，而不必字比句附地强加穿凿，也许反而不失为一条可以探寻个中真意的新途径。

其一 春

这是《燕台》四首的第一首诗，以"春"为标题，从萌发着的生意，与醒觉着的追寻写起，正象喻着一个有情之生命的诞生之开始。开端"风光冉冉东西陌"，仅只七字便已写出春日之无限风光。而且义山笔下的春光并不像一般人所写的只是一片万紫千红的坚凝而浓重的颜色而已。义山所写的春光是流动的、娇柔的，飘飞在人的眼前身畔，而几乎可以随时抚触得到的。所以义山不曰"春光"而曰"风光"，"春光"二字较为呆滞，而"风光"二字则较为活泼轻灵。再继之以"冉冉"二字的形容，这两个叠字无论在声音或意义上，都予人以一种轻柔荡漾的感觉。"风光"而加之以"冉冉"，于是而叶底微风之轻拂，水面波光之闪烁，天边云影之流移，一切光与色皆于春风骀荡中，以其新鲜之生意向人飘飞舞动而来。更承以"东西陌"三个字，于是而东阡西陌之上，远近四方之间，无处而不有此冉冉之风光，无处而不有此飘飞之生意矣。如果以之与北宋词人欧阳永叔的"候馆梅残，溪桥柳细，草薰风暖摇征辔"，及秦少游的"柳下桃蹊，乱分春色到人家"诸句相较，虽然同样是写春光的无处不在，则永叔与少游二人的形容较为具体，色泽亦较为浓重，似乎全以官能视觉的感受为主。而义山之"风光冉冉东西陌"一句，则轻柔绵渺，别有恍惚迷离之致，其感受乃不全出于官能之视觉，而隐然更有着诗人心魂深处的一种幽微窈眇的跃动在。所以继之乃曰："几日娇魂寻不得。"从上一句"冉冉风光"带给诗人的心灵的震触，到下一句对"娇魂"的惘惘追寻，这正是极自然的感发和承应。因为一位多情锐感的诗人，面对此轻柔绵渺迷离恍惚之风光，其内心深处自会有一种难以言说而又无从填补的空虚怅惘之感。冯正中词说："河畔青芜堤上柳，为问新愁，何事年年有。"晏同叔词说："细草愁烟，幽花怯露，凭阑总是销魂处。"柳永词说："草色烟光残照里，无人会得凭阑意。"这种面对春天的青芜、堤柳、细草、烟光，而使人惆怅魂销的感觉，是极难加以解说和分析的。所谓"物色之动，心亦摇焉"。而尤以春日之纤美温柔所显示着的生命之复苏的种种迹象，最足以唤起诗人内心中某种复苏着的若有所失的惘惘追寻的情意。然而"自古皆有死，莫不饮恨而吞声"，千古以来，竟然没有一个诗人在这种追寻中获得满足过。所以说"几日娇魂寻不得"，"娇魂"正不必确指，只是诗人某种追寻的象征，"魂"字可见其窈眇，"娇"字可见其纤柔，"几日"者，可见其追寻已非一日而终然竟无所得，这正是有感情有理想的诗人千古之所同悲。然而"余心所善、九死未悔"，纵使追寻无获，而无奈此情难已。所以接下去乃说："蜜房羽客类芳心，冶叶倡条遍相识。"这两句正写其一片追寻的辛苦和情意。"蜜房羽客"自然是指蜜蜂而言。朱鹤龄注此句引郭璞《蜂赋》云："亦托名于羽族。"所以义山乃称蜂曰"蜜房羽客"，一方面固然有其出处来历，一方面又予读者以一种极新颖极鲜明的感受。从此句末三字"类芳心"来看，则义山原以之拟诗人之"芳心"。所以称之曰"羽客"者，"客"字既可收拟人之效果，而羽化登仙的凌虚御空之联想，则读之更可使人感到一份上下飞翔的求索的深情，和一份悠扬飘举的蹁跹的神致。而又于其上加以"蜜房"二字，不仅切合蜜蜂之取喻，而"蜜"字之甘美芳醇，"房"字之闭藏深隐，也都可使人想到诗人"芳心"之蜜爱深情。义山另一首《二月二日》诗有句云："花须柳眼各无赖，紫蝶黄蜂俱有情。"人非太上，孰能忘情，情之所钟，正在我辈，像眼前的紫蝶黄蜂一样，随冉冉之风光而飘飞起舞，以全生命的本能追求寻索着的，正是诗人的一片多情缱绻的"芳心"。至于下一句"冶叶倡条遍相识"，这一句如果只从字面以传统的道德眼光来看，不免竟会觉得义山用字过于浮艳轻薄。因为从《易经·系辞》的"冶容诲淫"，以及"倡"字之多与"倡伎"、"倡优"等字连用，一般人对"冶"字和"倡"字，早就先存了一个偏颇的成见，而"遍相识"三个字似乎也容易使人想到用情之浪漫不专。其实这七个字才正是义山极严肃极沉重地道出其追寻之殷勤辛苦的一句诗。"冶"字"倡"字如果摆脱掉陈腐的成见来看，是何等色泽鲜明精力饱满的字样。"冶"字之美，"倡"字之盛，万紫千红之缤纷多彩，长条密叶之披拂多姿，岂不皆可从这两个字中想象得之？至于"遍相识"三个字，则更是全心奉献和追寻的表现。"余既滋兰之九畹兮，又树蕙之百亩。畦留夷与揭车兮，杂杜衡与芳芷。"早自屈子就曾经对百卉群芳有过如此深情遍爱的愿望。其实屈原和义山所写的原来就都并不真指客观之实物，而只是他们自己内心中，一种对完整周遍而无终极的爱之向往。每一片在春风中舒展着的娇美的花叶，每一根在春风中款舞着的袅娜的枝条，都曾引起诗人深切的怜爱，都曾唤起诗人怅惘地追寻。然而"众里寻他千百度"，何处才是诗人所萦心系梦以寻求的那一缕"娇魂"呢？

于是在深情苦想之中，诗人也仿佛果真曾经若有所见，所以乃有"暖霭辉迟桃树西，高鬟立共桃鬟齐"之句。"暖霭"七个字，义山真是把春光的一片迷惘娇慵之感写得恰到好处，所以不曰"暖日"，不曰"和风"，不曰"淑气"，而曰"暖霭"，前面三个辞语都过于现实，过于拘狭，而"暖霭"一词则不但兼有了前三者的意义，而且"霭"字更别有烟霭迷蒙之致，这是最能表现春光之特色的。所以中国的诗人写到春天的景物，往往加一"烟"字，如"烟光"、"烟柳"、"烟花"，这真是极好的形容。"霭"字有烟字之意，而更富于和柔温暖之感。"暖霭"二字自可令人联想到和风淡宕暖日生烟之种种景象。至于"辉迟"二字则写日光之光影迟迟。昔杜审言《早春游望》诗有句云："淑气催黄鸟，晴光转绿蘋。"杜甫《江畔独步寻花》亦有句云:"春光懒困倚微风。"又曰:"桃花一树开无主,可爱深红爱浅红。"今如将义山之"暖蔼辉迟"四字,与下面"桃树西"三字合着,则淑气微风之中,日影晴光乃正在深浅桃红之上慢转轻移。这真是何等令人痴迷的景色。在此痴迷之中,乃恍惚见有人焉立于桃树之下,而更不形容此人之容饰衣装,乃但着以"高鬟"二字,一则此人原在迷离恍惚之中,故不得详为叙写。再则"高鬟"虽仅二字,然发型之样式实在最足以代表一个女子的身份、地位和个性。如果以此句之"高鬟"与前所引《柳枝诗序》之"丫鬟毕妆"相较,则"丫鬟"之发式更富于青春活泼之感,而"高鬟"之发式则更富于端丽成熟之美,且别有高贵矜持之意态,至于以"高鬟"与"桃鬟"相比,则是诗人故弄恍惚之笔,夫彼桃树既无毛发何得有鬟?而曰"桃鬟"者,方其恍惚痴念之中,人既如花,花亦似人,于是而高枝之上之万朵繁花,乃竟真如美人头上之簪花高髻矣。中间着以"立共"二字,就文法言之,曰"共",分明该是二物;而就感觉言之,则"立共"二字之密切亲近,乃竟使人有二者合一之感。义山此句运笔极妙,曰"高鬟立共桃鬟齐",恍兮惚兮,如幻如真,方见是花而又疑为是人,于是在暖蔼辉迟之中,在桃树繁花之下,乃仿佛真如有一位高鬟拥髻的佳人,且颇可想见其含睇宜笑的风致矣。而紧接着这一份乍睹还疑的惊喜,义山却忽然笔锋一转,写下了"雄龙雌凤杳何许?絮乱丝繁天亦迷",这真是使人心伤望绝极尽凄迷惨切的两句话。"雄龙雌凤"四字,"雄"与"雌"是一层对举,"龙"与"凤"是又一层对举。早自屈子《离骚》就曾经有过"两美其必合兮"的祝愿，太白《梁甫吟》也曾经有过"张公两龙剑，神物合有时"的信心。因为唯有当"雄龙"与"雌凤"能相遇相合的世界，才是圆满无憾的。然而义山在这二句诗中所发出的却是"杳何许"的茫无所见的苦觅悲呼。没有鸣高桐的彩凤，也没有翔九天的神龙，更遑论彩凤与神龙的结合相遇，人世间所有的只是黯淡绝望中的一片残缺的憾恨。而况冉冉之风光欲老，羽客之芳心虽在，而高鬟之花蕊将残，茫茫天地之间，到处是濛濛的飞絮，到处是惘惘的游丝。所以义山接下去便说了"絮乱丝繁天亦迷"的话。如此不得相遇的深悲，如此莫能补赎的长恨，天若有情，固亦早已为之意惘情迷。云谁不信，则此乱絮繁丝便可为天人之同证。

写情至此，原已更无余地，然而义山最善于以其缠绵宛转之笔写缠绵宛转之情，于是遂又有"醉起微阳若初曙，映帘梦断闻残语"之言。像再世的宿缘，像前生的梦魇，永远无法忘怀，也永远无法解脱的。清醒时固然是絮乱丝繁的迷惘，而即使在醉里在梦里也一样在心魂之中盘旋萦绕着，这是何等缠绵深切，何等凄迷哀怨的一份感情。首句"微阳"，朱鹤龄注云："夕阳也。"此二字盖遥遥与后之"初曙"相对，"微阳"是真，"初曙"是幻；次句则以"梦断"与"残语"相对，"梦断"是真，"残语"是幻。已是微阳欲入，而犹疑为初曙方生；已是梦断难留，而恍闻其叮咛细语。这二句之中有多少对所追怀思念者的痴迷苦想，有多少对已残破消逝者的震悼哀伤。而其写醉起梦醒时的恍惚之感又复何等真切传神。至于"映帘"二字则为两句相结合之关键所在，映于帘上者，正为首句所写之微阳，而见此映帘之微阳者，则是次句犹闻残语之梦断之人。昔杜甫《梦李白》诗有句云："落月满屋梁，犹疑照颜色。"思之而至于入梦，入梦而至于梦醒之时于帘际微阳梁间落月之中，犹仿佛如闻其细语如见其颜色，则怀念之深自可想见。只是杜甫所写乃是实境实情，义山所写则似不必实指，而只是其内心中一直缠绵悱恻着的某种情意。深情如许，所以继之乃曰："愁将铁网罥珊瑚，海阔天宽迷处所。"上一句接写其永无休止的寻觅与追求之辛苦，下一句又依然落于永难偿获的失望与落空的悲哀。姚培谦笺注引本章云："珊瑚生海底盘石上，海人先作铁网沉水底，贯中而生，绞网出之。"曰"铁网"，曰"沉水"，曰"贯中"，曰"绞网"，其用心之深切，致力之勤劳，立意之坚毅，与夫珊瑚之珍贵与难得，皆可想见。然而珊瑚纵使难得，而海人终以其深切勤劳与坚毅毕竟得之。我今日虽有一如海人之殷切勤毅之心力，然而面对此茫茫大海渺渺长空，何处有我所欲觅求之鲜红似血之珊瑚？何处是我可以把自己千丝情缕所织成的铁网抛下的所在？"将"者，以手将持之意，空持此千丝之铁网，而四顾苍茫，除寂寥空漠之外，更无所有。昔孟浩然诗有句云："迷津欲有问，平海夕漫漫。"这种失望落空之后的怅惘迷失，其苦痛真是不可言喻的。所以于上一句开端着一"愁"字，诗人所愁的正就是下句"迷处所"的痛苦的迷失。而中间更加上了"持铁网"的辛勤，"罥珊瑚"的希望，"海阔天宽"的茫茫的追寻，如此一气贯下，才更使人觉得"迷处所"的堪为愁恨。（"天宽"之"宽"字一作"翻"，二者相较，作"宽"字可

与海阔之"阔"字相呼应，似更可以加深其寂寥落空之感；而作
"翻"字则可使人想见广海之上海天相接之处的一片汹涌翻腾，似
亦大可加深其迷惘不安之苦。朱鹤龄注本作"翻"，冯浩注本作
"宽"，二者难断其优劣，今兹所说暂从冯本。）

以下接云："衣带无情有宽窄，春烟自碧秋霜白。"则全写伤
心绝望之后的悲苦无奈。古诗云："相去日已远，衣带日已缓。"
在暌隔失望之中，不知别愁之多少，但觉衣带之渐宽，生命有尽，
而相思无尽，当带孔频移，其宽窄有如此明显之变化时，又安能
不令人自觉心惊不已。以一个多情的生命，面对着如此无情地日
日向人诉说着生命将终的渐宽之衣带，这是宇宙间何等无可挽赎
的极恨深悲。然则此宇宙间更复何有乎？则春烟自碧，秋霜自白。
无论其为三春之暖日生烟，无论其为九秋之冷露凝霜，春烟之碧
自是迷蒙无奈，而秋霜之白则更复冷漠无情。着一"碧"字，一
"白"字，颜色何等分明，感受何等真切。又着一"自"字，有一
任彼自碧自白之意，口吻亦何等无奈。如此而从春到秋，诗人之
生命乃尽消蚀于烟之迷蒙与霜之冷漠之中。这种消蚀，其痛苦乃
一如遭遇到研磨擘裂一样，所以接下去乃说："研丹擘石天不知，
愿得天牢锁冤魄。"冯浩注引《吕氏春秋》曰："石可破也，而不
可夺坚；丹可磨也，而不可夺赤。"这是何等贞毅的一种情操。然
而如果反过来看，则纵使有石之坚，而无奈已遭擘裂；纵使有丹
之赤，也无奈已遭研损。这对石之坚与丹之赤来说，是何等深重
的折辱和伤毁。然则谁实为之？孰令致之？倘所谓天道，是耶非
耶？困惑哀怨之极，所以乃说"天不知"也。至于下句"天牢"

云云，朱鹤龄注引《汉书》曰："戴筐六星，六曰司灾，在魁中，贵人之牢。"又引孟康曰："贵人牢曰天理，即天牢也。"冯浩注则引《晋书·志》云："天牢六星，在北斗魁下，贵人之牢也。"又曰："贯索九星，贱人之牢也，一曰天牢。"是天上星宿之间原有"天牢"之名称，而世传之天牢有二：一为戴筐六星在北斗魁下，为贵人之牢；一为贯索九星，为贱人之牢（详见《史记·天官书》、《汉书》及《晋书·天文志》）。至于义山之用天牢一辞，则当但取其人间天上永远被羁锁的一种象喻，原不必有贵贱之区分。至于所羁锁者为何，则含情莫展、屈抑难伸之冤魄也。观义山之用字，真所谓情深意苦，所以冤而曰冤魄，则其悲憾冤恨之深，固已是至死难消，牢而曰天牢，则此恨不仅长留于人世，更将且长羁于天上矣，又复于此句开端加以"愿得"二字，义山之长留此恨乃竟直欲誓以永矢弗谖，深情苦恨，至此而极矣。

继之以"夹罗委箧单绡起"，则山穷水尽之时，忽作柳暗花明之笔。春光既老，朱夏将临，义山乃将此一份春去夏来之感，全从衣饰与肌肤之感觉写出，因为唯有身体之感受才是最真实最亲切的感受，所以人们说到对某一件事的认识与了解时，往往用"体"会、"体"验等字样。而季节寒暖之变，当然更以身体之感受最为敏锐。《论语》中记载有一次孔子的弟子曾皙说到春天，第一句说的就是"暮春者，春服既成"，把厚重而黯淡的冬衣脱卸下来，换上夹罗的春袍，闪着使芳草都生妒的春天的颜色，这是何等轻快鲜明的一种感受。至于春去夏来之际，则把夹罗的春袍又脱卸下来而换上了单绡的夏服，衣袂飘然，微风轻拂，这又是另一种蹁跹轻举的情调。以善于铺叙著称的北宋后期的大词人周邦彦在写到夏天来临的时候，就往往先从衣服之感受写起。如其《琐窗寒》的"单衣伫立"，《六丑》的"单衣试酒"，都可为证。而这种感受如果从女性写起，当然就会显得更纤细而柔美。所以义山接下去就说："香肌冷衬琤琤佩。""香肌"自当指女性而言，其下着一"冷"字，苏东坡《洞仙歌》词有句云："冰肌玉骨，自清凉无汗。"这是在炎夏中，一种专属于女性所特有的静美丰柔中的清凉的感觉。而义山更于其下加了"琤琤佩"三个字。辛稼轩《江神子》词写一个"宝钗飞凤鬓惊鸾"的女子，也曾更饰之以"佩声闲，玉垂环"的描写。因为如此才能使这个女子更有风姿和情致。义山所云"琤琤"者，正此闲闲之佩声也。如果我们向更远一步去推想，则姜白石《念奴娇》"咏荷花"词，曾有句云："三十六陂人未到，水佩风裳无数。"然则义山笔下的如花之人，于其琤琤之佩声间，岂不亦似更有无边之寂寞在。于此而再回顾前一"冷"字，则知此一字所写者，亦当不仅但为冰肌玉骨之清凉而已，更当有于琤琤之佩声间，所映衬之一份心魂寂寞的凄寒在。如果有人在此蓦然作拦截式的诘质，问我此女子为作者之自喻，抑为作者所怀思向往之人，则我将应之曰观此处之口气似以近于自喻为是。若再诘之曰既自喻为女子，则前此高鬟立于桃树下之女子岂不曾释为所思之象喻乎，则我又将应之曰然，盖以诗人往往在一篇作品中既以某一征象为自喻，又以之为他喻。此亦不乏例证，洪兴祖《楚辞补注》于《离骚》"恐美人之迟暮"一句，即曾注曰："屈原有以美人喻君者'恐美人之迟暮'是也；

有喻善人者'满堂兮美人'是也；有自喻者'送美人兮南浦'是也。"《史记·屈原列传》说："其志洁，故其称物芳。"无论是以之喻称自己，或喻称所爱之对象，皆同此理。读者也大可不必对义山诗中所引喻之美人过事苛求确指。至于末二句"今日东风自不胜，化作幽光入西海"，则为全篇深悲极怨之总结。标题曰"春"，而春去难留，逝者如斯，到"东风无力百花残"的时候，一切誓愿，都成虚语；一切追寻，都归枉然。所以说"今日东风自不胜"，谓时至今日，东风自无力稍作留春之计，则唯有含恨从此长逝而已。昔李后主有词云："林花谢了春红，太匆匆，无奈朝来寒雨晚来风。胭脂泪，留人醉，几时重？自是人生长恨水长东。"义山之"化作幽光入西海"，亦是长恨东流到海之意，只是义山更工于窈眇幽微之想象，故其出语亦较之后主更为奇诡凄迷。自篇首之冉冉风光，经篇中无数深情苦恨之怅惘追寻，乃今日东风无力，风光将老，则此长逝之春，究竟何所归往乎？此一问，可分三点作答：一则其逝也既如光影之迅疾而丝毫不可挽留掌握，故曰"光"；再则其逝也又更含有如许难以言说之苦恨深情，使其果然而化为光影，则此满怀长恨而永逝之光，其必为"幽光"无疑；三则此绵绵长恨之所汇聚，唯海之辽阔深邃可以象之，此所以此幽光之必入于"海"也，而春日之风则东风也，随春光之永逝，为东风所吹送，而携长恨以俱往者，其非"西海"而何？故曰："化作幽光入西海"也。古今多少写春归的诗人词客，如后主的"流水落花春去也，天上人间"；山谷的"春归何处？寂寞无行路"；清真的"春归如过翼，一去无迹"；稼轩的"是他春带愁来，春归何处？却不解带将愁去"，虽然这些词句也各有各的佳处所在，然而唯义山此二语最为悱恻凄迷。朱鹤龄注本评此句云："所谓幽忆怨断之音也。"读之唯令人徒唤奈何而已。

其二　夏

此章标题为"夏"。说到夏，一般人所想到的多半是炎夏、盛夏、盛暑、骄阳等一类字样，因为在人们的印象中，夏日一直是炎热的、强烈的、喧嚣的。而义山这一章诗所写的夏日，却与此迥然相反。义山所写的夏乃是阴暗的、凄清的、寂寞的。在前言中我曾经说过，一篇作品中最重要的并不在作者感情的对象是什么，而乃在于作者感情的本质是什么。现在我们更得一例证，就是一篇作品最重要的并不在其所写的主题是什么，而乃在于作者对此主题所得的感受是什么。杜甫写夏的诗，如其在华州所写的《夏日叹》《夏夜叹》，在夔州所写的《火》《热》《毒热》诸作，他笔下的夏乃是"朱光彻厚地"、"峡中都似火"的极酷烈的夏日，这一方面固然因为杜甫所写的夏日乃是特别炎热的夏日，而另一方面也因为杜甫的天性原来就属于阳刚的明朗而强烈的一型，所以喜欢从强烈鲜明的一面着笔的缘故。因此甚至当他自己写到自己的感情时也往往用"热"字来形容，如其《赴奉先县咏怀》的"叹息肠内热"，《铁堂峡》的"回首肝肺热"皆可为证。而义山写到自己的感情时，他所用的则是"春蚕到死"、"蜡炬成灰"等一类字样。因为义山的性格一直就属于纤柔而抑郁的一型，一直就缺乏着健康和明朗的色泽，而布满着残缺怅惘的憾恨。所以本章虽标题是夏，而义山却完全不从夏日之炎热繁盛的一面着笔。开端："前阁雨帘愁不卷，后堂芳树阴阴见。"一起便予人以一种阴沉晦暗的感觉。"帘"而"不卷"，已使人有"庭院深深深几许，云窗雾阁常扃"的一种深杳凄迷的感受。而"帘"字上更加一"雨"字，义山另一首《重过圣女祠》诗有句云："一春梦雨常飘瓦。"则在此垂帘之外，于檐前瓦际的雨丝飘飞雨声淅沥之中，帘内之人的梦魂之随淅沥之雨声以共其飘飞萦想，殆可想见。所以乃更于"不卷"二字之上加一"愁"字，长垂不卷的帘，与长存不解的愁，正复互为因果。帘因人之愁而不卷，人因帘之垂而益愁，在雨中闭锁的重帘，也就正象喻着在雨中闭锁的深愁。而此句首二字之"前阁"则更与下一句之"后堂"相映照，二句相呼应，有其相反的一面，也有其相成的一面。自其相成的一面来看，则后堂之"阴阴"更加深了前一句"雨帘""不卷"的阴沉晦暗的感觉。是其时虽为朱明的炎夏，而无论其为"前阁"，为"后堂"，乃并皆不能予人以一丝光明温暖之感，则此阁与堂中之人的寂寞忧伤可想。而若自其相反的一面来看，则树而曰"芳树"，如陶渊明诗所写的"孟夏草木长，绕屋树扶疏"，则亦自有其欣欣然之一片生机在。而"阴阴"二字，除阴暗之感外，亦自有其浓密繁茂的另一意义在。结尾着一"见"字，是堂中之人虽无光明与温暖可言，而隐约可见于堂外者，则芳树垂阴、叶繁枝茂，乃正当欣欣向荣之日。彼亦一生命，此亦一生命，堂内有情之生命寂寞如斯，而堂外无情之生命则清阴若此。当此二种不同之生命相面对时，一个锐感的诗人，往往会产生一种极悲哀寂寞而内心又充满跃动的难以述说的感情。义山这二句诗就全从生命之相反的两面下笔，来写这一种微妙而难以言说的感觉。写炎夏而全从阴暗着笔，这是第一层相反；写阁内之人着一"愁"字，写堂外之树却偏偏着以一"芳"字，这是第二层相反。在这种对比中，生命黯惨不幸的一面因与生命繁盛美好的一面相映照的缘故，一方面对美好者既倍增怀思向往之情；一方面对自己的黯惨悲苦也更加深了憾恨不幸之感。所以下面义山就更加明切地举出了另外两个相反对比的象喻："石城景物类黄泉，夜半行郎空柘弹。"叫作"石城"的所在，在中国历史上最著名的两处：一指金陵之石头城而言，《文选》左思《吴都赋》云："戎车盈于石城。"李善注引刘渊林曰："建安十七年城石头。"五臣注云："石城，石头坞也，在建业西，临江。"吕延济曰："石头城中置府库军储，故云：'盈于石城。'"这一个石城，是因其为六朝的都城而出名。又一石城则指湖北竟陵之石城而言，为晋羊祜之所筑，北周置石头郡于此，王应麟《地理通释》云："三面墉基皆石造，正面绝壁，下临汉江，石城之名本此。"这一个石城则是因一个女子而出名。《旧唐书·音乐志》云："石城在竟陵。《莫愁乐》者出于《石城乐》。石城有女子名莫愁，善歌谣，因有此歌。"石城既有不同之二地，则义山这一章诗中的石城究竟何指呢？朱鹤龄姚培谦二家注皆引乐府《莫愁乐》及《唐书·音乐志》为言（见前），冯浩笺注云："石城……楚地之境。"张尔田会笺亦云："石城，楚地。"是诸家之说皆以为义山此诗中之石城乃指女子莫愁所在之石城也。关于这一点，我以为是可信的。因为义山还有另二首标题《石城》和《莫愁》的诗，也同样用的是这一故实。只是义山屡屡用之又何所取义呢？冯浩以为乃指义山所恋之女子"流转湘中"而言。张尔田则以为乃指杨嗣复之出为湖南观察使而言。关于冯氏之说，张氏曾讥其诬义山以"万里浪游，窥人后房"其说为不足信；至于张氏自己的说法，则字比句附以为义山《燕台》四首全指杨嗣复之迁贬而言，其说实更为牵强拘执，也一样不足信。撇开这些徒乱人意的说法不谈，就诗论诗，我以为此二句诗所给读者的感受，似正与前二句相承而下。同样是从相反的两面着笔，以加深表现美好之生命与受挫伤的悲哀。而且从这种感受来看，不但可以使这首诗得到恰当完满的解说，同时更可与《石城》《莫愁》诸作相互为证，看出义山经常用这一故实的取义。第一我们该注意的乃是石城的女子名字叫作"莫愁"，这正是与义山所要写的悲愁的一个明显的对比。义山往往用莫愁的故事为无愁而美好的一种生命的象喻。古乐府《莫愁乐》云："莫愁在何处，莫愁石城西，艇子打两桨，催送莫愁来。"这首诗所表现的是何等轻捷愉快的欢欣之感。所以义山在《莫愁》一诗中就曾经说："若是石城无艇子，莫愁还自有愁时。"虽然是具有美好的生命如莫愁者，而当她如果受到挫伤，不能得到与她的美好的生命相配合的事物时，她的生命就也将充满哀愁而不复欢愉了。至于《石城》一诗"石城夸窈窕，花县更风流"二句，则以石城窈窕之女子莫愁为女性美好之象喻；而以于河阳县遍树桃李花之诗人潘岳为男性美好生命之象喻，这也正是我相信此章诗中之"石城景物类黄泉"一句，是指莫愁所在之石城的缘故。因为在这一句诗之后，次句的"夜半行郎空柘弹"义山就依然又用了潘岳的典故。《晋书》载："潘岳美姿仪，少时尝挟弹出洛阳道，妇人遇之者皆连手萦绕，投之以果，满车而归。"至于义山之用"柘弹"二字，则极写其所挟之弓弹之美。冯注引《西京杂记》云："长安五陵人以柘木为弹，真珠为丸，以弹鸟雀。"可以为证。现在如果将这二句诗合起来看，则上一句是说：石城之景物美好，乃有"艇子打两桨，催送莫愁来"之欣愉之生活，而今石城之景物竟然凄惨阴暗有类黄泉，则虽有美好之生命如莫愁者，又岂能乘艇子以嬉戏长度其欣愉之生活乎？其不可得，所可断言者也。次一句则言潘郎虽美姿仪，且挟有柘木之美好之弓弹，行于洛阳道，妇女往往掷果盈车，然而如果以夜半而出行，则如《史记·项羽本纪》所说的"衣锦夜行"，谁知赏爱者乎？故曰"空柘弹"也。"空"者徒然落空之意。有美莫赏，世无知爱之人，则丰容姿致之美，臂弓腰箭之能，并属徒然矣。"夜半"二字原只是托喻的虚写，冯注云"此四句皆夜景"已嫌过于拘实，至于三色批本义山诗集，朱彝尊氏竟评此句云："不眠无聊，戏以自解。"则更是无聊的妄说了。此二句遥遥与首二句相承，皆从生命之美好与生命之受挫伤的不同的两面为相对之叙写。这正是诗人心灵深处求美满而不得，而又不甘心自弃的一种无可消融之悲苦的流露。前人之解说者，不肯从诗人感情之基本状况求解，而徒务于事迹之摭拾比附，遂往往自掘坑堑，陷于扞格不通之地。所以冯注就曾表示其不解，说："石城二字，与《石城》《莫愁》之作又相类，何欤？"其实如果从诗人感情之本质求解，则义山这几首诗原不必尽指一人一事，只是其内心深处所蕴蓄着的某种生命被挫伤的痛苦，以及对美好与完整之向往追求而终不可得的悲哀，则原来又正自有其基本上的一脉相通之处，这正是这几首诗颇为相类而又不能以相同之事迹为笺注解说的缘故。

以下接言"绫扇唤风阊阖天，轻帷翠幕波洄旋"（朱注作"渊旋"，冯注作"洄旋"，后者较为习见易解，故从冯注作"洄旋"），此章首四句由夏景转入痛苦之象喻，至此再荡开笔墨重写夏景。"绫扇唤风"，原为夏日常见之景，"绫"字写扇之精美，扇摇而风生，然而义山不用"摇"字而用"唤"字，一则摇扇之手，其姿态恍如有所召唤之貌；再则下面接言"阊阖天"，此处用一"唤"字，则天人之间仿佛一若有所呼唤感应之意；三则用"唤"字可收拟人之效，使读者对扇与风之关系生更亲切活泼之想象。至于"阊阖天"三字，"阊阖"者，天门也，朱鹤龄注及姚培谦注并同。此处义山用之，一则如前所言，乃取天人间一份呼求感应之意，二则写有风之来高远自天，昔杜甫有诗云："天清风卷幔。"必是高风清远，悠然而至，然后才可以飘帷荡幕，使之波动回旋。此所以下一句接之以"轻帷翠幕波洄旋"也。如果只是绫扇之风，则帷幕岂能为其所飘动乎？"帷"字上着一"轻"字，使人想见其质地之柔软单薄；"幕"字上着一"翠"字，使人想见其颜色之鲜朗明丽。而"轻"与"翠"二字，又正所以唤起下面之"波"字。"轻"字使人想见"波"之动态；"翠"字使人想见"波"之颜色。至此而帷幕动摇之际，乃直如波影之回旋矣，故曰"波洄旋"也。这两句义山似只是写夏日生活之一种情景，虽然在"绫扇唤风"、"帷幕洄旋"之精微细致的描写中，亦别有寂寞无聊之感在，然除此而外，则似并无深义可求。可是这二句却极富于轻灵活泼之诗感。语云："无用之为用大矣。"这种荡开笔墨的点染，非有敏锐之诗感及欣赏之余裕者不能为。这正是义山诗虽在极悲苦中仍能不失其可赏玩之美感与诗意的一大原因。这一句既纯从夏日之情景做悠然的点染，下二句义山遂又掉转笔锋，对残春作送别的回顾，重新写其一贯的无休止的深情苦觅的怅惘追寻。于是乃又有"蜀魂寂寞有伴未？几夜瘴花开木棉"之句。"蜀魂"自是指蜀望帝之魂魄化为子规的故事。此在义山诗中往往用之。如其《井泥》一首之"蜀主有遗魂"，《锦瑟》一首之"望帝春心托杜鹃"，就都是用此一故事。朱鹤龄《锦瑟》诗注引《蜀王本纪》云："望帝使鳖灵治水，与其妻通，惭愧，且以德薄不及鳖灵，乃委国授之。望帝去时，子规方鸣，故蜀人悲子规鸣而思望帝。"又引《成都记》云："望帝死，其魂化为鸟，名曰杜鹃，亦曰子规。"然则，"蜀魂"者原来乃是一个失去了国也失去了家的，满怀着感情上的愧疚隐痛的寂寞的魂魄。而暮春之日，鸣声凄切动人归思的杜鹃鸟，则相传正为此一怨苦哀伤之魂魄所托化。于是在子规啼血送春之际，再加上此一悲剧故事的联想，因而每一声鹃鸟的哀啼，遂都成了这一永怀憾恨之魂魄的寂寞悲哀之呼唤。如果从其哀啼之悲苦来推想，则其欲寻得一侣伴之安慰的需求，当是何等激切。以如此挚切的需求之心，他应该获得他所欲寻求的才是；然而如果从其哀啼之终于不止来推想，则他之悲寻苦觅又似乎终于并未曾得到报偿。所以义山乃用疑想不定的口吻，写下了"有伴未"三个字。这种不定的口吻，正表现了诗人冀其能得而又虑其终然未得的无限同情和关爱。至于"几夜瘴花开木棉"一句，则是上一句"蜀魂寂寞"的陪衬。"木棉"，据姚培谦注引《吴录》云："交址有木棉树，高大，实如酒杯，中有棉如絮，可作布。"孙光宪《菩萨蛮》词云："木棉花映丛祠小，越禽声里春光晓。"郑因百先生《词选》注此句云："木棉产热带，吾国广东等处有之，高可十丈，其花红色，种子亦有纤维，可供纺织。知木棉树之高，花之红，乃知'映'字'小'字之妙。"我们现在也可引申这一注解来说明义山这两句诗。"知木棉树之高、花之红，乃知在其映衬下之'蜀魂'之益增'寂寞'。"杜甫《登楼》诗云："花近高楼伤客心。"高处的花，原来予人的意象就更为鲜明，而且易于引人作高远的向往，再加之以红艳的颜色，如火之燃烧，如血之凝聚，则其所象喻着的，应该是何等深挚浓烈的一份追寻向往的情意。更何况木棉的产地在热带，提起木棉，就自然会引人发生"热"的联想，又加以"瘴花"的"瘴"字，更加重了郁蒸炎热的感觉，而"木棉"的"棉"字也会引人想到一份绵密绵远的情意。如此说来，则上一句寂寞悲哀的蜀魂，纵使终然未能有伴，而在下一句所写的如同在高处燃烧着的血一般红的瘴花的映衬下，其泣血以追寻的深情苦恋乃更为可哀，也更加无法弃绝了。冯浩注云："木棉花红，借比炎暑。"虽然木棉的开花乃在暮春并非炎暑，只是木棉之产地及颜色则确乎能予人以一种炎热之感，因之义山此句也就更有以之映衬此章"夏"之主题之另一作用在了。至于前云"蜀魂"，后曰"瘴花"，并不属于同一之地域，则正为我在前言中所说的，义山这四首诗中的地名，原来就多为借喻之辞，并不需要加以牵附或确指的又一证明。

以下接云："桂宫流影光难取，嫣薰兰破轻轻语。"则于长期之追寻怀想之中，仿佛如有所见之意。义山在这四首诗中，有不少地方表现了这种"如见"的情境，然而却又都是"来如春梦"、"去似秋云"一般的难于逼视或捕捉。那么这种情境究竟果然是属于生活中所实有？抑或只是出于诗人心灵中之某种假想呢？我的意思以为这两种情形都有可能。以人生实有之经历言之，如大晏《玉楼春》词即曾有过"燕鸿过后莺归去，细算浮生千万绪，长于春梦几多时，散似秋云无觅处"的慨叹。人生多少美好的感情，当一旦情随事迁之后，在回忆中所残存的便只是一缕如云烟似的逼取便逝的痕影了。这是义山之所以把这种情境写得分明如见而却又恍惚难寻的一个原因。再则如以诗人假想中之境界言之，此种境界既出现于诗人之想象之中，则其必为诗人理想中所确信所深爱之一种境界，可以断言者也。是此境界既原非实有，而却又因怀此信心与爱意者之向往，而时时萦回心上如在目前。虽则渺远难寻，而却又分明如见。如王国维在其一首《蝶恋花》词中就曾说"忆挂孤帆东海畔，咫尺神山，海上年年见，几度天风吹棹转，望中楼阁阴晴变"的话。海上神山，分明可见，而天风吹棹，幻变难寻，这是义山之所以把这一种情境写得如此恍惚而又如此分明的又一原因。从义山的诗来看，在现实生活中义山该确曾经历过一种苦恋的情感，这是不可讳言的事实。然而另一方面，义山天性中似乎也生来就抱有一种对理想中某一不确知之完美境界之向往。而其诗作中，也就往往交糅着这种现实与理想之双重的追寻和憾恨。这也是我一直以为欣赏义山诗该从其感情之本质着眼，而不必强加区分或牵附的又一缘故。因为在义山诗中，我们经常可以见到这种交糅着理想与现实的如梦如真的追寻或憾恨之情的流露，而其情事则是并不必也不可确指的。这两句"桂宫流影光难取，嫣薰兰破轻轻语"，就写得极尽分明而又恍惚之能事。"桂宫"朱鹤龄及姚培谦注皆云："月宫也。"俗传月中有桂树，且为嫦娥所居之所，故曰"桂宫"。义山之所以不称之为"月宫"而称之为"桂宫"者，则因为如果直称为月，则明白拘限但指天上之明月而已，而如果称之为"桂宫"，则"庐家兰室桂为梁"，除指天上之明月外，更可使人发人间居室美好之想，而如此也就造成了义山诗中的既恍惚又真切莫辨其为真为幻的效果。"桂宫"而曰"流影"，则曹植有诗云："明月照高楼，流光正徘徊。""流影"二字固当指明月流泻之光影而言。而月之光影则虽可望见而不可把捉者也，故继之乃云"光难取"也。流光倾泻，映鬓投怀，而持拥无从，都归空幻，只此一句，已经表现了多少如我前面所说的"海上神山，分明可见，而天风吹棹，幻变难寻"的境界。如果必欲对这一句加以现实明白的诠释，则此句所写自当为深宵月夜之景色。而次一句之"嫣薰兰破轻轻语"，则此月色朦胧中之所闻见也。至于所闻见者为何？则从"轻轻语"三个字看，大似其中有人呼之欲出矣。所以冯浩笺注就真以为实有其人云："言月光流转，难见其貌，惟微笑私语，吹气如兰。"喜欢从外表形迹去对义山诗作狭隘的私情一面的比附探索的人，自然会有这种浅俗的说法。然而可注意的是义山自己并未尝作此径直浅俗的叙写。如果从字面来看，则此七字实极幻变之妙。一般说来，"嫣"字多用以状容颜之姣美，而"薰"字则多指气味之芳郁，"嫣"与"薰"二字连言，这是一种极巧妙的结合。至于其结合之方式，则如温飞卿一首《菩萨蛮》词中的"双鬓隔香红"一句的"香红"二字一样，乃是一种视觉与嗅觉的错综的结合。"嫣"字下用一"薰"字，则不仅香气醉人而已，其嫣然之容色乃亦大有使人薰然如醉之意矣。若欲追问义山此二字所写的嫣然姣美而又薰然醉人者究为何物？则此二字之下，岂不是明明说了"兰破"两个字吗？"兰破"当指初放之兰花而言。用一"破"字把兰花之展瓣伸蕊含苞乍破的情景，写得极生动而真切。至于下面的"轻轻语"三个字，如果从其对于前面四个字的承应而言，则此三字仍以指初破之兰花为是，实不必直指为"微笑私语"之真有其人也。若曰既是兰花如何能有言语？则古人岂不有"花如解语"之言乎？"轻轻语"者，在微风轻拂中，彼初破之兰花的嫣然而且薰然的醉人之色与香之动摇飘拂恍如有语也。此二句若谓为但指夏夜明月微风中之花影幽香固亦原无不可，然而如果从义山一向所惯写的某种属于心灵的杂有追寻与怅惘之情的境界来看，则亦大有可说：前一句"桂宫流影"是恍如有见的引人追寻的境界，"光难取"则是毕竟难寻的怅惘，既是难寻，便当断此追寻之一念，而"嫣薰"七字遂又另作一层转折，极写某一种使人情移心醉的欲罢不能谁能遣此的境界，既是深情难遣，因之乃有下二句"直教银汉堕怀中，未遣星妃镇来去"之言。相爱至深，相思至苦，此情所感，即使如天边云汉之远，亦直当使之堕我怀中，这是何等坚毅诚挚的一份情意。至于下一句之"星妃"，朱鹤龄及姚培谦注皆云："星妃，谓织女也。"承上句"云汉"而言，则"星妃"指云汉边织女之说，当属可信。"镇来去"之"镇"字，则有终久长然或时而常常之意，如义山《无题》诗"益德冤魂终报主，阿童高义镇横秋"之"镇"字有长久之意，而其《独居有怀》一诗之"蜡花长递泪，筝柱镇移心"之"镇"字则为常常之意，此句"镇来去"之"镇"字，似以作"常"字解较胜。至于上面的"遣"字则为遣使之意，二句合看，意谓我之精诚所感，既直可使天边云汉堕我怀中，则云汉侧之星妃织女亦当长为我有，不可使之如传说中牛郎织女之故事，一年始得一度相逢，既来复去，使之常在离别相思之痛苦中也。这二句最使人感动的乃是"直教"与"未遣"两句所表现的执着坚定的口吻。纵使如云汉之遥，星妃之远，而以我之深情苦恋之一份心意，遂终信其必有长相归属聚首无分之一日，这是何等坚贞诚挚的信心和爱意。

以下陡接"浊水清波何异源，济河水清黄河浑"二句，则无情之现实，蓦然将所有一切美好的想象一击而全部归于破灭虚空。昔曹子建有诗云："君若清路尘，妾若浊水泥，浮沉各异势，会合何时偕？"清浊异质，趋向难同，永无相偕之日，这是命定的悲剧，任谁也无法挽回的。冯浩注引《战国策》曰："齐有清济浊河。"义山用之，盖但取其清浊之对比而已。至于此二水之在于何地，则似并不重要，而冯浩笺注既以《燕台》四诗为义山学仙玉阳东有所恋于女冠之作，乃引此二句为证云："玉阳在济源县，京师带以洪河，故曰浊水清波也。"其说似过于穿凿附会。屈复《诗笺》就只说"水源之清浊既异，流亦不同，比其终不相合也"，所说极是。这二句诗紧接在前二句的一片期望和痴想之后，乃愈显得现实之隔绝的残酷无情。然而现实所能隔绝的只是物质的躯体而已，至于心灵上那一份深情苦恋的情意，却是永远没有任何事物可以将之加以隔绝的，因之义山接着就又写了"安得薄雾起缃裙，手接云軿呼太君"的两句呼求向往的话。无论经历了多少艰阻，无论遭遇到多少挫伤，一颗追寻期待的心，则终始不易。韩冬郎有诗云："此生终独宿，到死誓相寻。"相思若此，则安得而有一日真能亲接目睹其翩然之临莅乎？义山此二句就全从假想中之临莅着笔。"缃裙"之"缃"字，姚培谦注引《韵会》云"缃，浅黄色"；"云軿"二字冯浩注引《真诰》云："驾风骋云軿。"又曰："辎軿，妇人车有障蔽者。""太君"二字，冯浩注云："指仙女。"此二句盖将所思之对象假想为一仙女，而想象其来临之情景。裙而曰"缃裙"，一则缃之为色可予人一种柔美之感觉；再则有此颜色之描写，乃使人有恍如目睹之真实。而又于其上着以"薄雾"二字，一则状裙之既轻且薄恍如云雾之轻飘；再则可使人想见神仙之飘渺，恍如云雾之朦胧。至于下句之"云軿"自当指仙女所乘之车，杜甫《送孔巢父》诗有句云："蓬莱织女回云车，指点虚无引归路。"彼仙女既然降自云霄，所乘者自当是云车，"霓为衣兮风为马"、"乘回风兮载云旗"，这在想象中当是何等飘逸的神致，而义山却在"云軿"二字上加了"手接"两个字，感觉何等亲切，情意何等殷勤，恍惚中乃别有真实之感。何况又在"云轺"二字下加了个"呼"字，于是在其以手亲接之际，乃更伴随有口中的低唤。此种情景该是何等可使人欣喜安慰的境界。然而我们却不要忘记在这二句开端，义山原来曾写了"安得"两个字。"安得"者，谓如何方能得致如此之境界乎？是终于未尝得也。王静安有词云："蜡泪窗前堆一寸，人间惟有相思分。"义山这二句所写的原不是果然得见的欢愉，而只是历经艰苦挫折而终于无法磨灭的一点刻骨的相思而已。

其三　秋

此章开端"月浪衡天天宇湿，凉蟾落尽疏星入"两句，全从秋宵静夜之景色写起，凄清真切，而又不仅为一静态之景物而已，更包括了动态的时间之移转，而隐寓诗人长夜之无眠与夫怀思之深切。首句"衡天"一作"冲天"，"冲"字似过于强劲，与诗中所写秋宵静谧之感觉不合。故私意以为作"衡"字较佳。按"衡"字通"横"，有横布之意。"月浪衡天"者，谓明月之流光似浪，横布于天也。"天宇"者，《说文》云："宇，屋边也。"引申有四方边宇之意。"天宇"自当指四方之天边而言。"天宇湿"者，谓如水之月光流布于天，于是而四方之天际皆恍如有被此流光沾湿之感也。"月浪衡天"四字仍只是平平叙写而已，益以"天宇湿"三字，则秋月之澄明朗澈，秋空之广远高寒，光波之流泻倾布，皆直如在人目前矣。而此句之佳处尚不仅在写景之真切生动而已，而更在此种景色所象喻之一种高远凄寒之境界。这是在义山诗中常可体验到的一种境界。如其《霜月》一诗之"初闻征雁已无蝉，百尺楼高水接天，青女素娥俱耐冷，月中霜里斗婵娟"。在此种境界中的诗人，该负荷着有多少孤寂凄寒之感。而下一句之"凉蟾落尽疏星入"，则写在此孤寒之境界中所经历之时间之悠久漫长。"凉蟾"自然仍指天上之明月而言，盖月中传有蟾蜍，秋宵之凉月，故曰"凉蟾"。"落尽"两个字，写月之由落到尽的一段时间之感觉，写得极好。有此二字，天上之一丸凉月乃逐渐由中天而西斜而终至完全沉没了。而月光也由流波之四布而逐渐移转消褪，而终至完全隐去了。在这一段漫长的时间之感内，诗人所承受着的无可温慰的孤寒与无可挽回的消逝的双重之悲感是可以想见的。而义山笔下所写的却只是"月浪""天宇""凉蟾"而已，并未尝着叙写人事之一字。直至"疏星入"三字，才隐然有自天上转向人间之意。冯浩注云："月既落，则星光入户。"星光在天上，诗人在户内，此"疏星入"三字，不仅写出了明月已经完全落尽以后之又一凄寒之景象，使读者益觉时间之久长、景物之寥寂，而且此凄寒之感更直自天上逼向人间，是诗人虽欲无愁，有不可得者矣。所以下面乃全从人事着笔，写出了"云屏不动掩孤嚬，西楼一夜风筝急"的一个长夜无眠的人物。"云屏"，义山诗中屡用之，其为有一首云："为有云屏无限娇，凤城寒尽怕春宵。"冯浩注引《西京杂记》云："昭仪上赵皇后物，有云母屏风。"义山《嫦娥》诗亦有句云："云母屏风烛影深，长河渐落晓星沉。"知义山诗中往往以"云屏"或"云母屏风"写居室之精美与长夜之寂寥，以及屏内人哀怨之幽深，此句亦然。曰"云屏不动掩孤嚬"，"嚬"

者，颦眉之意，愁怨之貌。太白《怨情》有句云："美人卷珠帘，深坐颦蛾眉，但见泪痕湿，不知心恨谁。"云屏深掩，独坐孤颦，不着一哀怨字样，而哀怨自深。"云屏"而曰"不动"者，言屏风之镇长深掩，不动不移，正以之写愁怨之幽深之终于不解也。至于下一句之"风筝"，冯浩注云："吹之牵之，使远去也。"似以"风筝"为纸鸢之俗名，而姚培谦注引《杜诗注》云："风筝，谓挂筝于风际，风至则鸣也。"则"风筝"盖檐间铁马之类。当从姚注为是。"西楼一夜风筝急"七字，当与上句合看，是在云屏深掩之中的独坐孤嚬之人，已听尽西楼一夜之风动筝鸣也。而其下又着一"急"字，则风声与筝声之凄紧哀切可知。此一句之七字，正为孤嚬之人长夜之所闻，而开端二句，自"月浪衡天"直至"凉蟾落尽"十四字，则孤嚬之人长夜之所见。上下合看，乃更觉"云屏不动掩孤嚬"一句哀怨之深切。而其不动与深掩之中，更蕴含了多少对此孤寂凄寒之境界一意承受负荷的坚贞的心力。

在这种承受与负荷中，相思与苦怨同样深切，所以诗人接下去就写了"欲织相思花寄远，终日相思却相怨"两句话，相思之情假如果然可化为可见之具象，则其必为色香绝艳之花朵殆无可疑，于是当相思至极而无可寄托之时，乃直欲将所有的相思之情尽化为一丝一缕以编织出象喻着相思的美艳的花朵，而投寄于以全生命怀恋着的远人。然而音尘阻隔，纵有欲织之心而无投寄之所，清真词有句云："怨怀无托，嗟情人断绝，信音辽邈。"在无情的隔绝之下，无尽的相思乃尽化为无边的怨怀，所以说"终日相思却相怨"也。由相思而转为相怨，其原因乃同出于一份无法泯灭的深沉的爱意，除非能做到无爱，才能做到无怨，然而这是抱此爱心之人永远无法做到的。所以用"相思"与"相怨"互为呼应，"相思"见爱之挚切，"相怨"见爱之悲苦，而其上又加以"终日"二字，于是诗人之感情乃始终辗转于挚切而痛苦的爱恋中，永无脱解之时矣。其下"但闻北斗声回环，不见长河水清浅"，则所写者乃是在此种感情之辗转中的光阴之流逝，以及人间天上永远无法迈越之一种隔绝的象喻。关于北斗之回环，原来就代表着光阴之流逝。或以之纪一岁之迁替，如孟浩然《田家元日》诗之"昨夜斗回北，今朝岁起东"；或以之纪长夜之渐深，如古乐府《善哉行》之"月没参横，北斗阑干"。义山此诗自"月浪衡天""凉蟾落尽"写起，原不过写一夜之间的不眠相思之苦而已，而北斗之回环，则不仅一夜之间，其方位每时而不同，一年之间其方位亦每日而不同，着此一句，于是诗人所写的相思之苦，遂更有自一夜如此而扩及到夜夜如此之意。义山另一首《嫦娥》诗有句云："碧海青天夜夜心。"这是何等孤寂哀苦，何等恒久不灭的相思。而义山更在"北斗"与"回环"之上，分别加了一个"闻"字与一个"声"字，是北斗之回转乃竟可于耳中分明闻见其声，把光阴流逝之感觉写得如此真实，而相思之悲苦也就因之而更加深切了。而义山却更在此句之下紧接了一句"不见长河水清浅"，"长河"自指天上之银汉而言，自古以来，这横亘中天的银汉，就一直是有情人被阻隔的象征。魏文帝《燕歌行》有句云："星汉西流夜未央，牵牛织女遥相望，尔独何辜限河梁。"义山《西溪》一首亦有句云："人间从到海，天上莫为河。"而今则不仅天上为河而已，此横亘中天之一水，更且永不见其有清浅之时。于是这种无法迈越的阻隔就成了永恒的定命了。而此句之"不见"二字又遥遥与上一句之"但闻"二字相呼应，"但"者，徒然仅只之意，谓徒仅闻北斗回环之声，一任相思之悲苦若此，一任光阴之流转如斯，而终于不见横亘之长河有清浅之日，则人之悲苦，时之转移，都于此永恒之暌隔无丝毫之补赎矣。这真是心断望极哀苦的两句话。

其下"金鱼锁断红桂春，古时尘满鸳鸯茵"，则写一切美好之事物的同归不幸之遭遇。姚培谦注云："金鱼，鱼钥也。《芝田录》：'门钥必以鱼，取其不瞑目，守夜之意。'"按钥谓门户之键锁也，见《方言》。锁钥而取鱼之状，则长夜不瞑的看守，使被扃锁者将永无可以遁逃之隙；鱼而为金，则坚刚牢固，被扃锁者更永无可以将之破毁之时，于是被键锁者遂真将闭绝终生，无复得见天光之一日矣。至于"桂"而曰"红"，又曰"春"，一般多以为桂树秋日始花，其实不然，亦有春日作花者。王维《鸟鸣涧》诗云："人闲桂花落，夜静春山空。"可以为证。又一般多以为桂树之花多为黄白二色，其实亦有红色者，李时珍《本草纲目》云："花有白者，名银桂；黄者，名金桂；红者，名丹桂。有秋花者，春花者，四季花者。"可见"桂"之可以为"红"，亦可以为"春"，而义山之用"红"与"春"则取此二字所象喻之颜色与时节之美好而已，初不必考其品种也。夫以如此美好之颜色，生当如此美好之时节，而金鱼之钥乃将其美好之生命一举而锁断终身，于是这一树红桂之春遂命定要在幽暗闭锁之中自开自落，永远不会有看到光明，永远不会有得到知爱的日子了，这是何等可憾恨的美好之生命的悲剧。次句"尘满鸳鸯茵"，则义山又标举出另一无生命的美好之事物的悲剧。朱鹤龄注："茵，褥也。"又引《西京杂记》云："飞燕为皇后，其女弟上遗鸳鸯茵。"鸳鸯原为美满幸福之象，而茵褥亦令人生温柔旖旎之想，如温飞卿词所写的"暖香惹梦鸳鸯锦"，这才是鸳鸯茵所当有的情境。而今义山竟于其上用了"古时尘满"四个字，"鸳鸯茵"而为尘土所沾蔽，已是对此美好之事物的毁废不珍，沾"尘"而至于竟"满"，则其毁废之甚可知，又加以"古时"二字，则其毁废直乃自古而然，曾未尝一得珍爱之日，这是何等可惋惜的不幸的遭遇。于此再回顾上一句，则有生的红桂之春，固已是终生锁断；无生的鸳鸯之褥乃竟亦自古沾尘，在如此充满悲剧性的宇宙之内，人类之难逃此相类似之命运，自然也是必然的了。所以义山在下面接着就写了两件人世间的悲剧："堪悲小苑作长道，玉树未怜亡国人。"朱鹤龄注引《南史》云："文惠太子求东田起小苑。"这句诗里的小苑，并不必指文惠太子所起的小苑，义山只是泛指一些精美的园林宫苑而已。而一切美丽的宫苑，似乎也都注定了必然有归于荒芜败落的下场。早自阮籍《咏怀》就曾经有过"繁华有憔悴，堂上生荆杞"的慨叹，此种盛衰兴亡之变，原是自古而然的。只是唐代自安史之乱以后，这种变化更是尤其显然可见，因此引起诗人的悲慨也就更多。如杜甫《曲江》诗的"江上小堂巢翡翠，苑边高冢卧麒麟"，《哀江头》的"江头宫殿锁千门，细柳新蒲为谁绿"，盖皆慨旧时苑囿之败废荒凉者也。义山自己的一首《曲江》诗，也曾有"望断平时翠辇过，空闻子夜鬼悲歌"之句，则更是写得凄凉哀切无限深悲。盖义山此诗原在慨文宗之重修曲江亭馆而旋有甘露之变，世变惊心，原非泛泛的叙写可比。高步瀛先生《唐宋诗举要》注义山《曲江》诗曾引《旧唐书·文宗本纪》云："太和九年冬十月，内出曲江……上好为诗，每诵杜甫《曲江行》（按当是《哀江头》）云：'江头宫殿锁千门，细柳新蒲为谁绿。'乃知天宝以前曲江四岸皆有行宫、台殿、百司、廨署，思复升平故事，故为数殿以壮之。……十一月……中尉仇士良率兵诛宰相王涯……等十余家，皆族诛。"又引《通鉴·唐纪》曰："十二月甲申敕罢修曲江亭馆。"又云："安史乱后，曲江亦日就芜废，起二句（按指'望断平时翠辇过'二句），言巡幸久旷，夜鬼悲歌，状当时曲江之荒凉也。"此外如白居易《勤政楼西柳》之"半朽临风树，多情立马人，开元一株柳，长庆二年春"，及刘禹锡《杨柳枝》的"花萼楼前初种时，美人楼上斗腰支，而今抛掷长街里，露叶如啼欲恨谁"。虽然不明咏宫苑之荒废，但也同样是这一份盛衰的悲慨。义山此诗之"小苑作长道"当然不必拘指为安史乱后唐代之宫苑，既不必是通夹城的花萼楼，也不必是近曲江的芙蓉苑。然义山之以宫苑之荒废取为诗中之象喻，则未必不有其身经目睹之一份时代之阴影在也。"小苑作长道"者，谓当年之离宫禁苑，乃一旦竟成为来往之长街矣。人世间原没有一件事物是可以恒久保持其完整美好而不变的。所以下面接下去又说"玉树未怜亡国人"，姚培谦注引《陈书》云："后主制新曲，有《玉树后庭花》。"陈后主既为亡国之君主，《后庭花》更是一向被目为亡国之歌谶，玉树亡国之人，自当是指如同陈后主一样倾覆败亡的人。可注意的是，义山却于其间加了"未怜"二字，此二字须与上一句之"堪悲"二字合看，其意盖谓可悲者乃在此小苑之竟为长道，而不在彼玉树亡国之人也。何则？"小苑作长道"并不确指，乃是千古由盛而衰一切美好之事物皆不得保全的共同的象喻；"玉树亡国人"则仅为一个朝代的一个君主而已，何况陈后主之败亡，更有其由于自取的咎责在。《人间词话》曾经说："政治家之眼域于一人一事，诗人之眼则通古今而观之。""小苑作长道"是千古的兴亡悲慨，"玉树亡国人"则是一人的得失成败。曰"堪悲"，曰"未怜"者，意谓宇宙之可悲者，乃在凡一切美好之事物之终归于毁废，而非仅只某一人某一事之堪为怜惜而已。如此我们方能体会得出"未怜"二字原来并非真的不怜，而是有更超过于此种哀怜的更为永恒深切的悲痛在。于此再回看前二句之锁断的红桂之春，尘满的鸳鸯之茵，乃知义山所见之世界，原来乃是整体的绝望堪悲，并不仅限于一人一事而已。

下面"瑶琴愔愔藏楚弄，越罗冷薄金泥重"，则与第二章夏之"绫扇唤风阊阖天，轻帷翠幕波洄旋"二句，有异曲同工之妙，都别具一种富于美感与诗意的笔墨荡漾之致，只是此二句似乎更有较深之意味可求。"愔愔"姚培谦注引《左传注》云："愔愔，安和貌。"朱鹤龄及冯浩注引嵇康《琴赋》云："愔愔琴德，不可测兮。"《文选》李善注引《韩诗》曰："愔愔，和悦貌。"又引《声类》曰："和静貌。"是"愔愔"本写琴音之安柔和美，而义山却于"愔愔"二字之下又写了"藏楚弄"三个字，朱鹤龄注及姚培谦注并引《琴历》云:"琴曲有蔡氏五弄,又有九引,九曰楚引。"按弄原为曲调之意,楚弄或楚引,盖谓楚曲楚调之意。而自屈子之《离骚》以来,楚音楚调似乎就一直代表着一种忧愁幽思的音调。其后如陶渊明之诗,有标题为"怨诗楚调"者,而其诗中又有"悲歌"之语,是楚调原为悲怨之音。义山所谓"瑶琴愔愔藏楚弄"者,盖谓听其琴音虽外若安柔和美,而实含有忧愁幽怨之思。这种糅杂反衬的句法,写出了多少人世间外若美好而中含苦痛的境界和心情。至于下面的"越罗"一句,则也同样是一种糅杂反衬的象喻。姚培谦注引《唐书》云:"越州土贡,花文宝花等罗。"夫越地所产之罗,其质地原以轻软绵薄为美。质地既薄,自多寒冷之感,故曰"冷薄"。至于"金泥",则当为薄罗上以金屑涂饰之花纹。朱鹤龄注引《锦裙记》云:"惆怅金泥簇蝶裙。"金之色彩既予人以富丽秾艳之思,金之质地亦予人沉实凝重之感,而今轻罗之上乃着以金泥之涂饰,则金之富丽与罗之凄冷为一层对比,金之沉重与罗之轻软为又一层对比,以彼轻罗之软,对此金泥之沉重,有多少负荷之感,而以彼轻罗之冷,对此金泥之附着,又当有多少亲切之情。义山此二句所表达出的人心中之一种极错综复杂的情意,原不是可以言语说明的。我之解说只是勉力说明对此种不可解说之境界的一点个人感受而已。假如像冯浩的笺注,必指此二句为"想其人之夜起弹琴",以及"弹琴时之服饰",则未免死于句下,大相辜负了义山一片幽微深曲的情意。至于下二句:"帘钩鹦鹉夜惊霜,唤起南云绕云梦。"则一方面既与上二句相承,使此种复杂反衬之情境更得荡漾之致,一方面则用此"霜"字回头重点本章标题之"秋"字。先说"鹦鹉"二字，夫鹦鹉之为鸟，一则毛色美丽，能供人愉悦爱赏之玩；二则灵性慧黠，能效人语言婉转之声；三则多豢养于闺阁园亭之中，能令人生旖旎繁华之想，如温飞卿《南歌子》词之"手里金鹦鹉，胸前绣凤凰，偷眼暗形相，不如从嫁与，作鸳鸯"，晏同叔《玉楼春》词之"朱帘半下香销印，二月东风催柳信，琵琶旁畔且寻思，鹦鹉前头休借问"，这种多情旖旎的风光，才是鹦鹉所当处的环境。然而义山却于"帘钩鹦鹉"四字之后下了"夜惊霜"三个字，于是前四字的旖旎温柔遂与后三字之孤寂凄寒造成了极强烈鲜明的对比，而隐隐与前面一串表示复杂反衬之情意的句子相呼应。至于"帘钩"二字亦不仅写鹦鹉栖息之处所而已，更且为由鸟而转至人，由帘外之凄寒转至帘内之绮梦的一个过渡的桥梁。有此二字，于是诗人之笔乃可以由鹦鹉之夜惊霜而转移至南云之绕云梦了。朱鹤龄注引陆机赋云："指南云以寄钦。"又引《高唐赋序》云："昔者楚襄王与宋玉游于云梦之台，望高唐之观。"义山笔下的"南云"，我以为乃是一种热情怀思之梦的征象。云的绵柔飘渺，正如一片绵远的怀思，或一片渺茫的梦境。至于云而必曰"南云"者，则因为在中国诗人一般的意念中，"北"字所引起人的联想乃是寒冷孤绝，而"南"字所引起人的联想则是热烈多情。假如怀思的梦果然像一朵云的话，那么"南云"所象喻的梦，当然该是更为热情更为绮丽的一份梦境。何况下面又着以"绕云梦"三个字，从朱鹤龄注所引宋玉的《高唐赋》来看，则云梦二字原暗示有一段多情旖旎的高唐之梦的故实在。其实如果撇开这段故实不谈，只从义山所用的字面来看，自其梦魂所象喻的南云，到其梦魂所萦绕的云梦，这种字面的呼应，便已经足以引起人无限的怀思遐想了。至于这句开端的"唤起"二字，屈复《诗笺》云："'南云绕云梦'谓方在高唐梦中，乃鹦鹉惊霜而动帘钩遂惊醒也。"昔金昌绪《春怨》诗有句云："打起黄莺儿，莫教枝上啼，啼时惊妾梦，不得到辽西。"苏东坡《水龙吟》词亦有句云："梦随风万里，寻郎去处，又还被莺呼起。"义山此句之"唤起"二字，当然亦大有可能为梦境被惊醒呼起之意。只是我个人读这首时却一直有着与这种解说并不相同的另一份感受，我以为"唤起"乃是"引起"之意，不仅不是把梦惊破，而且正是把梦引起。我更以为此处"南云"所象喻的梦境，并非真实睡梦中之境界，而只是诗人心魂所萦想的一种如痴如梦的境界。我之所以作此想者，一则这一首诗从开端的"月浪衡天""凉蟾落尽"以及"一夜风筝""北斗回环"诸句来看，则诗人所写者，终夜之久并无成眠入梦之事。既未尝入梦，则如何能有梦被惊醒之可能？再则如屈氏所说"方在高唐梦中"云云，其说既不免于拘狭落实，且颇近于平浅鄙俗，与义山《燕台》四诗全以象喻之笔法写诗人心魂间一种窈眇幽微之境界的作风并不相合；三则如果依我之所解说，"唤起南云"为引起一份如"南云"一般绵邈的怀思梦想，则与上一句之鹦鹉惊霜乃造成了另一鲜明之对比。我们试看义山这一首诗中所写的种种境界，无不暗含有对比之意味，如红桂春之竟遭锁断，鸳鸯茵之自古沾尘，与夫小苑之变为长道，瑶琴之暗藏楚弄，都是以缺憾或悲哀来反衬美满与幸福之不能长保。而现在这两句则是用另一种反衬的笔法以南云之绕云梦的温柔绵渺来反衬鹦鹉之夜惊霜的寂寞凄寒，以表现虽在悲凄孤寂的绝望中，却终于无法泯灭其对幸福与美满之追求和向往的一点未死的心魂。所以用"唤起"二字，其意若云正是因为眼前所有的只是凄寒，才更引起诗人对眼前所没有的温馨的追寻和怀想。千回万转，欲罢不能。这样体会这两句诗，岂不较之直释为睡梦之被鸟啼惊醒为更有深意。

下面的"双珰丁丁联尺素，内记湘川相识处"二句，就正是承继着前面的一份追寻怀想之情而接写下去的。按"珰"为耳上之珠饰，见《风俗通》；"尺素"则为书简之意，见《文选·饮马长城窟行》。"双珰丁丁联尺素"，自当指尺素之书简内附有丁丁之一双耳珰之意。惟是此事果为实有乎？抑或仅为对多情相知之境界之一种向往乎？冯浩笺云："尺素双珰，诗中屡见，盖实事也。钱氏（按指钱木庵）谓女郎寄来，或谓义山寄与，未知孰是？有寄必有答，彼此同之矣。"朱鹤龄注云："即前诗玉珰。"朱氏所云，盖指义山另一首《春雨》诗之"玉珰缄札何由达，万里云罗一雁飞"二句而言。如果从这二句来看，大似义山欲寄与而无从之意。然而如果从这一章的"双珰丁丁联尺素"二句来看，则又大似女郎寄来之意。此所以冯注虽指为"实事"，而又终不能确定其事实究竟如何之故。其实寄物投赠之事只是相爱之深相思之切的一种表示而已。从《诗经》的"投我以木桃，报之以琼瑶；投我以木李，报之以琼玖"，其投赠之物，就已经并不完全是实指了。其后张衡《四愁诗》的"美人赠我金错刀，何以报之英琼瑶""美人赠我金琅玕，何以报之双玉盘""美人赠我貂襜褕，何以报之明月珠""美人赠我锦绣缎，何以报之青玉案"，一连四章，更是全属托喻。此外如洛水赠珠、汉皋解佩的故事，则更衍为神话之传说。义山诗中屡见"尺素""双鲤"之字样，虽然可能为实有之情事，然而义山用来所表示的却已并非仅只外表的一件事实而已，而是象喻着某种全心交托付与的一种相思相爱的情意。所以"鲤"而曰"双鲤"，更以"丁丁"之音，状其灵巧精美，而更联以尺素之书，则其所显示之情意的深切可知。至于下一句之"内记湘川相识处"，承上句而言，当然该是尺素书中的言语。韦庄词有句云："记得那年花下，深夜，初识谢娘时。"晏几道词亦有句云："记得小蘋初见，两重心字罗衣。"可见当爱情发生之时，那初识的一段使我们全心被撼动的日子，是何等难以忘怀。所以无论暌隔多么久远，而当日湘川相识之情事则依然历历如新，而今日书中，亦仍以其深情苦想而琐琐忆及。至于"湘川"二字，冯浩及张尔田皆以为实指，冯氏曰："是其人先至湘川，及义山抵湘，得一相识，而其人又他往，故屡以此事追慨。"张氏曰："'双鲤'二句，记其人私书约我湘川相见。"虽然这种说法并无充分的证据以证其必为实指，但我们也没有充分的反证以证其必非实指。只是我以为"湘川"二字，除了把它看成地名之实指外，在文学表现的艺术上，还可以更有其他的作用。其一，"湘川"之"湘"字，与相识之"相"字声音相同，如此就收到了一种音乐性的重沓呼应的效果，更增加了情意之绵密深切的一份感觉。如同李白《长相思》一诗之"长相思，在长安"二句，就也是接连用了两个"长"字以唤起一种相思之绵长悠远的感觉。其二,"湘川"之地名所使人联想到的乃是湘灵二妃娥皇女英泣竹成斑的一段哀怨的故事,以及死后化为湘水之神的一段神话的传说,因此"湘川"二字遂同时给予了读者以一份相思哀怨的情调,和一份不尽属于人间的幻想的意味。如此则即使湘川二字为实有之地名,而在诗歌之表现艺术上,也早已带上了若干象喻的色彩了。晏同叔有词云:"闻琴解佩神仙侣,挽断罗衣留不住。"纵使有双鲤尺素的解佩的情谊,纵使是湘川相识的神仙的侣伴,然而也终于有相离相失的一日。从义山的诗句来看,这二句就该正是写相离失后的怀思。既然是一切美好的都终将失落,于是乃有结尾二句"歌唇一世衔雨看,可惜馨香手中故"的叹息。姚培谦注云:"衔雨看,应是泪雨。""歌唇"自当指所思者之歌唇,李后主词云:"一曲清歌,暂引樱桃破。"此所谓"歌唇"也。能面对如此之歌唇,固真当可以忘忧者矣。然而乃满眼衔如雨之泪而对之者,就前二句双鲤尺素的别后怀思来看,则此歌唇盖当为记忆中之歌唇,并非眼前所实有。"衔雨"者,则今日含泪之相忆也。然而义山乃于此着一"看"字,于是此歌唇在记忆中遂有如见之真实。惟其在记忆中之歌唇有如见之真实,是以不能忍泪之如雨也。再则义山于此又重用对比之法,以加强一切幸福美好之事物之终必归于憾恨不幸之结局的永恒性的悲剧之感,所以歌唇之美乃承之以雨泪之悲者也。而义山之苦恨深悲至此犹未能尽,遂又更承之以下一句之"可惜馨香手中故"。朱彝尊评曰:"末句即指尺素。"然则此馨香二字盖当指寄书者手泽之芳香也。陆放翁《菊枕》诗有句云："人间万事销磨尽，只有清香似旧时。"到了人世的一切都已销磨净尽，而只剩下当年的一缕余香的时候，固已足以使人肠断魂销。而义山乃更进一步地说出了"馨香手中故"五个字，是并此一缕残余之香气又岂能常相保有乎？更无奈者，则是此馨香之渐故乃即在珍惜者的手上掌中。以如此不可尽的深情，面对如此不可返的消逝，这是人世间何等可哀痛憾惜的情事。夫然后知开端所下"可惜"二字之悲痛的深切沉重。而"馨香"二字所代表之一切美好幸福之象喻，与"手中故"三字所显示的纵使有多少深情也无从补赎的长恨深悲，则又岂是朱彝尊评语所云"当指寄书"的实指，所可拘限得住的？义山有诗云："姮娥捣药无时已，玉女投壶未肯休，何日桑田俱变了，不教伊水向东流。"这种无已的深情，这种东流的长恨，何日桑田能变而伊水能西，如可赎兮，人百其身。

其四　冬

这是《燕台》四首的最后一章，也是四首中写得最为绝望的一章诗。开端"天东日出天西下，雌凤孤飞女龙寡"，只两句，就写尽了万古以来人世间的无常与缺憾的深悲。首句"天东""天西"是何等鲜明的对比，才曰"出"便曰"下"，是何等匆遽的无常。孟子曰："见其生不忍见其死。"而这句诗所给予我们的感受，则是方见其生即见其死，如此强烈不稍假借地展示着俯攫向人间的无常的巨灵之掌，这是多么使人恐惧战怖的一种认知。李白《拟古》诗云："长绳难系日，自古共悲辛。"挥戈的鲁阳，追日的夸父，写下了千古以来在无常中作绝望之挣扎者的悲剧。义山这一句诗的"天东日出天西下"，就是把这一绝望无常的自古悲辛表现得极鲜明具体的七个字。我们看他从"天东"蓦然接到"天西"的口吻之斩截，以及其用上声马韵的"下"为韵字，所表现的声调之高亢，都在在表现出了对此一无常之断然无可挽赎的战怖和深悲。在中国诗中，写无常之哀感的作品很多，而写得如此简截具体使人震撼的，则并不多见。而义山这句诗的好处，还并不仅在其予人的一份震撼而已，更在其与标题之"冬"字的一种相关联的呼应。"天东""天西""日出""日下"，一日之迟暮如此，一岁之迟暮亦然，那是所有光明温暖和生机的终结的消逝，古诗云："浩浩阴阳移，年命如朝露。"义山这一句的七个字，强烈地使人感受到了生命无常的绝望的深悲。而次一句的"雌凤孤飞女龙寡"，则强烈地使人感受到人生永无圆满之日的缺憾的极恨。"雌凤"与"女龙"，义山于此又用了另一种强调的对比手法。"雌"与"女"是性别之相同，"凤"与"龙"是种类之相异，凤之雌者既孤飞，龙之女者亦长寡，这种异类而同命的不幸，正显示着世间所有不同族类的共同的憾恨。于是这种缺憾乃不复为某一特殊之不幸，而成为了千古有生命者之共同的不幸，因而下面义山就更切近地写出了有生之物中的属于人类的悲剧："青溪白石不相望，堂中远甚苍梧野。"朱鹤龄注引《古今乐录》云："神弦歌十一曲，五曰白石郎，六曰青溪小姑，青溪白石正指此也。"按《青溪小姑曲》云："开门白水，侧近桥梁，小姑所居，独处无郎。"又《白石郎曲》云:"积石如玉,列松如翠,郎艳独绝,世无其二。"我们看青溪曲中所写的水侧桥边表现的是何等风神;而《白石郎曲》中所写的"积石如玉,列松如翠"更是何等坚贞秀美的资质。世果有如此之独处的小姑与如此绝艳的郎君,固真当永结为同生并命之侣伴,然而义山却在青溪白石四字之下用了"不相望"三个字,遂使原当属于同生并命之侣伴终生暌隔永无相见之日,所以下面遂更承接了一句:"堂中远甚苍梧野。"姚培谦注引《礼记·檀弓》云:"舜葬于苍梧之野,盖二妃未之从也。"舜与娥皇女英二妃死生离别之事,在中国文学中一向都被目为最具代表性的悲剧故事。其原因约有以下数端:一则人世间之离别恨事原可分为生离与死别二种,或则万里相思,或则终生抱恸,而舜与皇英二女之离别,则是从生离转为死别的兼有双重性质的悲剧,此其一。再则舜葬九疑之山,《山海经》云:"南方苍梧之丘,苍梧之渊,其中有九嶷山,舜之所葬。"郭璞注云:"山在今零陵营道县南,其山九溪皆相似,故云九疑。"李白《远别离》云:"九疑联绵皆相似,重瞳孤坟竟何是。"按《史记·项羽本纪》云:"舜目盖重瞳子。"此孤坟自当指帝舜之坟,是皇英二女与帝舜之离别乃不仅由生离转为死别而已,更且孤坟野葬,并其埋葬之地亦复不可确知,人间憾恨,孰甚于此!此其二。三则《述异记》云:"昔舜南巡而葬于苍梧之野,尧之二女娥皇女英追之不及,相与恸哭,泪下沾竹,竹上文为之斑斑然。"李白《远别离》又有句云:"苍梧山崩湘水绝,竹上之泪乃可灭。"然而山川不改,竹泪长存,则此死生离别的永恒的隔绝失落之恸乃真将亘古而不灭矣,此其三。是义山所用"苍梧野"三字，原来乃深含有如许悲苦绝望之情在。然而义山又于其上着以"堂中远甚"四字。"远甚"者，谓其隔绝之远尤有过之也。于是帝舜与皇英二女之隔绝的悲剧遂重见于人世之画堂中矣。李白《远别离》诗云："海水直下万里深，谁人不言此离苦？"而韦庄《浣溪沙》词乃云："咫尺画堂深似海。"是寻常人世之咫尺画堂，其隔绝之苦乃真有甚于苍梧之远，而其离恨亦真有过于海水之万里者矣。

在"青溪"与"白石"不相望的隔绝中，其足以冻彻心魂的孤寂凄寒不言可知。故其下乃云："冻壁霜华交隐起，芳根中断香心死。""壁"字自当是环堵四壁之意。所以张尔田《玉溪生年谱会笺》乃云："冻壁句，点景。"其意盖以为"冻壁霜华"乃冬日居室中之实景。而私意以为义山《燕台》四首原非写实之作，此句亦当不仅指现实之屋壁而已，而当指精神感情上一种孤寒隔绝的境界：用一"壁"字者，正取其环阻而隔绝之意，用一"冻"字者，则取其凄清寒冷之感。曰"冻壁"，则诗人遂完全处于彻骨之凄寒的环锁之中矣。而又曰"霜华交隐起"，将此一闭锁之凄寒更写得如此悱恻迷离，而且真切如见。"交"者，写霜华之浓密交杂；"隐"者，写霜华之朦胧隐约；"起"字则写霜华结壁之渐积渐厚。这是一种在凝静幽美中逼人走向死亡之境界。在此境界中，乃更无有情之生命可以延续生存。所以下句乃曰："芳根中断香心死。""根"字之植根何等幽邃；"心"字之衷怀何等深切；"芳"字、"香"字，何等美好芳醇。然而以如此美好的生命之根株，乃竟然中断；以如此芳醇之衷怀的心蕊，乃竟致死亡，若使美好之事物尽皆下场如此，则天下更有什么可以使人期待信赖的希望？故曰："浪乘画舸忆蟾蜍，月娥未必婵娟子。""浪乘"之"乘"字诸本皆同，唯冯浩注本作"秉"字，当系误字。"蟾蜍"盖指月而言，冯注引张衡《灵宪》曰："姮娥托身于月，是为蟾蜍。""画舸"者，画船之意，《方言》曰："南楚江湘凡船大者谓之舸。""乘画舸"而"忆蟾蜍"，诸家皆无解说。私意以为此盖但为诗人之一种假想，原不必有什么出处故实。至于其引发此种假想之故，则约有二因：一则旧传有人曾乘槎至天河见牛女而后返，载《博物志》及《荆楚岁时记》。既有人可乘槎而至天河，则安见无人可乘舟而至月宫乎？此其联想产生之一因。再则月光如水，流波似浪，前于说第三章时，曾引义山《霜月》诗"百尺楼高水接天"之句，亦可作此句注脚。"水"字正指如波之月光，水既"接天"，则乘此流波岂不正可直抵月宫，此所以生此联想之又一因。如诚然有画舸可乘，则于明月之流波中，岂不真欲作直泛月宫之想，故曰"乘画舸""忆蟾蜍"也。至于其上着一"浪"字，则虚枉落空之意，如虚语曰浪语空信曰浪信，徒作泛舟至月宫之想，而实不可得，故曰"浪乘画舸忆蟾蜍"也。且也，纵使直抵月宫得见月娥，又果能如我所想象期待之美好乎？则又殊未可断言者也。故曰"月娥未必婵娟子"也。从前我的一位老师曾写过三句词说："谁信今朝花下见，不如凤昔梦中来，空花今后为谁开。"是说所追求的梦想终于在现实中完全破灭之堪悲。至于义山此二句诗，则更有双重之悲感在。一则此梦想原来就并无实现之可能，此其一；再则于未曾实现此梦想之前，固早已知其必归于破灭之下场，此其二。人生而有此双重悲感的认知，于是此封锁于冻壁霜华中的心魂，遂更无温暖复苏之望矣。

继之以"楚管蛮弦愁一概，空城舞罢腰支在"，则写哀愁一例，妙舞终销的悲慨。此二句中，曰"管"，曰"弦"，曰"舞"，原该是何等歌舞欢乐的场面。然而无论其为"楚管"为"蛮弦"，却总是一概的哀愁，其所以然者，一则听歌之人心中有愁，则无论其所闻者为管为弦乃全成为有愁之曲；再则，一弹三叹，慷慨余哀，凡一切足以使人入耳动心的歌曲，原来就都含有可发人哀愁的因素在；三则，义山此句原来乃更象喻着有欢乐都虚唯哀愁永在的深悲，故有"愁一概"之言。至于次句的"空城舞罢"，舞而至于罢，固已是生命中一段美好活动的终结，其上又着以"空城"二字，昔鲍照《芜城赋》有句云："边风急兮城上寒，井径灭兮丘陇残，千龄兮万代，共尽兮何言。"则其可哀者乃不仅为一人之舞罢而已，乃更含有千龄万代同归空灭之深哀。何况就此句之"空城舞罢"四字之口吻言之，大似舞者纵然未罢之时，亦不过舞向空域而已，如此则舞罢是第一层可哀，城空是第二层可哀，未罢之前的舞向空城是第三层可哀。而义山却于此重重的幻灭之后偏偏写了"腰支在"三个字。昔陆放翁有《咏梅》词云："零落成泥碾作尘，只有香如故。"纵使赏爱无人，纵使生机都尽，然而唯梅花的一缕香气，唯舞者的一段腰支，却是抵死难销的，虽然，纵有如此坚贞之资质，却又终于抵不过人间冷漠与无常的磨损，此梅花之所以终于成泥作尘，舞者之所以终于空城罢舞。义山这七个字真是万转千回道尽了所有有情者的极恨深悲。既然一切美好的生命都无法逃免被磨蚀毁损的不幸，于是乃有下二句之"当时欢向掌中销，桃叶桃根双姊妹"的叹息。欢乐之终销，已是可哀之事，而更为使人感到无可奈何的乃是义山所用的"掌中"二字，《西厢记》写张生对莺莺之痴恋，有句云"我得时节手掌儿里奇擎，心坎儿上温存，眼皮儿上供养"。擎向"掌中"，是何等珍爱的情意，然而欢乐之终销却并未尝因此一份珍重爱惜的情意而能作稍久之延长。于此义山乃更着以一"向"字，于是欢乐乃竟向珍爱者之掌中眼见其销亡矣。这是何等可伤痛的事。至于所销亡之欢乐的象喻为何？则下一句之"桃叶桃根双姊妹"也。《古今乐录》云："晋王献之妾名桃叶，其妹曰桃根，献之尝临渡歌以送之。"苏雪林女士以此句为实指，所以在其《玉溪诗谜》一书中说："桃叶桃根表明卢氏等乃系姊妹。"以为乃指宫嫔飞鸾轻凤二姊妹而言。而顾翊群之《李商隐评论》则驳苏氏之说以为绝不可信。（苏氏之说详见其所著商务出版之《玉溪诗谜》；顾氏之说则详见其所著中华诗苑印行之《李商隐评论》）盖以《燕台》四诗原来就不是可以事实求证的写实之作，如果真的以猜谜式的办法来说诗，一则既不能使读者心悦诚服；再则似乎也未免辜负了作者的用心，过于浅之乎视义山了。所以私意以为此二句仍当以象喻说之。在中国诗词之作品中，桃叶桃根之典，一般多用之以为离别之象喻。如辛弃疾《祝英台近》之"宝钗分，桃叶渡，烟柳暗南浦"，吴文英《莺啼序》之"记当时短楫桃根渡，青楼仿佛，临分败壁题诗，泪墨惨淡尘土"。无论其所用之字面为"桃叶"抑为"桃根"，而其为写离别之情则一也。义山继上句"欢向掌中销"

而承以"桃叶桃根"云云者，盖亦取其与所欢离别之意也。至于义山之并列"桃叶桃根"，且标明白"双姊妹"，其意实并不必指现实中之果有此一双姊妹也。然而竟故作如此之说者，一则欲以之加强其美好可珍爱之感觉，着一"双"字，乃令人于直觉上弥觉价值之倍增；再则欲以之显示销亡之净尽，纵使有一双之多，而竟无一个可以存留，终不免于双双失落之痛，故曰"桃叶桃根双姊妹"也。义山之着此一"双"字，用笔既重，致慨亦深，而销亡失落之恨，乃真成无可挽赎者矣。

继之曰："破鬟倭堕凌朝寒，白玉燕钗黄金蝉。"如承接上面的"欢向掌中销"来看，此二句所写，自当为记忆中所欢者之容饰。朱鹤龄、姚培谦并引《古今注》云："堕马髻，今无复作者，倭堕髻，一云堕马之余形也。"（冯浩注本作"矮堕"，"矮"字当系误字）是"倭堕"乃妇女髻形之一种。温飞卿《南歌子》词有句云"倭堕低梳髻"，则其髻形当有低垂欲堕的娇慵之态，所可想见者也。而义山又于其上着以"破鬟"二字，"破"者，残破不整之意，如词人所谓"云鬟乱"或"鬟云残"者也。至于"凌朝寒"则当为清晓凌晨之意，而着以"朝寒"二字，一则可使凌晨的感受更为鲜明；再则言外亦似有一份"罗衾不奈五更寒"和"楼头残梦五更钟"的好梦难留欢会终销的凄寒之感在。至于下面的"白玉燕钗黄金蝉"，则全从女子之饰物着笔。"白玉燕钗"四字，朱鹤龄及姚培谦并引《洞冥记》曰："元鼎元年，起招仙阁，神女留玉钗以赠帝，至元凤中发匣，有白燕升天，宫人学作此钗，因名玉燕钗。""黄金蝉"三字，朱注引韩偓诗"醉后金蝉重"

曰："黄金蝉亦首饰。"此二句自表面看来，若谓为但写回忆中所欢者之容饰，自亦原无不可。而义山之佳处则在其恍惚之叙写中别能引人象喻之想。其一，上一句"破鬟"之"破"字，虽为鬟云残乱之意，而义山不用"残""乱"字样，而用一"破"字，盖"破"字不仅予人之感觉更为强烈鲜锐，且言外亦似更蕴有无限残缺破灭之悲。更接以下面的"凌朝寒"三字，则以残缺破灭之悲，当此五更凄寒之候，其意境与义山另一首《端居》诗的"只有空床敌素秋"句颇为相似。当一切都归于残缺破灭之时，而欲以此空虚孤寂的哀痛之心，面对周围"朝寒"或"素秋"所象喻的侵袭的寒意，这是何等难以禁受的悲苦，故此句乃于"朝寒"二字上着一"凌"字，《端居》诗乃于"素秋"二字上着一"敌"字，则其心灵所感受到的寒意的酷烈，抵御的悲辛，不言可知。至于下一句之"白玉燕钗黄金蝉"，除其字面所标举的饰物之名以外，就感觉而言，"玉"字与"金"字所象喻的资质何等美好；"白"字与"黄"字所显示的色彩何等鲜明。如果以之与上一句合起来看，则髻鬟虽破，朝寒虽苦，而金蝉玉燕之美质难消，此亦为义山诗中常见之境界，如其《落花有感》之"落时犹自舞，扫后更闻香"，《咏灯》一首的"皎洁终无倦，煎熬亦自求"，凡其所写，盖皆以美好之资质面对折磨破损的深哀。如果从"白玉燕钗黄金蝉"的美好，来回看"破鬟倭堕凌朝寒"的残破与寒冷，我们当更可体会出义山此二句于表面字句所写的髻鬟容饰之外的更深一层的意境。然而凡此种种，无论其所写者为现实之情境，或者为非现实之情境，总之朝寒破梦，欢乐全销，所剩下的只有淋击在耳边心上的一片风雨，以及以全生命燃烧垂泪的一支红烛而已，而消逝的往昔，时空的艰阻，则是永远无法迈越的了。故曰"风车雨马不持去，蜡烛啼红怨天曙"也。如果以之作实解，则此二句盖写窗外之风雨凄寒，窗内之红烛啼泪的一种破晓前之情景。而义山用字之妙，乃于"风"字下着一"车"字，"雨"字下着一"马"字。夫风雨狂骤，其所象喻者原当为摧伤与阻隔，而义山却以其深情苦恋之心将原本象喻着摧伤阻隔的风雨，想象为突破阻隔的车马，这是何等使人感动的想象。而义山又于其下接以"不持去"三字，是诗人虽有如此多情之痴想，而凡一切消逝破灭者终不复返，则纵使风之疾速如车，雨之奔驰如马，然而终不能载此相思苦恋之人持之以赴其所思之地也。从如此风雨阻隔的现实，转入如彼车马奔驰的痴想，又从如彼情痴的狂想，再跌入如此终于无可冲破的现实阻隔之中。而长宵欲曙，烛泪啼红，于是诗人所有的遂只剩了一份长隔永逝的沉哀了。晏殊《撼庭秋》词有句云："念兰堂红烛，心长焰短，向人垂泪。"如果把一支燃烧的红烛作为生命的象喻，则其以自己心血所煎熬出的一点光明之闪烁，不过都化成了点点泣血的红泪，而步步走向死亡而已。而窗外的曙光，就正是蜡烛生命将终的讯号。陶渊明《闲情赋》就曾把蜡烛作为生命及感情之象喻，而慨叹说："悲扶桑之舒光，奄灭景而藏明。"无论是何等美好的生命，无论有何等闪烁的心焰，当扶桑舒光，晓风送曙的时候，面对着生命将终的死亡之讯号，一切都已无可挽留补赎，其中心之深悲极怨可知，然而逝者莫返，则所余者亦惟有泣血的哀啼而已。故曰"蜡烛啼红怨天曙"也。义山以此一句为《燕台》四诗之总结，从首章的"风光冉冉东西陌"之生意的萌发，经过多少深情苦恋的向往追求，缠绵往复，最后却只落得一片啼红的临终的哀怨。义山这四首诗真是写尽了宇宙间所长存的某一种长怀憾恨的心灵之境界。这种境界该是只可以相类似的心灵去感触探寻，而并不可也不必以某一人或某一事加以拘限之解说的。

> 信有姮娥偏耐冷，休从宋玉觅微辞，
> 千年沧海遗珠泪，未许人笺锦瑟诗。

这是我从前所写的一首小诗，原意是为自己的某些旧诗作辩解，但标题却写的是《题义山诗》，现在就录在这里，借用为本文的结束，以说明义山的某些诗篇之原不可以作指实的解说。以前的各家笺注既然并不足以完全采信，而我个人的推演则更属愚妄的徒劳。想要得鱼的人，还是自己跃入水中亲自作一番探寻的尝试吧。

余　论

原来当我开始说《燕台》四首之时，本打算把这四首诗解说完了就加以结束。但是就在我即将结束之际，却忽然收到了台北友人为我寄来的一册第三十一期《现代文学》，这一期本来是詹姆斯·乔伊斯（James Joyce）《都柏林人》（*Dubliners*）研究专辑，但在这一专辑之后,却更附有一组评介弗朗茨·卡夫卡(Franz Kafka)的译文。卡夫卡原是我所最偏爱的一个近代的西方小说家,正如李义山一直是我所最偏爱的一个古典的东方诗人。只是因了时空相距之遥远,以及生活与思想之背景的迥异,使我从来未曾把他们二人联想在一起加以比较过。但是这次却因了台北友人寄书来正值我写义山诗的时间的巧合,我蓦然发现到这二位作者之间,竟然有着某一些相似之处,现在就把我偶然想到的几点略述于后,虽标名余论,实在只是一段曼衍的卮言而已。

第一,我以为一般出色的文学家,其成功之因素,重要者大约有以下数项:一则是以生活体验之过人的深广取胜;一则是以其写作技巧之过人的工力取胜;再一者,则是以其本然所禀赋的一种迥异于常人的心灵取胜的。义山与卡夫卡之成为出色的文学家,无疑的主要乃是由于最后一项因素。梁景峰译的一篇《卡夫卡简介》(原载于德国出版的《现代文学家》,著者为 Dr. Toni Meder)文中曾引用卡夫卡自己的日记,说他自己把创作视为"我梦幻般的内在生活之表现"。又说他的小说"并不能以理性去领悟,光是个内容概要是没有多大作用的,唯有竭尽心力去体会卡夫卡作品中之象征性和语言造型,才能启开其文学性而推究之"。义山的《燕台》四首,也正是属于这一类的作品,他所写的同样只是一种梦幻般的内在生活,读者并不能以理性去了解,而只当以心灵去追踪体悟其内在的象征性,以及其外在的语言之艺术性。《卡夫卡简介》一文中所提供的欣赏卡夫卡的途径,也正是欣赏义山诗所可取的途径,这一点他们二人是相同的。

其次，则是卡夫卡与李义山都极善于把真实生活之体验，糅入其自己充满梦魇的心灵之幻想中。所以他们的作品往往既非纯粹的写实，也非纯然的幻想，更不是出于理性的寓言或托喻。奥斯汀·华伦（Austin Warran）在其《弗朗茨·卡夫卡》一文中就曾经说："卡夫卡的世界，既不属于一般以官能感受的人，也不属于狂妄的梦想者，更不像斯威夫特的《格列佛游记》那样，用蹊径分明的方法把怪诞的事件安全地覆置于最初的假想事件之中，卡夫卡的世界，其真实与假想是被移放在更切近更易感的关系之中。"这一点义山与卡夫卡也极为相似，义山的某些诗篇也同样既不是但以官能的感受叙写现实，也不是但以狂妄的梦想制造幻境，更不像一般传统的作者之写寓言或托喻之做有心的安排，他的作品也正如卡夫卡一样，乃是真实生活在其梦魇之心灵中的反映。而就在这样经过反射的变态的映像中，读者从不同的角度可以得到许多不同的感受，而且可以赋予不同的意义。而他们的作品也就在这种多面的感受和解说中，显示了他们所独有的一份神秘之感，这一点他们两个人也是相同的。

其三，就读者对他们的态度来说，卡夫卡与李义山也有着某些相似之处。陆爱玲译的爱德文·穆尔的《卡夫卡论》，文中说："假如有人承认他的优点的话，他便毫无选择余地地要把那些优点列于首席。另一方面也有许多人觉得他无甚优点，且认为竟有如许读者尊他为相当有天才的作家是不可思议的。"李义山在读者群中所得到的遭遇也大致相同。一般说来，赏爱义山诗的人，就都会对之有极大的偏爱，而不能赏爱他的人，则往往对之加以轻视或诋毁。我以为这种情形乃同由于一个原因，就是他们的作品乃大半属于心灵之感受，所以要想欣赏他们的作品，似乎就不得不先预备有一颗与他们相类似的心灵，然后才能进入到他们的属于心灵之梦幻的境界中，做较深入的体会和欣赏。而也就是这种心灵的契合之感，使某些读者对他们的作品，自然而然地产生了无可选择的偏爱。然而另一些读者对他们的作品却只想从理性上去认知，拿着一根固定的丈尺做刻板的衡量，不得其门而入，不见宗庙之美百官之富，当然不免会对他们加以轻视或诋毁了。这种评价的悬殊，他们二人也是大致相同的。

其四，西方与东方的批评界，似乎同样有着一个极易陷入的相类似的窠臼。西方人之喜爱从作品中发掘宗教的意义，正如东方人之喜爱从作品中寻找仕隐穷达的托意。这一点卡夫卡与李义山所遭致的情形也是相类似的。爱德文·穆尔与维拉·穆尔合译的卡夫卡的《城堡》（*The Castle*），其序文中就曾建议把这本小说看作一种"现代的《天路历程》（*Pilgrim's Progress*）"，以为《城堡》和《天路历程》同样是一个宗教的寓言，有些人甚至把城堡视为天国的象喻。这正如有些笺注义山诗的人，喜欢把义山的许多诗都解作为令狐氏父子而作的一样。虽然卡夫卡的思想确有其宗教的背景，而义山的一生也确与令狐父子有很密切的关系。但是他们的作品都决不是这些狭隘的观念可以限制得住的。奥斯汀·华伦的《弗朗茨·卡夫卡》一文，就曾经说："卡夫卡没有供给这些作品以概念上的略图，因为他的小说都不需要这些图表……我们不必按系统地想城堡就是天国。"又有一些人喜欢从作者的身世立论，如同卡夫卡的一些读者，他们往往以他与他父亲相对立的关系来当作解答他的《蜕变》(*Metamorphosis*)、《审判》(*The Trial*) 等一些作品的锁钥；而笺注义山诗的人也喜欢把他的诗与生平事迹比附立说。然而作者的生平毕竟不是作品的本身，陈绮红译的爱利克·海勒的《卡夫卡之世界》，文中就曾经批评这种说法的偏失，以为"那就如同说，如果有不同的父亲，卡夫卡就是不同的人一样……这种心理学对一件艺术品的解释之贡献，就如同鸟类解剖学对测量夜莺的歌声一样"。华伦与海勒的开明通达的见解，不仅可用以作为欣赏卡夫卡的南针，也同样可用以作为打破东方传统之笺注义山诗的某些偏执的借镜。

以上是略举我个人一时联想所及的卡夫卡与义山的某些相似之处。当然，真正说起来，他们二人的作品实在是迥然相异的，不仅他们所用以表达的形式和语文不同，他们所生的时代与环境也有着悬殊的差异。一个远生于唐代宪宗元和七年，即公元八一二年的中国诗人李义山，如何能与一个晚到公元一八八三年才诞生于西方布拉格（Prague）的犹太小说家卡夫卡放在一起相并而论？就思想背景而言，卡夫卡曾经受过德国哲学家尼采，和丹麦存在主义神学家克尔凯郭尔（Kierkegaard）的很深的影响，这是义山梦也未曾梦到过的。因此卡夫卡的作品中，自然而然流露着一种宗教与哲学的意识，而义山则纯然只是一位诗人而已；卡夫卡的作品中，有着西方宗教原罪之感的沉重的负荷，而义山诗中所有的则只是一颗敏锐的心灵对人间无常与缺憾的锐感深悲；卡夫卡作品中所表现的世界，往往是一个爱和同情和了解完

全枯竭了的世界，而义山作品中则仍保留有对爱、同情和了解的
期待和信赖；因此卡夫卡的意境往往使人陷入于绝望到濒临于疯
狂的地步，而义山的作品则始终有一种滋润的诗意，即使面对悲
苦，也仍能保有一份欣赏的余裕。然而我们毕竟从远在卡夫卡千
余午前古东方的一位诗人的作品中，发现了两者之间的一些相似
之处，则某一类型之心灵之可以超越时空而存在，而且可以其所
独具之映现世界表现自我之方式，突破时空的束缚与隔阂，造成
一线相通之感，这种心灵的力量是多么使人震惊和讶异的。

最后，我要说明一点，我对卡夫卡偏爱虽深，但我对于西方
的文学批评理论则所知并不多。现在竟把卡夫卡与李义山强拉在
一起相提并论，完全只因为如前所言的一种机会的巧合。自知不
免浮浅谬误，好在本文并非庄论，如今只是从本来为了得鱼而跃
入的一条水中，一时见猎心喜，又游向一段短短的支流而已。

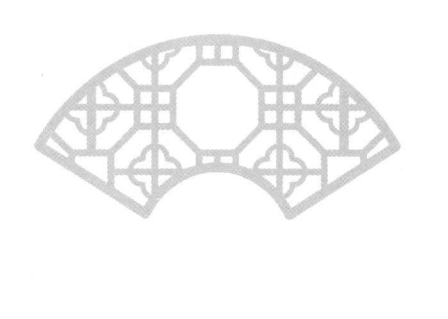

从比较现代的观点看几首中国旧诗

用比较现代的观点去看一些中国旧诗人的作品，而发现他们乃是禁得起用任何时代任何新的理论观点去研析的，这乃是一件极可欣喜的事。

　　前些时有两个大学的现代诗社来邀我为他们讲演，他们的意思原是要我谈一谈有关现代诗的问题，可是对于现代诗我实在乃是门外汉，我自己既没有创作现代诗的经验，读过的现代诗也不够多，所以不敢妄谈有关现代诗的问题，但是同学们的盛意又难以推却，因此想到我既是个在课堂上讲授旧诗的人，何不就用个新旧截搭的题目，一方面既可以满足同学们现代的要求，一方面也仍不离我所教的本行旧诗的内容，所以就先后以"从比较现代的观点看几首中国旧诗"为题，做了两次讲演，这二次讲演的内容实在并不完全相同，而这一篇文稿就是这二次讲清的合并整理。

　　首先我要简单说明我所谓的现代观点是什么，一般说来，西方现代文学批评理论中，对于诗歌方面所最重视的有二点：第一点乃是意象（Image）的使用，所谓意象不一定限定为视觉的，它可以是听觉的，也可以是触觉的，甚至可能是全部属于心理的感觉。至于意象在作品中之作用也有多种，它可以是明喻的，也可以是隐喻的，更可以是象征性的。总之其目的乃在于把一些不可具感的概念，化成为可以具感的意象。因为诗歌原为美文，美文乃是诉之于人之感性，而非诉之于人之智性的。所以能予人一种真切可感的意象，乃是成为一首好诗的基本要素。中国文学批评对于意象方面虽然没有完整的理论，但是诗歌之贵在能有可具感的意象，则是古今中外之所同然的，在中国诗歌中，写景的诗歌固然以"如在目前"的描写为好，而抒情述志的诗歌则更贵在作者能将其抽象的情意概念，化成为可具感的意象，如李后主《清平乐》一词之"离恨恰如春草，更行更远还生"，秦少游《减字木兰花》一词之"欲见回肠，断尽薰炉小篆香"，及李太白《登金陵凤凰台》一诗之"总为浮云能蔽日，长安不见使人愁"。后主词乃是以"更行更远还生"的"春草"之意象来明喻"离恨"，少游一词则是用"薰炉"中"断尽"的"小篆香"之意象来暗喻"回肠"，太白一诗则是以"浮云""蔽日"之意象来象喻谗谄之蔽明，而伤"长安"之"不见"。这三句诗之所以成为被传诵的名句，就正因为他们都能以鲜明具感的意象来表现抽象的情意，因而使读者能得有极深切的感受的缘故。可见从西方文学理论"意象之使用"一点来看中国旧诗，乃是大可一试的欣赏的新角度。另外一点西方文学批评理论所重视的则是诗歌在谋篇一方面所表现的章法架构（Structure），以及在用字造句方面所表现的质地纹理（Texture）。如我在前面所说，诗歌乃是一种美文，作为一件艺术品而言，如何把一些素材用字句和章法组织起来，自该是作为一个艺术家之诗人的要务，这种艺术性的对于遣辞、造句以及谋篇的安排运用，其重要性也是古今中外之所同然的，本文因篇幅所限，讨论的重心将只以章法为主而以句法为副。以下我们先分别举两个例证来看一看章法与句法在中国诗歌中之重要性。如杜甫《醉时歌》赠郑广文一首，开端之"诸公衮衮登台省，广文先生官独冷，甲第纷纷厌粱肉，广文先生饭不足，先生有道出羲皇，先生有才过屈宋"，在章法上，前四句乃是两股对比，以"诸公"之"登台省"及"甲第"之"厌粱肉"来与"广文先生"之"官独冷"及"饭不足"做鲜明之对比，极突出地表现了一片悲慨不平之意，而五、六两句，则把"诸公"与"甲第"一面抛开，只剩下了广文先生，可见"诸公"与"甲第"之并不足贵，而广文先生之独可尊仰，而且在短短六句中连称了四次先生，极淋漓地表现了杜甫对郑广文的一片倾倒赏爱之心，这种经过对比以后再表现独尊的章法正是使杜甫这一首诗成功的重要因素。又如王维《山居秋暝》一诗之"竹喧归浣女，莲动下渔舟"及《观猎》一诗之"风劲角弓鸣，将军猎渭城"诸句，则都是先说出了"竹喧""莲动""风劲角弓鸣"等直接的感官上的感受，然后才说出"归浣女""下渔舟""将军猎渭城"等理性上事件的发生因素，这种置"果"于前，倒"因"于后的句法，也正是使王维这几句诗之所以显得特别真切有力的缘故，因此我们可以说，除了"意象"以外，章法与句法乃是成为一首好诗的另一重要因素。要想把中国旧诗中所使用的"意象"与章法句法的各种类型加以通盘的整理，乃是一项极为庞大的工作，何况中国文学批评中既一向缺乏这一方面的理论体系，而如果硬把西方的理论强用到中国来，使姓李的戴上姓张的帽子，也总不免有不尽适合之感，因此我并不敢妄想在这篇小文内对这一方面做精密的理论方面的研析，我现在只是想从我所偏爱的几位诗人中，选取一些稍具代表性的作品来试作一个新角度的观赏而已。在中国旧诗人中，我所喜爱的作者很多，但现在我想提出来讨论的则只是陶渊明、杜甫及李义山三位诗人的作品。我所以选取这三位作者，一则固然因为我对他们有较深的偏爱，再则也因为这三位作者在中国旧诗人中可以代表几种不同类型的缘故。我以为在中国所有的旧诗人中，如果以"人"与"诗"之质地的真淳莹澈而言，自当推陶渊明为第一位作者；如果以感情与工力之博大深厚足以集大成而言，自当推杜甫为第一位作者；而如果以感受之精微锐敏，心意之窈眇幽微，足以透出于现实之外而深入于某一属于心灵之梦幻的境界而言，自当推李义山为第一位作者。这三位作者的作品，都是与他们个人平生的生活与情感深相连系着的。就西方现代文学批评而言，他们以为意象与章法句构，乃是形成一篇诗歌的重要因素，关系着诗歌本身之价值，所以乃是重要的；而作者本人则是并不重要的，因为作者生平与诗歌本身之价值并无直接的关系，所以在《文学的理论》(*Theory of Literature*) 一书中，勒内·韦勒克 (Rene Wellek) 在其所写的《文学与作者生平》(Literature and Biography) 一章中就曾经说"文学作品并不是作者生平的证明文件"，"作者生平之研究虽然对文学史方面有某些价值，可是我们仍不能说它对文学批评有什么真正的重要性"。这种理论与中国传统之着重于作者年谱的编订与作品本事之考证的态度，乃是完全相反的。我以为这二种态度似乎都不免各有所偏，诗歌之真正价值固然在于作品的本身，而并不在于作品以外的作者，然而孟子说得好，"诵其诗，读其书，不知其人可乎，是以论其世也"，而尤其是像陶渊明、杜甫和李义山这种作品与作者深相连系着的诗人，要谈到他们的"诗"就要谈到他们的"人"，几乎乃是无法避免的一件事，所以我虽然标出了"意象"与"章法句构"两个较现代的观点，可是在论到这三位作者的"诗"时，仍不免要用传统的旧观点论到他们的"人"，好在我的题目原来就是一个新旧截搭的题目，则内容方面的新旧截搭，读者自然也就可以原谅其无怪其然了。

先说陶渊明，渊明乃是这三位诗人中时代最早的一位作者，在渊明的时代，中国文学在理论方面根本还没有一本像样的著作，更遑论意象之使用的理论的觉醒，可是尽管如此，在渊明诗中却已充满了极丰富而完美的意象之表现了。如其《拟古》九首，竟几乎每一首都是意象化的表现。其以具体之物象为喻者，像"荣荣窗下兰"，"翩翩新来燕"，"迢迢百尺楼"，"苍苍谷中树"，"种桑长江边"，"皎皎云间月"诸诗句，固然皆可使人一望而知乃是象喻之作，而其他一些从表面看来乃是叙写人事的作品，像"辞家夙严驾"，"东方有一士"，"少时壮且厉"诸首，虽看似叙事，而其实其所写的"无终"之地，"别鹤""孤鸾"之曲，"伯牙"与"庄周"之"路边高坟"等等，也无一不是一种托喻的意象，如果竟认为单纯叙事之作，那就未免有失渊明之用心了。其实在渊明诗中，凡是他的最好的诗篇，往往都是既非单纯的叙事，亦非单纯的写景，也不仅是单纯的抒情而已，渊明的佳作往往乃是表现其心灵中意念之活动的一种状态或境界，这是渊明诗之一大特色。渊明自己在其《饮酒》诗之"结庐在人境"一首，就曾于描写一大段景物之"山气日夕佳，飞鸟相与还"之后，而却说是"此中有真意"；清朝的王夫之评渊明《拟古》九首之七的"日暮天无云，春风扇微和"二句，也曾经说："摘出作景语，自是佳胜，然此又非景语，雅人胸中胜概，天地山川无不自我而成其荣观。"（见《古诗评选》）另一位清朝人邱嘉穗评《拟古》九首之五的"东方有一士"一首也曾经说："此公自拟其平生固穷守节之意"（《东山草堂陶诗笺》）。可见渊明诗中所表现的往往乃是他自己心灵中的一种境界，而并非如世俗的写景叙事而已，宋朝的黄山谷就曾说："渊明不为诗，自写其胸中之妙耳。"（《诗人玉屑》）要想把抽象的意念表现于以感性取胜的诗篇，原已并非易事，何况渊明的这一份"胸中之妙"，要想表现于诗歌中，当然就更非易事了。只是渊明却独以其丰美的想象，为他胸中这一份妙理找到了许多可以具感的意象，这些意象既恰好足以表现其"胸中之妙"，而其"胸中之妙"更是非要借着这些意象来表达不可，这正是渊明诗中所以富于丰美之意象的一个重要原因。至于说到渊明诗中的章法句法，则渊明在句法方面虽然多用古诗一贯的平实的句法，可是在章法方面则表现为两点迥然相反的特色，乃是极可注意的：一种是平实的表现得次第井然的结构，另一种则是突变的表现为空中转身的结构。前者如《归园田居》第一首之自"少无适俗韵"，经过"误落尘网中"，到最后的"复得返自然"，以及《饮酒》诗第四首之写一只"日暮""独飞"的"失群鸟"，经过"无定止"的"徘徊"，终于遇到了一株可以托身的"孤生松"，于是乃自欣"得所"，而誓以"千载不违"，这些都是属于第一类的次第井然的结构；后者则如《饮酒》诗第十五首之自"贫居乏人工，灌木荒余宅"的对于贫居荒芜的描写，忽然转到"宇宙一何悠，人生少至百"的对于人生苦短的悲慨，再转到"若不委穷达，素抱深可惜"的对于自己素抱的可惜，以及《咏贫士》第一首之由"独无依"的"孤云"，转到"迟迟出林翮"的"飞鸟"，再转到"量力守故辙"的贫士，这些都是属于第二类的空中转身的结构。由表面来看，这二种结构乃是截然不同的两面表现，可是就渊明之写作态度而言，这二种表现却是同出于一因，那就是渊明的"任真自得"的态度，渊明之诗原来就是一种"胸中之妙"的自然流露，他原无意于以艰险来故标新异，所以有时乃径作平直之叙写，这是渊明诗之表现为第一种结构的原因；而同时他也无意于以浅易来必求人知，所以有时乃全任其精神意念之自然流转，这是渊明诗之表现为第二种结构的原因。现在就让我们举出二首渊明诗为例证，试从意象及章法二方面，来一加研析：

> 栖栖失群鸟，日暮犹独飞。徘徊无定止，夜夜声转悲。厉响思清远，去来何依依。因值孤生松，敛翮遥来归。劲风无荣木，此荫独不衰。托身已得所，千载不相违。（《饮酒》诗二十首之四）

> 万族各有托，孤云独无依。暧暧空中灭，何时见余晖。朝霞开宿雾，众鸟相与飞。迟迟出林翮，未夕复来归。量力守故辙，岂不寒与饥。知音苟不存，已矣何所悲。（《咏贫士》七首之一）

我们先看第一首"栖栖失群鸟"一诗，在渊明诗中，"飞鸟"乃是他最常使用的一种意象，虽然在不同的作品中，"飞鸟"有着不同的意含，但总之大体说来乃是渊明之生活或心灵的一种象喻，例如《归园田居》之"羁鸟恋旧林"的"羁鸟"，乃是渊明在入世之生活中本性被摧抑的一种象喻；《经曲阿》一首之"望云惭高鸟"的"高鸟"，乃是渊明所向往的一种高远自由之象喻；《归鸟》一诗之"翼翼归鸟"则是渊明失望厌倦于世以后终于决心归隐的一种象喻。这些意象有时仅出现于全诗的一句之中，如《归园田居》及《经曲阿》二诗；有时则通篇皆为象喻，如《归鸟》一诗，我们现在所要看的"栖栖失群鸟"一首，便是一首通篇皆为象喻的诗，全诗写渊明之心灵自彷徨矛盾而终于觅得托身之所的一般痛苦的经历，而全以飞鸟为意象，是一篇极完整的象喻之作。首句"栖栖"二字，用《论语》"丘何为是栖栖者与"的"栖栖"二字，不仅字义上表现出一份遑遑不安之感，而且因为《论语》乃是一部众所熟知的书，因之这二字所引起的关于《论语》的联想，乃更加深了"栖栖"二字的意含，于是这一只鸟的遑遑不安，也似乎并非全然无谓，而更有一番深意在了①。下面"失群"二字，表面看来自然乃是写鸟之孤飞无侣，而其实乃是写渊明内心中的一份孤独寂寞之悲，渊明之所以"失群"，当然也自有其可求的深

---

① 我最近在《纯文学》五卷五期所发表的一篇《论温韦冯李四家词之风格》的小文，于论及温词有无托意之时，曾经说凡是确实有所托喻的作品该是从其叙写的口吻中就直接可以感受得到的，像渊明这一首诗，仅此开端一句，便已可使人感到有托喻的意味了。

意，渊明在《归园田居》中就曾经说过"少无适俗韵"的话，在《感士不遇赋》中也曾说过"感哲人之无偶"的话，在《归去来辞》中更曾说过"世与我而相遗"的话，以渊明之质性的真淳自然，理想之超然高远，与此"真风告退大伪斯兴"的人世当然并不能相合，何况渊明的"不慕荣利"，在此唯知以争逐名利为事的社会中，当然更鲜同调，当众鸟都急于稻粱虫蚁之竞逐的时候，却有一只鸟远离这一份争逐，而独自为某一种理想之寻觅而遑遑不安着，则这只鸟之"失群"，毋宁是必然的结果了。下面"日暮犹独飞"一句"独飞"二字，正承上句之"栖栖""失群"而来，"失群"所以"独"，"栖栖"所以一直在不安地"飞"着。"犹"字乃依然仍旧之意，曰"犹""独飞"可见其"独飞"之久，"日暮"则正该是倦飞的鸟应该投林栖宿的时候，这只鸟既经过长日的"独飞"，可见其要觅得一个托身之所的愿望是何等迫切，然而下面承接的是"徘徊无定止"五个字，是其徘徊彷徨虽久，期待愿望虽切，而却终然没有找到一个可以定止的托身之所，于是乃有下一句之"夜夜声转悲"的一夜较之一夜更为悲苦的哀啼，再继之以"厉响思清远，去来何依依"二句①，"厉响"一句正承上句之"声转悲"而来，"去来"一句则承更上一句之"徘徊无定止"而来，古直《陶靖节诗笺》注此二句云："厉，烈也，急也，凡厉急之声皆必清远。"其实渊明此句原不仅写声之清远而已，而

---

① 按此二句焦竑本作"厉响思清晨，远去何所依"，然而前面既然已有"夜夜"之言，则此一夜与彼一夜之间，当然已曾有过清晨的到来，此处再去思清晨殊觉无味，故一般多不用焦本。

更主要的乃是写由厉响之声所表现流露出来的其中心所怀思向往的清远，古人有云"言为心声"，其实不仅人类为然，即使是动物中的鸟兽，我们也往往可从它们鸣吼啼叫的声音来查知它们内心中的一份情意，这二句表面自然仍是写鸟，谓自其鸣声之厉急可知其怀思之清远，而其实乃是渊明自写其内心中的一份哀吟与远想。而继之以"去来何依依"一句，表面上自然仍是写鸟之来去飞翔，既不得栖止之所，而又不能断然远去的依依不决之情态，然而就渊明而言，则当是写他内心中对于出处去就之间的一份彷徨矛盾之情。渊明既曾深受儒家思想的影响，他本人又生而具有一种仁者的襟怀，而况凡是才人志士也往往有一种不愿使自己生命落空的心情，因此渊明早岁之曾抱有用世之念，乃是极自然的一件事，我们看渊明在《杂诗》中所写的"猛志逸四海，骞翮思远翥"，以及在《拟古》诗中所写的"少时壮且厉，抚剑独行游"诸句，都可以想见其少年时的志意，然而渊明却毕竟辞官归隐了，这其间当然曾经有过许多徘徊矛盾之情，渊明既不幸以其质性之真淳自然生于此大伪斯兴的人世，更不幸而生在东晋末年的无与有为的时代，因此他的徘徊矛盾中还更蕴蓄着有许多对此世痛心失望的悲哀也是可以想见的。朱子就曾经说过"陶欲有为而不能者也"（《朱子语类》），因此从欲有为的初心到最后归田园的决志之间，渊明确实曾有过一番内心上痛苦挣扎的经历，而这首"栖栖失群鸟"中间的一段，就以飞鸟之"徘徊无定""去来依依"的意象，表现出了他这一段内心中的经历。可喜的是这只鸟终于找到了它可以托身的那一株孤生的松树，渊明也终于在精神和生活两方面都找到了他可以栖心立足的所在，他在精神方面的任真自得，既如同松树之有着长青的荣采，他在生活方面的躬耕固穷，也如同松树之在风云艰难中有着耐寒的节操，而他与世相遗之寂寞无偶的心情又使他有着极深切的孤独之感，因此他所取喻的意象乃不仅是"松"，而且是一棵"孤生松"。这一首诗所蕴含的情意虽极为繁复深微，而其所取喻的意象则是极为完整的。通篇全写飞鸟，结构方面更是次第井然，这是渊明一首极好的代表作。

现在我们再看第二首，这一首的象喻，不像前一首那样完整，而是几层不同的意念的辗转承接，开端"万族各有托，孤云独无依，暧暧空中灭，何时见余晖"四句以"云"为象喻，首二句写云之孤独无依，与各有托的万物之各种族类相较，则鸟栖于林，鱼游于水，孤生竹尚且可以结根于泰山之阿，而只有天上那一朵飘泊的孤云是浮游于太空之间全然无所依倚的，这二句真是写尽了一颗孤寂之心灵的无依之感。次二句则写云之生命的短暂无常，"暧暧"二字，丁福保引王逸《楚辞注》云："昏昧貌。""暧暧空中灭"者言浮云在迷蒙昏昧之中冉冉而消灭之意，"何时见余晖"一句，自当仍指云而言，"晖"字当指浮云之光影，所谓天光云影者也，而浮云倏而变灭，一旦消逝之后，乃更无残余之光影可见矣，而渊明在《形影神》三首中所写的"适见在世中，奄去靡归期"的人类，其生命之短暂无常岂不与此短暂变灭之浮云正尔亦复相似，前四句浮云之象喻写尽了渊明心灵中的孤独寂寞的悲哀与对于人生的空幻无常的体认。然后下面的"朝霞开宿雾，众鸟相与飞，迟迟出林翮，未夕复来归"四句，乃转入了另一"飞鸟"之象喻,"相与飞"的"众鸟"象喻着孜孜为名利而争逐着的众生,当早晨的"朝阳"驱散了昨夜所留存在空中的积雾的时候,一天的争逐也就从此开始了。然而在"众鸟相与飞"的争逐中,却有着另一只不肯与众鸟争飞的与众不同的鸟,这只鸟迟迟地才展动着它的双翼飞出林来,而却早早地在天色尚未完全夕暮时就敛翮归来了。前一句的"出林翮"实在乃是指出林的一只鸟,用一个指鸟翼的"翮"字来代表一只整体的鸟,一则因为自"翮"字可以想见其展翅"出林"的飞动之态,再则上一句的"翮"字可以直贯到下句的"归"字,大有前一首"敛翮遥来归"的意味。这四句当然正象喻着渊明之淡泊名利翩然归隐的选择和决志,于是最后的"量力守故辙,岂不寒与饥,知音苟不存,已矣何所悲"四句,遂自"浮云"及"飞鸟"的象喻转为一己的自叙,正式写出了一个贫士的心情和志意。"量力"者,自己知道自己所具有的资质与能力是什么,也知道以自己的资质能力所能得到的是什么,而不做丝毫的过分之想,此一般所谓"量力"者也。对于渊明而言,他正是一个自知甚明,自持甚坚的人物,他深知自己所有的是什么,也深知自己所能做到的是什么,更深知自己所不肯为的是什么,渊明在《归去来辞》中就曾说过"质性自然,非矫励所得,饥冻虽切,违己交病"的话,在《与子俨等疏》中也曾说过"性刚才拙,与物多忤,自量为己必贻俗患,俛偻辞世,使汝等幼而饥寒"的话,凡此都可见到渊明之"量力"的持守,以及对生活之"岂不寒与饥"的体认,但是渊明却宁可过这种饥寒交迫的生活,也不肯做改弦易辙的打算,他在《饮酒》诗第九首中就曾

说过"纡辔诚可学，违己讵非迷，且共欢此饮，吾驾不可回"的
话，可见他的"守故辙"之坚定的心意。只是渊明这种"量力守
故辙，岂不寒与饥"的心意与节操，毕竟并不是一般人所容易了
解和接受的。渊明在《与子俨等疏》中，在说过上面一段"自
量""辞世"而不免使家人"饥寒"的话以后，下面接着就说了
"但恨邻靡二仲，室无莱妇，抱兹苦心，良独惘惘"的话，不但没
有友人的相知，甚至连家人妻子的谅解也无法得到，则其内心之
孤寂可以想见，然而渊明却在他的艰苦的生活及孤寂的心灵中觅
致了他自己精神上一份任真自得的天地，他不仅对于饥寒的生活，
曾说过"岂不实辛苦，所惧非饥寒，贫富常交战，道胜无戚颜"
的从容无惧的话，对于任真的自得之乐，更曾说过"此中有真意，
欲辩已忘言"，"俯仰终宇宙，不乐复何如"的悠然自得之语，所
以渊明乃在这一首诗的"量力守故辙，岂不寒与饥"的二句之下，
凄然而同时也是悠然地以"知音苟不存，已矣何所悲"两句说出
了深辨甘苦而又超脱悲喜的一份至高的修养的境界。这一首诗虽
然被我分成"孤云""飞鸟"与"贫士"三段来说明，然而渊明的
精神，却实在乃是贯串全篇的。开端四句"孤云"的象喻，其所
表现的"无依"的孤寂，正遥遥与结尾的"知音苟不存"二句的
孤寂相映对，而"暧暧空中灭"的空幻无常的体认，则正是渊明
所以能将世俗一切利禄得失都能全然不置于怀，而充满解脱妙悟
之智慧的心理基础，此一心理基础不仅就是下面四句"飞鸟"之
象喻所写的那只"迟迟出林""未夕来归"的鸟所以能不与众鸟相
争逐的心理基础，同时也是末四句所写的贫士之所以能做到"量

力守故辙"的固守饥寒之生活的心理基础，而中四句所写的飞鸟，也就正是后四句贫士的象喻，而后四句中前二句之"量力"与"饥寒"，既紧承中四句的"未夕来归"的飞鸟而言，而末二句之"知音不存"的孤寂则又径与首句之"孤云"相呼应，如此说来，则这首诗岂不是全以渊明心中意念之活动流贯全篇，其回环相贯串之妙，可以超越几种不同之意象而运行无碍，这正是渊明诗中极可重视的一首代表作。以这首与前一首相较，则前一首通篇以"栖栖失群鸟"为象喻，其意象乃是单纯的，而且全篇的结构乃是平实而次第井然的近于理性的结构；这一首则以"孤云"、"飞鸟"两种不同的象喻层层逗引，最后转为贫士的自叙，其全篇结构乃是以心灵意念之层转为线索，而表现为空中转身之突变的另一种结构。从以上两个例证，我们已足可以窥见渊明之善于使用意象，以及他在章法结构方面之两点不同的特色。

其次我们再谈杜甫，说到杜甫，一般人所认识的杜甫乃是一位写实的诗人，而殊不知这一位写实的诗人，其作品中却同时也充满了意象的表现，而且在章法与句法方面，更有着极惊人的成就，我们在前面曾经分析过渊明诗中何以富于意象之表现的缘故，以及渊明诗在章法结构方面的特色，现在让我们对杜甫也试一做简单之分析。一般人所共同承认的杜甫诗之好处约有二点：其一，就内容方面而言，杜甫有极深厚而博大的情感和襟怀，无论是对君国，对百姓，对家人，对朋友，甚至对一切有生或无生之物，杜甫莫不有一份极深厚的关爱之情，杜甫是一位关心现实而且热爱现实的诗人，因此在杜甫诗中，不仅富于写实之作，而且这些写实的作品中，莫不有杜甫极深挚的感情的投射，这是众所公认的杜甫诗之好处之一；再则，就工力技巧而言，杜甫有着一份极为可贵的集大成的容量，博综兼采，不仅能尽得古今各体之长，而且无论在谋篇造句或遣辞各方面都有着融贯出新的表现，这是众所公认的杜甫诗之好处之二。可是如果从本文所标举的现代观点来看，则前者就正是造成杜甫诗之富于意象表现的重要原因，而后者也正是造成杜甫诗在章法句法方面有独特之成就的重要原因。先说第一点，杜甫虽以写实著称，而其所写之现实正不仅只是平板客观的现实而已，杜甫无论对其所写之任何客体，都有着极深挚的感情的投射，因此杜甫所写的现实乃往往在其感情之投射笼罩下染上了极浓厚的意象化的色彩。因此杜甫的一些佳作，都往往一方面是写实，而另一方面却又是感情与人格之意象化的表现，这是杜甫的一大特色，如其《瘦马行》一首，从字面看来杜甫该只是写他真正见到的一匹现实的瘦马，可是历来注家都有人或者说这首诗是为伤房琯之被黜免而作，或者说这首诗乃是杜甫罢拾遗以后的自况之作；又如其《佳人》一首，从表面看来该也只是写他真正见到的一位在现实中因战乱而兄弟死丧复为夫婿所弃的佳人，可是历来注家却有人或者说这首诗乃是杜甫托弃妇以比逐臣，伤新进独狂老成凋谢而作，或者以为乃是杜甫自喻之作。① 以一种深挚的感情投射，使所写的现实中之事物成为象喻着感情与人格的一种意象，这是杜甫诗虽多为写实之作，而

---

① 《瘦马行》一首黄鹤注以为为房琯罢相而作；蔡兴宗以为公自伤贬官而作。《佳人》一首仇兆鳌引旧注谓托弃妇以比逐臣，杨伦《镜铨》云带自喻意。

同时也极富于意象化之表现的缘故。再从第二点来说，杜甫既有集大成的称号，因此他在章法句法方面的推陈出新的种种变化几乎是不可遍举的。我现在只提出他在原则方面的几点特色来讨论。先说章法方面，杜甫之所以能成为一个集大成的作者，实在因为杜甫乃是一位感性与理性二方面都兼长并美的诗人，因此他在章法上往往一方面既自感性之联想表现为突变的转折，一方面又自理性之逻辑表现为照顾呼应之周至。如其最著名的《哀江头》一诗，自"翻身向天仰射云，一笑正坠双飞翼"二句对当年玄宗与贵妃游幸曲江的一段欢乐的描写，忽然转入下面"明眸皓齿今何在，血污游魂归不得"二句对贵妃惨死的悲悼。自欢乐突接入悲悼，自然是突变的转折，而自字面所予人之直感的联想言之，则前一句之"正坠双飞翼"虽为对射猎欢乐的描写，可是"双飞翼"之"坠"也就正暗示给了读者一种比翼之飞而中途竟折的不祥的预感，因此下面乃径接以贵妃之死，这种突变的转折，自然出于感性的联想，可是就《哀江头》一诗之内容情意言之，则抚今追昔，由今日之潜行曲江，追忆到昔日的欢乐，再由欢乐射猎的昔游到死生离别的今日，这中间也隐然自有一种理性的呼应安排。又如其另一首著名的诗篇《赴奉先县咏怀》，自"凌晨过骊山"的旅途之叙述，接以"御榻在嵽嵲"，然后便以一大段笔墨写朝廷之淫靡奢侈，最后再以"朱门酒肉臭"一句对前面的淫奢做一总结，再以"路有冻死骨"一句重新拍回到沿途的旅程来，这种章法自然为理性之呼应照顾，可是从"酒肉臭"到"冻死骨"则是出于对比的联想，这其间就也隐然有着感性的意味了。这是杜甫在章法方面的感性与理性兼长并美的特色。至于句法方面，则杜甫所同于常人的好处姑且不论，至其不同于常人者，则我以为杜甫最大的特色乃是但以感性掌握重点而跳出于文法之外的倒装或浓缩的句法，如其《游何氏山林》之"绿垂风折笋，红绽雨肥梅"、《寄岳州贾司马巴州严使君》之"翠干危栈竹，红腻小湖莲"此所谓倒装句也，顺之，则当为"风折笋""绿垂"，"雨肥梅""红绽"，"危栈竹翠干，小湖莲红腻"，然而倒装起来才显得更为意象鲜明更为矫健有力。又如其《洗兵马》之"万国兵前草木风"其"草木风"三字，旧注以为乃是用"风声鹤唳草木皆兵"一则故实。如果把此三字按字面解作被风吹之草木，则平日见风吹草木乃寻常景象而承接于上面的"兵前"二字之下，则风吹草木皆令人生疑惧之感矣，总之这五个字的匆促迷乱的结合，恰好造成了一种惶恐疑惧的感觉，乃是极为成功的一种句法。又如其《秋兴》八首的"香稻啄余鹦鹉粒，碧梧栖老凤凰枝"二句，有人也以为是倒句，其实这二句与前面所举的倒装句并不全同，前面的倒句，顺排起来就可得到句之本意，可是"香稻"二句如果按一般人的说法，顺排为"鹦鹉啄余香稻粒，凤凰栖老碧梧枝"，就变成为实写有鹦鹉啄稻凤凰栖梧的两件实事了，然而这都并非杜甫本意，私意以为此二句当以"香稻""碧梧"为主，至于"啄余鹦鹉粒"五字则为"香稻"之形容子句，写香稻之丰盛，有鹦鹉啄余之粒，而"栖老凤凰枝"五字则为"碧梧"之形容子句，写碧梧之美好为凤凰栖老之枝，如此则当年开天盛世渼陂附近之景物如在目前，故杜甫乃径置"香稻""碧梧"于二句开端，而并不计及以"香稻"置在"啄"字上，以"碧梧"放在"栖"字上，在一般人观念中是何等不易被人接受的句法，这虽与前面举的倒装句并不全同，但仍是杜甫只以感性掌握重点而超越于一般文法之外的特色。下面就让我们举二首杜甫诗为例证，来对其意象之使用及章法句构方面一作研析：

> 雨中百草秋烂死，阶下决明颜色鲜。着叶满枝翠羽盖，开花无数黄金钱。凉风萧萧吹汝急，恐汝后时难独立。堂上书生空白头，临风三嗅馨香泣。（《秋雨叹》三首之一）
>
> 昆明池水汉时功，武帝旌旗在眼中。织女机丝虚夜月，石鲸鳞甲动秋风。波漂菰米沉云黑，露冷莲房坠粉红。关塞极天唯鸟道，江湖满地一渔翁。（《秋兴》八首之七）

先说第一首《秋雨叹》，无疑的，这首诗所写的乃是秋日风雨中被吹打的一丛决明，决明是一种植物，有羽状复叶，秋日开黄花，杜甫所写的原只是现实的一丛决明而已，而杜甫却把感情投注于这一丛决明上，而使之具有了象喻的意味。开端"雨中百草秋烂死"，不仅写出了秋日风雨中百卉俱腓的凋落凄凉，而且"烂死"两个字所表现的摧伤惨痛，可以说真是使人触目惊心，杜甫一向用笔到切至之处，便往往不避一切丑拙激烈之辞。此诗"烂死"二字不仅与下一句决明的"颜色鲜"造成了强烈的对比，使

人更觉百草都已"烂死"之后的决明之独能依旧"颜色鲜"的弥
足珍贵,而且另一方面"烂死"二字所表现出来的无情摧毁之力
的强大,也预示了决明恐亦终难逃此一摧毁伤残之大劫的可哀可
虑。而在这种哀伤忧虑的反衬下,杜甫却于次二句更用了"翠羽
盖""黄金钱"二句,把决明的鲜戊美好着意描写了一番,说它
所附着的满枝绿叶,宛如以翠羽为饰的伞盖,而其盛开的黄色花
朵则更如无数光彩夺目的金钱,试看这二句所用的字样,如"满
枝""无数"所表现的是何等丰盛充盈,而"翠羽""黄金"所表现
的又是何等鲜丽珍贵,而且虽然这一首诗的体裁原为古诗,可是
杜甫在这二句却用了如此工整的一联对句,从这些地方我们都可
以看出杜甫是以何等珍重爱惜的心情,倾全力来写这一丛在百草
都已烂死后的风雨中仍能如此鲜茂的决明之可贵。然后笔锋一转,
突接以"凉风萧萧吹汝急,恐汝后时难独立"二句,再回到开端
的风雨中来,而且接连用了两个极亲切的"汝"字来呼唤这一丛
决明,又于上一句用了一个"吹"字,把萧萧的风雨完全加在如
此亲切的"汝"字之上,这是何等可痛心的情事,因此下一句就
又用了一个"恐"字加在"汝"字之上,表现了一份极深沉的忧
虑,在百草都已烂死的整个大环境中,又有哪一个是能够独自站
立支持得长久的呢?所以说"恐汝后时难独立",七字中有无限忧
虑关爱之情。全诗至此,都以写一丛风雨中的决明为主,而以下
杜甫却忽然介入了人物,写出了"堂上书生空白头,临风三嗅馨
香泣"的叹息,于是堂上之书生遂与阶下之决明蓦然交感神光闪
烁,风致环生,这真是二句神来之笔。堂上是徒然空空白首而无

所成就的一位书生，阶下是惨遭风雨吹袭恐终不免于烂死之下场的一丛决明，书生对自己之老大无成既深怀自伤，对阶下决明之相视而不能相救，则更加有莫可如何之痛，所以下面才有临风三嗅其馨香而终然泣下的哀叹，"馨香"虽仅只二字，却包容和暗示了决明可珍惜的全部资质之美好，以如此美好之资质，而且如此坚毅地挺立秀出于风雨摧伤之下，却终不免要遭到与百草同样烂死的命运，此所以三嗅其馨香而终然泣下者也。"三"字不必作数目之确指，不过为加甚之辞而已，"三嗅"之者，爱之深而痛之切也；用笔如此，自然会使人感到这一丛决明似乎已不仅只是一丛无知觉无感情的草木而已，而当是一种人物的情操品格之象喻，所以在《杜诗详注》中仇兆鳌乃以为这首诗中的决明是确有指喻的，说"此感秋雨而赋诗，三章各有讽刺，房琯上言水灾，国忠使御史按之，故曰'恐汝后时难独立'也，……语虽微婉，而寓意深切，非泛然作也"。又引申涵光曰："'凉风吹汝'二句说君子处乱世甚危。"于是这一丛现实的决明遂充满了象喻的意味，成为一个动人的意象，暗喻一种情操与人格的持守，而不仅只是写实而已了。这正是杜甫写实而能使现实意象化的一种特色，至于从阶下决明转到堂上书生，以一句突然宕开，又以"三嗅馨香"一句立即拍转再回到决明来，而在字面上"堂上"二字又遥遥与前面的"阶下"二字相对，凡此开合呼应之妙都可以见杜甫在章法方面既以感性为转折又以理性为呼应的兼长并美的妙处。

至于第二首"昆明池"一章，则原是杜甫一组连章之作《秋兴》八首中之第七首，这八首诗乃是杜甫晚年羁旅飘泊之目的作品，当时杜甫寓身四川夔府，因值秋日兴感而缅怀长安，八首原为一体，或以夔府为主而遥念长安，或以长安为主而映带夔府，是杜甫连章之作中章法最完整而变化又最多的一组诗，我以前曾写过《杜甫秋兴八首集说》一书，其中专有一章讨论这八首诗的呼应变化之妙，但现在为篇幅及体例所限，只能截取一章来作为例证，因此只能做简单的说明而已。这一首诗杜甫所怀念的乃是长安的昆明池，而昆明池则是当年汉朝的武帝为了要西征昆明夷，而使吏役开凿以习水战的处所，所以开端即言"昆明池水汉时功"，一方面既切合昆明池之史实，一方面借汉喻唐，因汉武之功而慨唐代国势之一蹶不振，有无限衰残冷落的今昔之恸，而于开端全力作反提，极写汉代武功之盛，不但于第一句就明明点出武功的"功"字，而且更于第二句"武帝旌旗在眼中"七字，把当日之"功"写得旌旗飘动盛况如在目前，然后下面"织女机丝虚夜月，石鲸鳞甲动秋风"二句，则陡然跌落承接以今日之衰残，这二句自表面看来乃是记实之笔，因为石鲸与织女之雕像原来都是昆明池畔所实有的景物，据班固《西都赋》、张衡《西京赋》及《文选·西都赋》注所引《汉宫阙记》皆载云："昆明池左右有牵牛织女二石像以象天河。"又据《西京杂记》载云："昆明池刻玉石为鲸，每至雷而鲸常鸣吼鬐尾皆动，汉世祭之以祈雨，往往有验。"是昆明池畔确有织女之石像，池中亦确有石刻之鲸鱼，然而池畔织女徒然以织为名，却并不能如一般女子真正地鸣机夜织，则不过夜夜空立于月明之中而已，所以用一"虚"字以表示其落空无成徒然负此夜月，故曰："织女机丝虚夜月"也。至于石鲸则虽然亦为石刻之像，然而风雨之中，于池水汹涌起伏之际，此石鲸乃真有鬐尾皆动之意，所以用一“动”字，以写其在秋风下之波水起伏中的动荡不安之状，故曰“石鲸鳞甲动秋风”也，是则此二句原为昆明池实有之景物，可是这二句除表面写实的意思外，更可注意的乃是它们所能带给人的一种落空无成与动荡不安的感觉，所以金圣叹唱经堂《杜诗解》评此二句乃云：“织女机丝既虚，则杼柚已空，石鲸鳞甲方动，则强梁日炽，觉夜月空悬，秋风可畏，真是画影描风好手，不肯作唐突语磞磕时事也。”又王尧衢《古唐诗合解》亦云：“石鲸鳞动，比强梁之人动而欲逞，织女机虚，比相臣失其经纶，犹织女停梭虚此夜月，亦是深一层看法。”中国传统的评说，一向好为附会时事之言，有时当然不可尽信，只是就这二句而言，则“虚夜月”“动秋风”之意象中，确实表现有一种徒然落空的悲慨，与动荡难安的感觉，则是确实可以感受得到的，以写实的笔法而造成了象喻的效果，这正是杜甫诗之一大特色。再下面二句“波漂菰米沉云黑，露冷莲房坠粉红”，从表面看来也不过只写现实之景物而已。菰米乃是生长水中的一种植物，叶如蒲苇，秋日开花成长穗，结实如米，谓之菰米，亦曰雕胡米。此句当然乃是写昆明池秋日之景色，正当秋季菰米结实之候，而池水荒凉，既无人采摘整理，则唯有一任其凋零漂荡于池水之中，而菰米甚多，其浮沉水中者乃但见团团之黑影如云影之沉于水中，故曰“波漂菰米沉云黑”也。而秋季又为莲花凋谢之时，于风高露冷之季，莲花片片之红色粉瓣乃逐渐飘坠萎褪于湖水之中，故曰“露冷莲房坠粉红”也，至于不曰“露冷莲花"而曰"露冷莲房"者，"莲房"乃莲实所在之地，正为莲心深处之花房，且莲花之瓣既已坠粉飘红，故曰"露冷莲房"，是寒露直冷到花心深处、更无庇护，则花之寒意可知，飘零可想矣。这二句也有人以为不仅只是写实景物而已，言外亦当更有喻托深意。邵宝《杜诗分类集注》即曾评此二句云："叹池水之荒废为武备之不修。"钱谦益《杜诗笺注》则云："菰米不收而听其漂沉见长安兵火之惨矣。"金圣叹《杜诗解》则云："五、六，转到黎民阻饥，马嵬亦败，亦以不忍斥言，故为隐语。"则是以菰米之漂沉为喻黎民之饥，以莲花之凋落为喻贵妃之死，虽然这些牵强附会之说，并不可尽信，但是只要我们仔细体味杜甫此二句中所用的"漂""沉""冷""坠"一些字所予人的凋谢堪怜的意味，言外之悲慨也是不难感受得到的。以上六句都是写杜甫怀念中的长安，然后下二句"关塞极天唯鸟道，江湖满地一渔翁"才反跌出杜甫今日所羁身的夔府。"关塞"二字含意甚广，历来说法甚多，盖就眼前所见者言之，则有白帝之高城；就蜀地之具有代表性者言之，则有剑阁之危关；而就诗人之所感慨者言之，则当慨秦蜀间道路之隔绝险阻。至于下面"极天"二字则正写其高危艰险，"鸟道"二字，则太白《蜀道难》诗曾有"西当太白有鸟道"，及"不与秦塞通人烟"之言，杜甫此处之"鸟道"不必专指一地，不过泛言秦蜀之间关塞高危，唯有飞鸟可通行之道路而已，盖深慨长安之不能得返也。而且在章法方面，这一句乃是从前面所回忆的长安回到今日羁身之夔府的一个引渡，"鸟道"便正是其间的唯一的一条通路。所以下面的"江湖满地一渔翁"一句，就回到今日在夔州的羁旅飘泊之生活，以一片漂流无所底止的沉哀作了全篇的结束。关于此句之"江湖满地"四字，历来注家也有许多不同的说法，有以为指今日所寓居之夔峡者，有以为指即将前往之潇湘洞庭者，有以为"江湖"二字乃指"滔滔者天下皆是"之意者，有以为"江湖"二字乃自"陆沉"二字变化出之者 ①。是则此句除写杜甫乘舟下峡，寄迹江湖有似渔人之泛泛无归的真实生活以外，另外也可能更象喻着天下滔滔、神州沉陆的悲慨。总之杜甫这一首诗表面上所写的虽然多只是现实中之景物情事，然而同时却又充满了象喻的意味，于是乃使其所写的种种现实情事，都染上了意象化的色彩。这正是前面我所说过的杜甫诗之写现实而同时具有意象化的特色。至于以章法而论，则此章所怀念者为长安之昆明池，故即从昆明池咏起，首二句先叙昔年汉武开凿之功，自第三句跌入今日之衰，然后分咏昆明池之景物四事："织女"像、"石鲸"鱼、"菰米沉云"、"莲房坠粉"，再以第七句"鸟道"直转入今日夔府之飘泊，遂以"渔翁"作结，而且末句之"江湖"也仍是以写"水"为主，与通篇之写怀念长安而全以"昆明池水"为主的写"水"的主题亦复完全相合，凡此都可以看到杜甫在章法方面于承转变化中，不忘以理性为安排呼应的特色。至于以句法言之，则黄生《杜诗说》曾评此诗之三、四两句云："并倒押

---

① 王维桢《杜律颇解》云："江湖指所寓之地。"张綖《杜工部诗通》云："江湖谓潇湘洞庭。"金圣叹唱经堂《杜诗解》云："顾此江湖，滔滔皆是，将何底止邪。"黄生《杜诗说》云："江湖满地，即陆沉二字变化出之。"至于详细解说可参看拙著《杜甫秋兴八首集说》。

句，顺之则'夜月虚织女机丝，秋风动石鲸鳞甲'也，句法既奇，字法亦复工极。"其实这二句主要乃是标举出"织女像"和"石鲸鱼"两个与昆明池有关的名物，然后以"机丝虚夜月"与"鳞甲动秋风"来作引申补述的形容，不过"机丝虚夜月"乃是"夜月之中机丝徒虚"的浓缩和颠倒，而"鳞甲动秋风"则是"秋风之中鳞甲欲动"的浓缩和颠倒，只是如果径作平直的叙述，则事事落实，便无言外之慨，一定要以如此颠倒而浓缩的句法，才能显示出夜月中的一片虚幻空茫与秋风中的一片动荡飘摇的悲慨来，这正是杜甫在句法方面的特色。前一首《秋雨叹》之"着叶""开花"二句也是极为精炼浓缩的句子，如果引申为通顺的句子，便该如我在前面所解说的乃是说"所附着的满枝绿叶如同翠羽为饰的伞盖，所盛开的花朵如同无数黄色的金钱"，然而杜甫却把"满枝着叶"倒叙为"着叶满枝"又把"如同"二字的说明省略，径接以"翠羽盖"三字，然而也就正是这样的句法，才使得这二句诗充满了劲健的笔力和闪烁的光彩，杜甫自叙为诗的态度，曾有"语不惊人死不休"之言，句法的锻炼，正是他所致力的一点，这种句法与渊明所表现的古诗一贯平顺的句法迥不相同，是可以清楚地看到的。

最后我们将再谈到另外一位诗人李义山，义山乃是最长于意象之使用的一位诗人。如果以义山与渊明及杜甫相较，则渊明诗之富于意象，乃是"以心托物"之结果，杜甫诗之富于意象乃是"以情入物"之结果。他们诗中之意象，或者乃是心念之活动的自然流露，或者乃是感情之深挚的自然投射，总之他们诗中之富于意象乃是一种自然而然的表现，姑不用说在他们写诗的时代，中国文学批评方面尚没有关于意象之理论方面的自觉，即使在他们使用意象时，该也只是"行乎所当行，止乎所不得不止"的一种顺乎自然的表现，并不一定存心要去安排制造，有着什么"意象化表现"的自觉，因此在他们诗中虽有意象化之意味，可是他们所用的意象，及意象所象喻的情意，都仍然有着某种可以用理念去研析和接受的现实的基础。如渊明之"飞鸟"与"孤云"不仅其所取象者乃是现实中所可有之事物，即其所象喻之内心的矛盾挣扎的过程与夫寂寞孤独的贫士，也都是现实中可以理念接受的情意。至于杜甫诗中之决明、织女像、石鲸鱼及菰米、莲房等，则更是现实中真正具有之实物，而其所象喻的风雨摧伤中的品格与夫国势之动荡衰残，当然也更是现实中可以理念接受的情意。而义山诗则不然，义山所用的意象既多为非现实之事物，而其所象喻者也往往是一种极难以现实理念解说的窈眇幽微的情意，义山的时代虽然在中国文学批评方面也仍然还没有理论方面的自觉，可是义山之使用意象，却隐然是有着一种使用方面的自觉的。我们以前既然曾经分析过渊明与杜甫诗中何以富于意象化之表现的缘故，那么对于义山这种非现实的更为隐约幽微之意象化的表现，当然也就更值得研析了。我以为义山之所以走上了如此隐约幽微的途径，其重要的原因似乎可以分为先天性的与后天性的两方面来看，先从先天性的因素来看，无论任何一位天才都有属于他自己所特有的一种禀赋的资质，以及他自己所特有的一种表现事物的方式。以禀赋的资质来说，义山似乎生来就具有着一种纤细锐敏到几近于病态的感觉和感情，他所见的世界往往不同于一般人所见到的仅只是事物的外表而已，而是一直透视到一切事物的心魂深处，而且特别耽溺于心魂深处的某一种残缺病态的美感，这种禀赋资质本来就不是可以用清楚的理念来表达说明的了，何况义山所特具的表现方式也是全以感性之感受为主，而并不注重理性的说明，因此义山诗往往只表现为意象之错综的组合，而其所使用之意象更往往都是远离现实的一些窈眇之心魂的产物，充满了瑰奇神秘的色彩，这是义山诗之所以走上如此隐约幽微之途径的两点属于先天性之因素。再从后天性的因素来看，也有几点可述之处：据张尔田《玉溪生年谱会笺》，义山九岁丧父，他少年时代的生活是非常酸辛凄苦的，在其《祭仲姊文》中，就曾经说过"年方就傅，家难旋臻，躬奉板舆，以引丹旐，四海无可归之地，九族无可倚之亲……及衣裳外除，旨甘是急，乃占数东甸，佣书贩春"的话，而义山以佣书贩春米来奉养寡母的时候，不过仅只十二岁的年龄而已，则义山少年时代心理上所经受之创痛可知，此其一；其后以文章受知于令狐楚，年十八从令狐楚天平幕府，辟署为巡官，年二十六又以楚子令狐绹揄扬之力登进士第，而义山登第后却又以文采为王茂元所赏，以女妻之，而当时唐代政坛有牛李之党争，令狐父子为牛党，王茂元为李党，于是义山遂以一介孤寒之书生，因偶然之遇合而陷身于政坛党争的恩怨之间，一则为两代之世交，一则为翁婿之情谊，而猜嫌一起，终身莫白，遂为义山平生一大隐痛，此其二；而况义山生当晚唐多故之秋，历经宪、穆、敬、文、武、宣六宗之世，其所闻所见可资悲慨之情事甚多。① 而这些有关国事的悲慨，也有着难以具言的苦衷，此其三。有此外在之诸种因素再加以前面所举的一些内在因素，二者相成，遂造成了义山诗之多以非现实之意象来表达极窈眇之情意的一种独为隐约幽微的特色。因此一提到义山诗，就会使人先兴起一种"一篇《锦瑟》解人难""只恨无人作郑笺"的叹息，可是义山诗尽管如此之难解，而爱好义山诗的读者偏偏却又很多。我以为义山诗之难于被人理解与易于被人赏爱，其实乃是同出于一因，那就是因为他往往并不是从理念方面下手来写诗，而乃是以感性方面的意象来组成一篇诗歌的缘故。这些被组成的意象虽不可以确解，然而却可以确感，而确感正是诗歌之所以感人之第一要素，所以义山诗虽然难解，而却完全无害于读者对它们的欣赏喜爱。面对这些不属于理念但凭意象组合的诗篇，而却要以理念来解说，原来就是不可能也不必要的一件事，所以欣赏义山诗最好就是以自己之心灵和感受去面对那些充满炫惑感人之力的一些幽隐深微的意象，忠实于自己之感受，也忠实于诗篇之本身，如此去做一番深入的体认，这是欣赏义山诗最好的一条途径。而切不可先把自己拘限于某一偏狭之理念的成说之内，这是最重要的一件事。当然这也并非就是说一些属于理念的知识全然无用，不过那些理念的知识仅可以供参考之用而已，切不可先被它所拘限蒙蔽。下面就让我们举义山两首诗为例证，来从一己直接对于意象的感受一作探研：

---

① 可参看缪钺所著《诗词散论》。

　　锦瑟无端五十弦，一弦一柱思华年。庄生晓梦迷蝴蝶，望帝春心托杜鹃。沧海月明珠有泪，蓝田日暖玉生烟。此情可待成追忆，只是当时已惘然。（《锦瑟》）

　　风光冉冉东西陌，几日娇魂寻不得。蜜房羽客类芳心，冶叶倡条遍相识。暖蔼辉迟桃树西，高鬟立共桃鬟齐。雄龙雌凤杳何许？絮乱丝繁天亦迷。醉起微阳若初曙，映帘梦断闻残语。愁将铁网胃珊瑚，海阔天宽迷处所。衣带无情有宽窄，春烟自碧秋霜白。研丹擘石天不知，愿得天牢锁冤魄。夹罗委箧单绡起，香肌冷衬琤琤佩。今日东风自不胜，化作幽光入西海。（《燕台》四首之一）

　　我们先看第一首《锦瑟》，这是义山最为著名的一首诗，几乎已被视为义山之代表作，大约历来评说义山诗的人没有不提到它的，因此我虽明知关于这首诗已经有了过多的解说，却仍不免要举这一首诗来作为义山诗的第一个例证。关于这首诗前人之说约有以下数种：或以为此诗中四句乃写锦瑟之为乐有《适怨清》和《四调》（见《缃素杂记》）；或以为锦瑟乃人名，为贵人爱姬，甚至竟指为令狐楚青衣（见刘贡父《诗话》及《唐诗纪事》）；或以为乃悼亡之诗（见三家评朱注本朱彝尊说及冯浩注）；或以为乃自伤之辞（见三家评朱注本评及张尔田《玉溪生年谱会笺》）。前二说之诬妄固属一望可知，至于悼亡或自伤之说，则原来都不失为读者的一种感受，只是如果像冯注之必云："沧海句美其明眸，蓝田句美其容色。"或者像张氏会笺之必云："沧海句谓卫公毅魄久已与珠海同枯，令狐相业方且如玉田不冷。"则亦不免于有过于穿凿附会之病。现在且让我们把这些成说暂时抛开，来面对诗歌本身所使用的意象，以及它们所能给予读者的感受与联想来一作分析。首句"锦瑟无端五十弦"，"锦瑟"二字，朱注引《周礼乐器图》云："饰以宝玉者曰宝瑟，绘文如锦曰锦瑟。"是锦瑟乃乐器中之极珍美者。至于"五十弦"三字，则朱注引《汉书·郊祀志》云："泰帝使素女鼓五十弦瑟，悲，帝禁不止，故破其瑟为二十五弦。"则是五十弦瑟乃乐器中之极悲苦者，以如此珍美之乐器，而竟有如彼悲苦之乐音，此真为一命定之悲剧，然而谁实为之？孰令致之？此所以为"无端"也。在本句中，"无端"二字乃是虚字，然而全句的悲慨之意，却正是完全借着这两个虚字表达出来的。"无端"二字乃是无缘无故之意，所谓"莫之为而为者，天也"，锦瑟之珍美与五十弦之悲不可止，在此"无端"二字的结合下，乃形成了一种莫可如何的悲剧之感，于是以锦瑟之珍美乃就命定了要负荷此五十弦繁重之悲苦，正如以义山心灵之幽微深美，却偏偏有如彼不幸的遭遇和如彼沉重的哀伤，这都同样是"无端"的命定的悲剧，所以说"锦瑟无端五十弦"也。至于下面的"一弦一柱思华年"一句，则以两个"一"字与下面的"思"字相承，似乎在述说着一些追思中的繁琐的事项。如果以上一句的"五十弦"三字，为某种禀赋极珍美而负荷极繁重的生命之象喻，那么这句的"一弦一柱"就该是此一生命所弹奏出的每一乐音，而每一乐音所象喻的则是生命中的每一点前尘每一片旧梦。而在这些点点片片的前尘旧梦中有多少对于流逝不返的华年的追思和留恋，所以说"一弦一柱思华年"也。首二句乃是一篇回忆的总起，后面就以两联四句标举出四种意象。先看"庄生晓梦迷蝴蝶"一句，这一句当然用的乃是《庄子》一书的典故，《庄子·齐物论》云："昔者庄周梦为蝴蝶，栩栩然蝴蝶也，自喻适志与，不知周也。俄然觉，则蘧蘧然周也。"冯注以此诗为悼亡之作，所以解说此句云："取物化之意，兼用庄子妻死惠子吊之，庄子则方箕踞鼓盆而歌。"冯浩把《庄子·齐物论》的化蝶讲为化为异物的死亡物化之意，已是一大误解，何况又把蝴蝶之梦与鼓盆之歌牵附在一起来立说，当然就更加不可信了。其实我以为义山这句诗虽然用了"庄子""梦""蝴蝶"几个出于《庄子》的字面，而其取义与《庄子·齐物论》的超然化出于万物异同之外的原意却并不尽同，义山之用此一则寓言之故事，不过借之表现为一种意象，而却赋予了它另外一种情意。此句中最可注意的应该乃是原不见于《庄子》，而为义山自己所加入的"晓"字和"迷"字，"梦"而曰"晓梦"，则不过为破晓前之短梦而已，其为梦的短暂无常可知，"梦"下面更着一"迷"字，则其梦境中之耽溺痴迷亦复可想。至于必用《庄子》之"蝶梦"，则因一则"蝴蝶"一词所予人之联想，可使人恍如见其颜色之明丽与姿态之翩翩，再则如杜甫《曲江》诗所写的"穿花蛱蝶深深见"，是则蝴蝶在花丛中的痴迷沉醉的情意也正复如在眼前。如果我们在人生的旅途中，果然曾有过如蝴蝶之明丽翩翻更复如蝴蝶之沉醉痴迷的一段情事，那将是何等值得留恋和珍惜，然而在无常的人世中，一切可珍惜留恋的，充满明艳之彩色与痴迷之耽爱的情事，却不过都只如破晓前的一场短梦而已，正像晏小山词跋文所说的"悲欢离合之事，如幻如电，如昨梦前尘，但能掩卷怃然感光阴之易迁，叹境缘之无实"而已，此所以说"庄生晓梦迷蝴蝶"也。再看"望帝春心托杜鹃"一句，朱注引《蜀王本纪》云："望帝使鳖灵治水，与其妻通，惭愧，且以德薄不及鳖灵，乃委国授之。望帝去时，子规方鸣，故蜀人悲子规鸣而思望帝。"又引《成都记》云："望帝死，其魂化为鸟，名曰杜鹃，亦曰子规。"冯注则引《华阳国志》云："望帝禅位于开明（按鳖灵号开明），帝升西山隐焉，时适二月，子鹃鸟鸣，故蜀人悲子鹃鸟鸣也。"又引《蜀都赋》注："《蜀记》曰：'杜宇王蜀，号曰望帝，宇死，俗说云宇化为子规，蜀人闻子规鸣，皆曰望帝也。'"观夫上文所引，我们已经可以知道蜀望帝杜宇死，其魂魄化为杜鹃之传说的大概，只是义山取用这一则传说，又究竟何所取义呢？我以为对这一句诗我们所当注意的也该和前一句一样，看义山于用典以外，他自己增加了哪些字样。上句他自己所加的乃是"晓"字和"迷"字，而这一句他自己所加在上面的则是"春心"二字。"晓"字"迷"字，既为上一句之主旨所在，那么"春心"二字就自当为本句的主旨所在了。至于"春心"二字的取义，则义山另一首《无题》诗的"春心莫共花争发，一寸相思一寸灰"二句，大可作为参考之用，"心"字上着以一"春"字，已可令人生多少旖旎芳香之想，何况此一"春

心"，又是"寸寸相思"的与"花争发"之心，则此春心之多情缠
绵可知。只是《无题》诗的二句义山乃是从反面下笔，其意盖谓
与花争发的春心，既然最后只会落得寸寸成灰的心碎的下场，那
么还是不要与花争发地如此耽溺于相思吧。至于本句之"望帝春
心托杜鹃"，则全从正面着笔，是望帝之心不仅为多情缠绵之春
心，而且此一多情缠绵之心更复至死难休，虽在魂魄化为异类的
杜鹃以后，也依然是历劫不已，故更继之以"托杜鹃"三字。夫
杜鹃之为物，其鸣声之凄厉固已足可使闻者断肠，而况其哀鸣之
切，更复每至泣血不止，而望帝死后之魂魄既化为杜鹃，其"春
心"又更复就寄托于如此悲鸣泣血的杜鹃之上，则望帝所执着以
迈越生死的一份"春心"，其哀怨凄伤也就可以想见了，而这种痴
迷的执着，又何仅望帝为然，义山不过借此一故实之意象以表现
所有的不能消蚀的一份"春心"而已，故曰"望帝春心托杜鹃"
也。再看"沧海月明珠有泪"一句，朱注引《文选》注云："月
满则珠全，月亏则珠阙。"又引郭宪《别国洞冥记》云："味勒国
在日南，其人乘象入海底取宝，宿于鲛人之宫，得泪珠，则鲛人
所泣之珠也。"又引《博物志》云："南海外有鲛人水居如鱼，不
废绩织，其眼泣则能出珠。"冯注则引《大戴礼记》云："蚌蛤龟
珠，与月盛虚。"又引义山《回中牡丹》一诗之"玉盘迸泪伤心
数"句，注云："左思《吴都赋》注：'鲛人临去，从主人索器，
泣而出珠满盘，以与主人。'"又引义山《题僧壁》一诗之"蚌
胎未满思新桂"句注云："《吕氏春秋》'月望则蚌蛤实，月晦则
蚌蛤虚。'"从前面所引的几种说法来看，则一来因为大海之上

产蚌蛤，而蚌蛤之珠则与月盈虚者也，所以月满之夜，沧海上之蚌珠应该颗颗都是匀圆明亮的。再则珠之有泪则有二种可能，其一，珠之匀圆闪烁，其本身就有如晶莹之泪点，故望之如有泪光之闪烁；其二，则既有鲛人泣珠之说，则此匀圆闪烁之珠颗，原来即为鲛人之泪点所化，故其上仍有泪光之闪烁。典实与句意既明，现在我们就可以来看一看这一意象所予人的感受何似了。"沧海月明"，仅此四字已可使人感到一片广海浩瀚空茫，孤月在天苍凉皎洁，在空茫和虚明中充满了一种无可言说的哀感。再继之以下面的"珠有泪"三字，则无论其所指的乃是泪之成珠或珠之似泪，总之在空茫虚明的情境中，颗颗的明珠上都似有泪光之闪烁，即泪即珠，即珠即泪，而珠是何等匀圆珍美，泪是何等痛苦哀伤，以如此匀圆珍美之珠颗，奈何竟一如彼痛苦哀伤之泪点？以如彼痛苦哀伤之泪点，奈何又尽化为如此匀圆珍美之珠颗？在这种珠与泪的结合中，遂使人感到诗人之哀伤悲感乃是何等珍美而又何等凄凉，更加以前面"沧海月明"之背景的陪衬，其珍美而凄凉的哀伤，乃直有欲在茫茫广海中凝化为一片虚明的寥阔苍凉之感，此所谓"沧海月明珠有泪"也。再看"蓝田日暖玉生烟"一句，朱注引《长安志》云："蓝田山在长安县东南三十里，其山产玉，亦名玉山。"张氏会笺则引《困学纪闻》载司空表圣语云："诗家之景如蓝田日暖良玉生烟，可望而不可置于眉睫之前也，李义山玉生烟之句，盖本于此。"义山此句与前一句为明显之对比，"蓝田"为产玉之地，与前一句产珠之地的"沧海"正复相对，且蓝田既为产玉之名山，有此二字乃可使下文的"玉生烟"三字更为生色动人，至于"日暖"二字，更直写出丽日之下的一片暖霭晴光，再加之以下面"玉"字所予人的温润之感，"烟"字所予人的迷蒙之状，玉而生烟则温润而迷蒙，自有一种感受极亲切而又无从把捉的迷惘之情。这一句与上一句之"沧海月明珠有泪"相对，私意以为义山乃是借二种不同的意象来表现人生中种种不同的境界和感受，所以这二句乃处处为鲜明之对比，因为唯有在对比中才能夸张地显示出境界之不同的多种变化之可能性，如此则无论其为明月之寒宵，无论其为暖日之晴昼，无论其为寥落苍凉之广海，无论其为烟岚罨霭之青山，无论其为珠有泪的凄哀，无论其为玉生烟的迷惘，凡此种种乃都成为了诗人一生所经历的心灵与情感之各种不同境界的象喻。然后再继之以"此情可待成追忆，只是当时已惘然"二句的结尾，于此而反顾全篇，则"锦瑟"二句乃是总起，写对于已逝之华年的思忆。然后以"庄生""望帝"二句，写人生之蝶梦匆遽易醒，而春心之执着则至死难保。再以"沧海""蓝田"二句写无论在苍凉或温蔼之境界，其凄哀与迷惘之情之并皆不得解脱。然后以最后一联为总结，"此情"者前二联所写之"蝶梦""春心"与夫"珠有泪""玉生烟"之种种情事也，"可待成追忆"者，谓"可能要等到追忆之时吗"？乃是一句问话的口气，张相《诗词曲语词汇释》解释"可"字，即曾引义山此句之"可待"以为乃"岂待"或"哪待"之意。如果把此句与下文合看，则义山之意盖云此情岂待到追忆时始觉惘然，只就在当时也已经足以使人怅惘低回了。这首诗之意象，虽然在初看时似颇为参差错综，因为中间四句几乎每一句是一种不同的象喻，各个不相关联，可是纵观全篇却又自有其分明之脉络可寻，首二句总起，中四句分举四种不同的意象，末二句为总结，乃是极完整的一篇诗，而且全篇又恰好写出了义山对整个一生的感情方面的体认和感受，这当然乃是足可作为义山之代表作的一首好诗。

至于第二首《燕台》四首之一，则在此不拟作详细之解说，一则因为这首诗字数过长，如每句详细解说，在本文篇幅之比重上似嫌过重，再者我以前在《纯文学》二卷二期中曾发表过一篇谈《燕台》四首的稿子，读者可以参看，所以不拟在此再加赘述，然而我现在却不肯取义山另一首诗为例，而仍然要选取这首诗的缘故，则乃是因为这首诗在意象之使用及章法句法方面都有可称述之处的缘故。先说章法，这首诗乃是以叙述的口气为开端及结尾，而中间则是错综的意象的组合，开端先写春之来临，从"风光冉冉"所象喻着的春心之觉醒写起，然后以"娇魂"象喻所追寻之某一窈眇幽微之对象，以"蜜房羽客"及"冶叶倡条"象喻自己追寻之心意的恳挚与追寻的周至，以"暖蔼""高鬟"二句象喻迷蒙中之恍若有见，以"雄龙雌凤"及"絮乱丝繁"二句象喻完美之境界之终不可得与绝望后之意惘情迷，以"醉起微阳"及"映帘梦断"二句象喻迷惘中之将幻作真的颠倒痴迷，以"愁将铁网"及"海阔天宽"二句象喻纵有坚毅之心意而终然落空一无所获的可哀，以"衣带无情"及"春烟自碧"二句象喻有情之憔悴与无情之冷漠的对照，以"研丹擘石"及"愿得天牢"二句象喻现实之磨蚀与幽怨之长存，然后末数句则转为叙述之口吻，以"夹罗委箧"及"香肌冷衬"二句写三春既逝，炎夏方来，于是继之以"今日东风自不胜"一句总结春光之已老。而最后一句则又以"化作幽光入西海"一句重回到象喻的笔法,写春光之长逝不返。综观以上二例,义山诗通篇之多为错综之意象表现,而其意象又复极幽隐深微难于以理念说明已可概见一斑,至于章法方面,则私意以为义山诗也有一大特色,那就是义山之诗篇虽多为意象之组合而其起结之际却隐然有一种理性之提挈,如前举二例,《锦瑟》诗首二句为总起,末二句为总结,固属明白可见,即如《燕台》诗虽通篇全为错综之意象所组成,而其开端与结尾之处则也曾用一些较近于叙述的理性的口吻。以理性之提挈来错综地标举一些感情的意象,这乃是义山诗章法方面的一大特色。至其句法方面之特色,则义山往往乃是用理性之句法来组合非理性之词汇,如其"高鬟立共桃鬟齐"一句,"'什么'立共'什么'齐"这在句法上原是通顺的,合于理性的,可是义山却用了"桃鬟"一个非理性的词汇;又如其"化作幽光入西海"一句,"化作'什么'入'什么'"原来也是合于理性的通顺的句法,可是义山却用了"幽光""西海"等词汇,说"东风"可以化作"幽光"而进入"西海",组合句子的方法虽然是理性的,可是组成的句意却是非理性的了。前一首《锦瑟》诗,以句法而论,也多是通顺的合于理性的句法,可注意的是这些用理性组成的句子,却表现了非理性的意象,这正是义山诗最大的一点特色。

最后我要把以上所举的三位诗人对于意象所使用的材料及方法做一个总括的比较,我以为一般说来渊明所使用的意象,其取材多出于现实中可有之事物;杜甫所使用的意象,其取材多出于现实中实有之事物；而义山所使用的意象，其取材则多出于现实中无有之事物。自然这种分别只是就他们几首代表作所予人的一般印象而言，如果有意寻求例外的诗证，则渊明《读山海经》之"丹木""青鸟"，其取材岂不也有出于现实中无有之物者，而义山《暮秋独游曲江》之"荷叶"与《夕阳楼》之"孤鸿"，其取材岂不也有出于现实中实有之物者。只是就这三位诗人一般所表现的为人与为诗的态度而言，则渊明乃是一位从平实真朴中见深微高远的人，其为诗与为人都一向以平实真朴为主，而不喜欢炫奇立异。而另一方面，渊明又是一位以精神胜过物质的人，他在诗中所表现的事物，也往往只是遗貌取神的抒写，所以在他诗中所活动着的，也往往只是某一些事物的概念，而并不是那些事物的实体，因此在渊明诗中一向没有刻露的写景咏物之作。他所写的孤云、飞鸟、松树、菊花，都只是他对这一些事物的概念，而且往往只是渊明以个人精神所体认的概念，而决非客观的现实中某一实有之个体，正如我在前面曾说过的，渊明诗中之意象，只是"以心托物"之结果，他只是把心中的概念用他所体认的物的概念来做表现而已。只是渊明心灵活动之领域虽极精微高远，而其为人之态度却又极平实真朴，这是他之所以虽不取象于现实中实有之个体，而却依然取象于现实中所可能有的某些事物之概念的缘故。至于杜甫则不然了，杜甫之特色乃在于以最大的关心留意现实，以最大的勇气面对现实，以最大的天才叙写现实，杜甫乃是一位写实诗人的巨擘，这是千古不易的定论，其诗篇中所叙写的泰半为现实中实有之事物，这原是无足怪的一件事。只是杜甫同时却又是一位感情最为深厚热挚的诗人，他经常把他自己的一份强烈的感情，投注于他所写的一切事物之上，使之因诗人的感情与人格的投注，而呈现了意象化的意味，正如我在前面所说的杜甫诗之意象化乃是"以情入物"的结果，他原来就是因了把自己的感情投入，而使一切他所写的现实之事物意象化起来的，因此我说杜甫诗中之意象多取材于现实中实有之事物，那正因他的诗篇原就是以写实为主的缘故。至于义山，这才真的是一位意象化的大师，我之所以这样说，乃是因为渊明与杜甫诗中意象化之表现尽管其如何丰美，可是在作者而言，却仍不过只是一种自然的流露而已，而在义山诗中我们却可以清楚地感到作者对于意象的有心制造和安排。有时在义山诗中所表现的就是一片错综繁复的缤纷的意象，这与渊明杜甫之于叙述之际尚有理念可寻，而意象仅为心灵或感情之自然地寄托或投射的情形完全不同。而且如我在前面所言，义山既以其天生之禀赋与后天之遭遇特别耽溺于残缺病态哀伤的情调，又特别爱用隐约幽微的表现方式，因此其意象之所取材也就是特别偏爱于某些带着恍惚迷离之色彩的非现实之事物，因为唯有这些非现实之事物才能够表现出他的哀伤窈眇的幽隐的情思，这是我之所以说义山诗之意象多取材于现实中无有之事物的缘故。至于章法方面，则这三位诗人也有不同之处，渊明之态度乃是以任真为主，或者表现为层次井然之平叙，或者表现为心念流转之跳接；杜甫则是以理性与感性兼济，纵使由于感性的联想发为突然的转接，也依然不忘在理性上作先后之呼应；而义山则往往乃是以一些意象的错综并举为主，而却有时在首尾发展之际略做理性之提挈。至于句法方面，则渊明大多用古诗平顺直叙之句法为主，杜甫则有时只掌握感性之重点而在句法上表现为颠倒或浓缩，义山则是以理性之句法来组合一些非理性之词汇。杜甫的句子有时只要将之平顺地伸延倒转过来，就可以成为明白易解的语句，义山则是尽管其文句完全合乎文法，也依然不可具解。如果说杜甫的一些句子乃是文法上的难懂，则义山的一些句子就是本质上的难懂，义山的诗在本质上就是完全只可以感性去体认而不可以理性去说明的。从渊明的以心托物的意象表现及其任真自得的章法与平顺直叙的句法，到杜甫的以情入物的意象表现及其转折呼应周至的章法与颠倒浓缩的句法，再转为义山的有心使用意象表现，及其虽以理性提挈然而全为意象之综合的章法，与其本质上全属于感性的句法，我以为我们不仅可以从此看出三家的风格之不同，而且在他们的不同间，似乎还有着某些属于文学表现方式的历史的演进的意味。我这样说并不是扬义山而抑渊明，渊明之高妙乃是无人能及的，只是渊明之高妙乃是全属于一种人格本身的自然流露，而并不属于表现之技巧的自觉性的演进，而杜甫之炼句谋篇，与义山之标举意象则是有着某种技巧方面的自觉性的演进的。

　　用比较现代的观点去看一些中国旧诗人的作品，而发现他们乃是禁得起用任何时代任何新的理论观点去研析的，这乃是一件极可欣喜的事，而且说不定这种研析还有可资现代诗人的参考借镜之处，那当然就更可欣幸了。

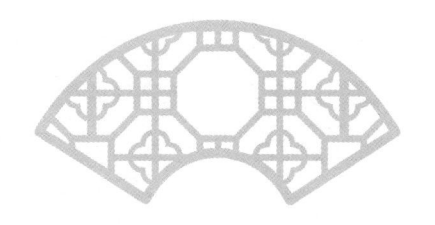

序 《还魂草》

周先生的诗，其发意遣辞，都源于一份真切的诗感，无论其篇幅之为长为短，其用典之为旧为新，其用字造句之为古典为现代，他都能以其诗人的心灵做适当的掌握和表现。

　　我是向来未尝为任何人任何书写过序文的，然而两天前，当周梦蝶先生要我为他即将出版的诗集《还魂草》赶写一篇序文时，我竟冒昧地答应了下来。其一，当然是有感于周先生的一份诚意；其二，则因为我原是一个讲授旧诗的人，而周先生居然肯要我为这一本现代诗集写序，则无论这一篇序文写得如何，至少不失为新旧之间破除隔阂步入合作的一种开端和尝试；最后，一个更大的原因，则是因为我对周先生之忠于艺术也忠于自己的一种诗境与人格，一直有着一份爱赏与尊重之意，因此，虽明知自己未必是为此书写序的适当之人选，也依然乐于做了这种"知其不可而为之"的承诺。

　　周先生之要我写序，也许因他曾偶在报刊中看到过我所写的一些有关旧诗词之评赏的文字，其实，批评古人的旧诗词，与批评今人的现代诗，并不尽同，一则因为旧诗词的作者，已属无可对质的古人，则我信口雌黄之所说，在读者而言，纵未必尽信其是，然也不能必指其非，而对今人之作，则我在论评之间，就不得不深怀着一份唯恐其未必能合作者原意的惶惧。再者，对于旧诗词的阅读和写作，我是早在三十年前就已经开始了的，而对于现代诗，则我不仅从来不曾有过写作的尝试和经验，即使阅读，也仅是近二三年来，偶然涉猎浏览过一些极少的作品而已，但美之为美，天下有目之所共赏，我对于现代诗中的一些佳作，也极为赏爱。但如说到论评，则刺绣之工既不尽同于编织，缰辔的控持，也必然不同于方向盘之操纵，如今我欲以一向惯于论评旧诗词的眼光来论评现代诗，则即使不致如扣盘言日之盲，似乎也颇不免于燕说郢书之妄了。

以我习惯于论评旧诗词的眼光来看，我以为周先生诗作最大的好处，乃在于诗中所表现的一种独特的诗境，这种诗境极难加以解说，如果引用周先生自己在《菩提树下》一诗中的话"谁能于雪中取火，且铸火为雪"，则我以为周先生的诗境所表现的，便极近于一种"自雪中取火，且铸火为雪"的境界。

我在为学生讲授诗词的时候，常好论及诗人对自己感情的一份处理安排之态度与方法，由于其对感情之处理与安排的不同，因此诗人们所表现的境界与风格也各异，如果举一些重要的诗人为例证，则渊明之简净真淳，是由于他能够将其一份悲苦，消融化解于一种智慧的体悟之中，如同日光之融七彩而为一白，不离悲苦之中，而脱出于悲苦之外，这自然是一种极难达致的境界。其次则如唐之李太白，则是以其一份恣纵不羁的天才，终生做着自悲苦之中，欲腾掷跳跃而出的超越；杜子美则以其过人之强与过人之热的力与情，做着面对悲苦的正视与担荷；至于宋之欧阳修，则是以其一份遣玩的意兴，把悲苦推远一步距离，以保持其所惯用的一种欣赏的余裕；苏东坡则以其旷达的襟次，把悲苦做着潇洒的摆落，以上诸人其类型虽尽有不同，然而对悲苦却似乎都颇有着一种足以奈何的手段。此外更有着一种从来对悲苦无法奈何的诗人，如"九死其未悔"的屈灵均、"成灰泪始干"的李商隐，他们固未尝解脱，也未尝寻求过解脱，他们对于悲苦只是一味地沉陷和耽溺。另外更有一种有心寻求安排与解脱，而终于未尝得到的人，那就是"言山水而包名理"的谢灵运，大谢之写山水与言名理，表现虽为两端，而用心实出于一源，他对山水幽峻的恣游，与对老庄哲理的向往，同样出于欲为其内心凌乱矛盾之悲苦，觅致得一排解之途径。然而佛家有云："境由心造。"若非由内心自力更生，则山水之恣游既不过徒劳屐齿，老庄之哲理亦不过徒托空言，所以大谢诗中的哲理，若非自其"不能得道"做相反之体认，而欲于其中寻觅"得道"的境界，就未免南辕而北辙了。

至于周先生的诗作，则自其一九五九年出版的第一本诗集《孤独国》，到今日准备出版的第二本诗集《还魂草》，其意境与表现，虽有着更为幽邃精致，也更为深广博大的转变，然而其间都有着一个为大家所共同认知的不变的特色，那就是周先生诗中所一直闪烁着的一种禅理和哲思，周先生似乎也是一位想求安排解脱而未得的诗人，因之他的诗，既不同于前所举第一种之隐然有着对悲苦足以奈何的手段之诗人，也不同于第二种之对悲苦做着一味沉陷和耽溺的诗人。如果自其感情之不得解脱，与其时时"言哲理"的两方面来看，虽似颇近于大谢，然而，若就其淡泊坚卓之人格与操守来看，则毋宁说其更近于渊明。周先生之不同于大谢者，盖大谢之不得解脱之感情，乃得之于现实生活之政治牵涉的一份凌乱与矛盾，而周先生之不得解脱之感情，则似乎是源于其内心深处一份孤绝无望之悲苦；再者，大谢之言哲理，只不过是在矛盾凌乱中的一份聊以自慰的空言，而其所言之哲理，并未曾在其感情与心灵之间发生任何作用，而周先生诗中的禅理哲思，则确实有着一份得之于心的触发和感悟。虽然周先生并未能如渊明一样，做到将悲苦泯没于智慧之中，而随哲理以超然俱化，但周先生却实实做到了将哲理深深地透入于悲苦之中而将之铸为一体，故其诗境乃不属于以上所举之三种诗人的任何一类型之中。周先生乃是一位以哲思凝铸悲苦的诗人，因之周先生的诗，凡其言禅理哲思之处，不但不为超旷，而且因其汲取自一悲苦之心灵，而弥见其用情之深，而其言情之处，则又因其有着一份哲理之光照，而使其有着一份远离人间烟火的明净与坚凝，如此"于雪中取火，且铸火为雪"的结果，其悲苦虽未尝得片刻之消融，而却被铸炼得如此莹洁而透明，在此一片莹明中，我们看到了他的属于"火"的一份沉挚的凄哀，也看到了他的属于"雪"的一份澄净的凄寒，周先生的诗，就是如此往复于"雪"与"火"的取铸之间，所以其诗作虽无多方面之风格，而却不使人读之有枯窘单调之感，那便因为在此取铸之间，他自有其一份用以汲取的生命，与用以镕铸的努力，是动而非静，是变而非止。再者，周先生所写之境界，多为心灵之境，而非现实之境，如果我们可以把诗人的心灵比做一粒晶球，则当其闪烁转动于大千世界之中的时候，此一粒晶球虽并不能包容大千世界的繁复博大之实体，而其每一闪烁之中，却亦自有其不具形的隐约的投影，在周先生诗中，我们就可看到此一粒晶球的面面之闪烁，以上是我所见的周先生诗中的境界。

其次，我想再谈 谈周先生诗中文字的表现，我以为周先生在文字的表现一方面，也有其极为独到的一种镕铸和运用的能力，我是一个一贯主张要把古今与中外交融起来的论诗者，而在周先生诗中，我就清楚地看到了这种交融运用的成功，在周先生诗中，有大似古乐府江南曲的极质拙而真切的排句，如其《虚空的拥抱》之后数句"向每一寸虚空，问惊鸿底归处，虚空以东无语，虚空以西无语，虚空以南无语，虚空以北无语"；有极近于宋词的顿挫和音节，如其《逍遥游》的前数句："绝尘而逸，回眸处，乱云翻白，波涛千起。"至于其时时可见的对偶之工，与一些旧辞旧典的运用，更属熟练之极，多不胜举。其实，用旧并不难，而难能的是周先生所用之旧，都赋有着新感觉与新生命，既不迷于旧，亦不避其旧；而此外周先生更善于以其锐敏的感觉与精炼的工力，镕铸出极为新颖而现代化的诗句，如其"纵使黑暗挖去自己的眼睛，蛇知道：它能自水里喊出火底消息"（《六月》），"你将拌着眼泪，一口一口咽下你底自己，纵然是蟑螂，空了心的，在天国之外，六月之外"（《六月之外》），"而泥泞在左，坎坷在右，我，正朝着一口嘶喊的黑井走去"（《囚》），像这些诗句可说是颇为费解的现代化的诗句了，然而不必也不须更加解说，我们岂不都能自其中聆听到一份呼号，感受到一份震撼，所以，求新颖与现代也并不难，而难能的乃是在其中真正充溢着有一份诗人之锐感与深情。以上尚不过是我有心于古典与现代之两面求相反的例证，如果不存此有心分别之成见，而在周先生诗集中寻求一些交融着古典与现代，交融着火的凄哀与雪的凄寒的诗句，则更属俯拾皆是，随处都可看到翠羽明珠之闪烁。总之，周先生的诗，无论就意境而言，无论就表现而言，其发意遣辞，都源于一份真切的诗感，如此，所以无论其篇幅之为长为短，其用典之为旧为新，其用字造句之为古典为现代，他都能以其诗人的心灵做适当的掌握和表现，不故意拖沓以求长，不故为新奇以炫异。周先生之诗作，一直在现代诗坛上，受到普遍的尊敬和重视，其成就原不是偶然的，而我以一个外行人竟然如此哓哓，匆匆草毕此文，乃弥觉有多事之感，唯愿此一诗集能早日与世人相见，而一些其他的外行人，或者因我这一些外行话，而反而留意于此一现代诗集，则我之哓哓，或者也尚非全属徒然，是为序。

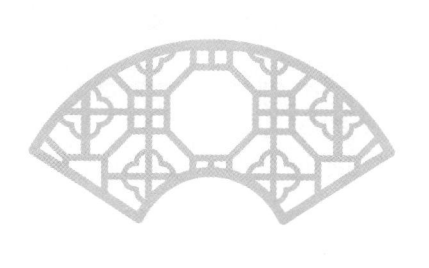

几首咏花的诗和一些
有关诗歌的话

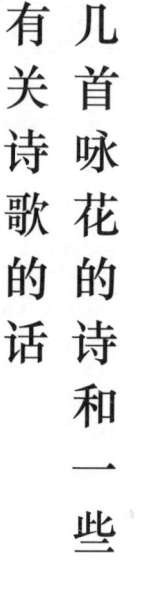

陈子昂与张九龄的两首《感遇》诗，他们所写的感情已不是单纯地得之于直觉，而是对生命经过了一番反省和思考以后的感情。

　　昔钟嵘《诗品·序》云："气之动物，物之感人，故摇荡性情，形诸舞咏。"刘勰《文心雕龙·明诗》篇也说："人禀七情，应物斯感，感物吟志，莫非自然。"在宇宙大自然界之中，足以感人情志的物至多。而"花"则正是其中重要的一种。所以古今诗人之作中牵涉关联到"花"的作品也极多。我文题中所谓"咏花的诗"，就泛指一些关涉到"花"的作品而言，既不限定题目必是"咏花"，也不限定内容必是"咏花"。我只是想略将人之情志与物的感应做一分析，并试图从几首关涉到"花"的作品中，寻见一些诗歌在内容方面和技巧方面演进的痕迹。

　　首先我所要谈的是"物之感人"与人之"应物斯感"的问题。陆机《文赋》曾经说过："遵四时以叹逝，瞻万物而思纷，悲落叶于劲秋，喜柔条于芳春。"外界的物既常挟有一种不可抗的力量使人心震撼；人的内心也常怀有一种不可遏的感情向外物倾注。所以"物色之动，心亦摇焉"。这种人心与外物的感应，是如此之微妙，而又如此之自然。其原因当然很多，但是其中最重要或者可以说最基本的一个原因，我以为则是由于生命的共感。在宇宙间，冥冥中常似有一"大生命"之存在。此"大生命"之起结终始，及其价值与意义之所在，虽然不可尽知，但是它的存在、它的运行不息与生生不已的力量，却是每个人都可以体认得到的事实。生物界之中的鸟鸣、花放、草长、莺飞，固然是生命的表现；即是非生物界之中的云行、水流、露凝、霜陨，也莫不予人一种生命的感觉。这大生命是表现得如此之博大，而又如此之纷纭，真是万象杂呈，千端并引。而在这千端与万象之中，却又自有其周洽圆融的调和与完整。"我"之中有此生命之存在，"物"之中亦有此生命之存在。因此我们常可自此纷纭歧异的"物"之中，获致一种生命的共感。这不仅是一种偶发的感情而已，甚至可以说是一种与生俱来的本能。所以"梧宫秋，吴王愁""木叶落，长年悲"，这种感应正是一种自然而且必然的现象。

至于"花"之所以能成为感人之物中最重要的一种，第一个极浅明的原因，当然是因为花的颜色、香气、姿态，都最具有引人之力，人自花所得的意象既最鲜明，所以由花所触发的联想也最丰富。此外还有一个重要的原因，我以为则是因为花所予人的生命感最深切也最完整的缘故。无生之物的风、云、月、露，固然不能与之相提并论，有生之物的禽、鸟、虫、鱼，似乎也不能与之等视齐观。因为风、云、月、露的变幻，虽或者与人之生命的某一点某一面有相似而足以唤起感应之处，但它们终是无生之物，与人之间的距离，毕竟较为疏远。至于禽、鸟、虫、鱼等有生之物，与人的距离自然较为切近。但过近的距离又往往会使人对之生一种现实的利害得失之念，因而乃不免损及美感的联想。

而花则介于二者之间，所以能保有一恰到好处的适当之距离。它一方面近到足以唤起人亲切的共感，一方面又远到足以使人保留一种美化和幻想的余裕。更何况"花"从生长到凋落的过程又是如此明显而迅速，大有如《桃花扇》余韵《哀江南》一套曲辞中所写的"眼看他起朱楼，眼看他燕宾客，眼看他楼塌了"的意味。人之生死，事之成败，物之盛衰，都可以纳入"花"这一个短小的缩写之中。因之它的每一过程，每一遭遇，都极易唤起人类共鸣的感应。而况"花"之为物，更复眼前身畔随处可见，所以古今诗人所写的牵涉关联到"花"的作品也极多，这正是必然的结果，也正是本文为什么选取"咏花的诗"的缘故。

说到咏花之作，我最先想起的便是《诗经》中的《桃夭》和《苕之华》两首诗。现在把这两首诗抄录在后面：

> 桃之夭夭，灼灼其华，之子于归，宜其室家。
> 桃之夭夭，有蕡其实，之子于归，宜其家室。
> 桃之夭夭，其叶蓁蓁，之子于归，宜其家人。
> （《诗·国风·桃夭》）
> 苕之华，芸其黄矣，心之忧矣，维其伤矣。
> 苕之华，其叶青青，知我如此，不如无生。
> 牂羊坟首，三星在罶，人可以食，鲜可以饱。
> （《诗·小雅·苕之华》）

这两首诗所表现的乃是悬殊迥异的两种情调。前一首诗使我们体会到生之喜乐；后一首诗则使我们体会到生之忧苦。《庄子·至乐》篇曾说过："人之生也，与忧俱生。"据《圣经·创世记》的记载，当我们的始祖亚当初犯罪时，神就责罚他说："你必终身劳苦，才能从地里得吃的，地必给你长出荆棘和蒺藜来，……你必汗流满面才得糊口。"所以人自有生，便已挟忧患劳苦以俱来。这使我不由得想起周公瑾的"既生瑜，何生亮"的叹息。大块既"载我以形"，奈何又"劳我以生"？但生命之与忧患劳苦之相对待，则确是不可移易的事实。所以生之喜乐与生之忧苦，乃成为人类最基本最原始的两种感情。而《桃夭》与《苕之华》便恰好是描写这两种最基本最原始的感情的两首诗。

我们先看《桃夭》一诗，夭夭是少壮美好之貌，灼灼是繁花盛开之貌。我在前面已经说过，宇宙间似有一大生命之存在。此大生命是运行不已，生生不息的。所以人之生虽与忧患俱来，但人类对此生命之发生与成长却都有一种本能的欣喜之感。虽然有些宗教家或哲学家曾发大慈之心、生大哲之想，他们以为欲求解脱人生之忧苦，必当先斩断此生命之洪流。所以释迦有"灭度涅槃"之法，叔本华有"否定意志"之说。但亿万年来这生生不已的事实告诉我们，这种慈心哲想都属徒然，因为这洪流乃是无始无终，浩浩荡荡莫之能止的。所以求"生"是人之本能，因而对"生"之感到欣喜也是人之本能。而且这种欣喜不仅于人为然，对一切生物莫不皆然。如"竹"之"苞"，如"松"之"茂"，只要看到生命的成长发生，人对之便自然会产生一种欣喜之情。而《桃夭》一诗中所写的夭夭的桃木、灼灼的繁花，所表现的就正是这种极自然的对"生"之欣喜的感情。第三句"之子于归"则是从"花"写到"人"，花之生意既如彼之令人欣喜，则人之生意之令人欣喜不言可知。"于归"者，妇人谓嫁曰归，这正是生命已成长臻于最美好最成熟的一个时期，正如夭桃之已开出满树繁花，所以人对之所感到的生之欣喜之情也最甚。结之以"宜其室家"，和乐美满，几乎可以令人忘去人间一切忧患之事。这首诗确是表现生之欣喜欢乐的一首代表作（后二章不过为首章之反复咏叹，故不复加解说）。

至于《苕之华》一诗，首章："苕之华，芸其黄矣，心之忧矣，维其伤矣。"除第一句外，接连三句都用"矣"字结尾，读起来自然便令人有一种沉悲不返的感觉。关于首二句的解释，《毛传》云："苕、陵苕也。将落则黄。"孔疏以为"苕华，紫赤色"，"及其将落，则全变为黄"。"芸"正是"极黄之貌"。是"苕之华，芸其黄矣"二句乃写将落之"苕华"的憔悴黯淡之状。昔人有诗云："美人自古如名将，不许人间见白头。"对于花，我也觉得枝头上憔悴黯淡的花朵，较之被狂风吹落的满地繁红更加使人觉得难堪。后者虽使人对其夭亡深怀惋惜，而前者则使人清清楚楚地认识到生命由盛而衰，由衰而灭的残酷的事实。后者尚属可避免之偶然的意外，前者则是不可逃避的一切生物之终结的定命。因而面对着这憔悴的将落的芸黄的苕华，这生于衰乱之世，深感人生之悲苦无常的诗人，遂发出了极深长的叹息。故曰："心之忧矣，维其伤矣。"正由于蕴结于衷心的忧伤已至不可负荷的程度，所以自然而然不加思索不假琢饰地率然脱口呼出了这两句悲苦的呼声。

次章："苕之华，其叶青青，知我如此，不如无生。"《毛传》云："华落，叶青青然。"《朱传》云："青青、盛貌。然亦何能久哉。""青青"为茂盛之貌，这是尽人皆知的解释，只是面对此"青青然"茂盛之绿叶，诗人何以竟发出了"不如无生"的哀感，这其间就似乎殊欠关联，颇为费解了。因之《毛传》就往"青青"之前推想，于是乃想到了华之落，说"华落，叶青青然"。《朱传》则往"青青"之后推想，于是乃想到了叶之衰，说"然亦何能久哉"。其实这种"心"与"物"的感应，往往是极微妙而且朦胧的。并不一定都可以指出，更不一定都必须指出它们铢两悉称的关联所在。《毛传》及《朱传》的想法，在诗人来说，都可以有，但也都可以没有。我以为就当诗人面对此"青青"之绿叶时，即使不往前想到华落，也不往后推想到叶衰，亦可生出"不如无生"的哀感的。李义山《咏蝉》诗曾有"一树碧无情"之句，韦端己《谒金门》词曾有"断肠芳草碧"之句。此二句颇可与"其叶青青"一句相发明。一个人，尤其一个善感的诗人，当他面对着"一碧无情"的青青绿叶时，自会产生出一种悲哀寂寞的难以述说的微妙的感情。这种触发，全属无意的感情的直觉，丝毫没有理念的思索比较存乎其间。所以"树"之"碧"可以令人有"无情"之感；"草"之"碧"可以使人有"断肠"之悲；于是"叶"之"青青"，亦令诗人生出了"不如无生"的哀感，这正是诗人极自然的感触。所以我一方面既不反对毛朱二家的说法，但一方面我也不愿为毛朱二说所拘限。至于第三句"知我如此"，并未明白说出"如此"究竟是"如何",只是当我们读到第四句"不如无生"时,在这一句的反衬之下,则前一句"如此"二字所暗示之生活的忧患劳苦,已经不言可喻。因为求生之欲与乐生之心,既然原都是人之本能,而"不如无生"一句,竟一言而完全加以否定,而且说得如此之斩截,如此之沉痛,则"知我如此"一句所暗示之忧患劳苦对人的沉压重迫当然可想而知了。

第三章:"牂羊坟首,三星在罶,人可以食,鲜可以饱。"《毛传》云:"牂羊,牝羊也。坟,大也。罶,曲梁也(说详《小雅·鱼丽》篇传疏)。牂羊坟首,言无是道也;三星在罶,言不可久也。"孔疏云:"牂羊而责其大首,终无是道。以兴周衰而求其大兴亦无此理也。"又云:"三星之光耀,在于鱼罶之中,其去斯须不可久也。以喻周室之亡期将至,欲望其存,亦不可久也。"这种说法虽极精微,然而我总觉其转折过多,似不免牵强之迹。所以我宁可取《朱传》的说法。《朱传》云:"牂羊,牝羊也。坟,大也。羊瘠则首大也。罶,笱也。罶中无鱼而水静,但见三星之光而已,言饥馑之余,百物雕耗如此,苟且得食足矣,岂可望其饱哉。"这一章,是诗人对忧苦生活较具体的叙写。人生于世,假如饥寒困苦而竟至于死,则斯亦已矣。最可悲者,莫过于不至于竟死,而不得不长期陷于此忧劳困苦之中。而况人类既生而有生之欲,此生之欲万端,其不得满足之苦亦万端。"人可以食,鲜可以饱",这二句真是写尽了人类的悲哀。然后我们再返观首章的"心之忧矣,维其伤矣"的生之叹息,次章的"知我如此,不如无生"的死之向往,我们就会觉得这首诗真是写人生之忧劳困苦写得极深切的一首代表作。

其次我所想起的咏花之作，则是唐朝陈子昂与张九龄二位诗人的两首《感遇》诗。此二诗，题目虽非咏花，然而就其字面来看，则明明说的是花。正是我前面所说的牵涉关联到花的作品。现在把这两首诗也抄录在后面：

> 兰若生春夏，芊蔚何青青。幽独空林色，朱蕤冒紫茎。迟迟白日晚，袅袅秋风生。岁华尽摇落，芳意竟何成。（陈子昂《感遇》）
>
> 兰叶春葳蕤，桂华秋皎洁。欣欣此生意，自尔为佳节。谁知林栖者，闻风坐相悦。草木有本心，何求美人折。（张九龄《感遇》）

前所举《桃夭》与《苕之华》二诗所写的感情，乃是人类最基本的两种感情。因为生之欣喜与生之忧苦，是凡有生之人都可直觉感受得到的。至于陈子昂与张九龄的两首《感遇》诗，所写的则是较后起的两种感情，因为他们所写的感情已不是单纯地得之于直觉，而是对生命经过了一番反省和思考以后的感情，那就是生命之价值，与人生之理想。人生既是短暂无常而又充满了忧苦，那么如何赋予这短暂忧苦的生命以一些意义和价值，我想这正是千古来的"志士"所共同努力的一个目标。所以古人有"立德、立功、立言"之说，又有"疾没世而名不称"之叹。或者想利用此短暂之一生，对彼绵延不已之大生命留些有益的贡献；或者想利用此短暂之一生，为藐小的个人留些不朽的声名。所以多少人在那里孜孜矻矻所努力的，只是想从那必须朽坏的东西中，找出些不朽坏的东西来。然而世人之机遇不等，才智不齐，其所孜孜矻矻努力以追求者，亦有幸有不幸，有得有不得。一旦发现自己所追求者竟未能得到，而自己之生命竟是一片虚空，这对一些"志士"来说，真是最大的悲哀。正如魏文帝《典论·论文》一篇中所说的："日月逝于上，体貌衰于下，忽焉与万物迁化，斯志士之大痛也。"于是针对着这生命价值落空的悲剧，古人又对我们提出了另一个勉励和安慰，那就是人生的理想。孔子说："道不同不相为谋。""富而可求也，虽执鞭之士，吾亦为之，如不可求，从吾所好。"屈子说："人生各有所乐兮。余独好修以为常。""不吾知其亦已兮，苟余情其信芳。"所以夷齐之隐首阳、颜回之乐箪瓢，那在忧苦的生活中予他们以支持的，在虚空的生命中予他们以安慰的，就是这一个理想。这种对生命的价值和人生的理想之追求，自是对生命有了反省和思索以后的事。若以之与前面所举的《桃夭》及《苕之华》二诗相比较，则前二诗所写的生之欣喜与生之忧苦的感情，自较后二诗为原始而且单纯。前者只是由于生活所得的直觉的感情；后者则是透过了思致的感情。二者相较，我们就可以体见诗歌在内容上已经有了一种显著的演进。

我们先看陈子昂的一首诗，这首诗所写的，我以为乃是生命价值落空的悲哀。首二句"兰若生春夏，芊蔚何青青"，这两句所表现的欣欣生意，与《桃夭》首二句颇有相似之处，但它们在诗中的作用却不全同。"桃夭"二句只是表现单纯的生之欣喜而已；"兰若"二句则是想以生之可喜反衬出后面生命价值落空之可悲。"桃夭"二句所写可能是诗人眼前所见之实景；"兰若"二句所写则可能只是存于诗人概念中的景物。"桃夭"二句该只是出于直觉；"兰若"二句则一起便已有思致存乎其间了。三四句"幽独空林色，朱蕤冒紫茎"，唐汝询曰："虽居幽独，而其花叶之美足使群葩失色，所谓空林色也。""朱蕤""紫茎"，极写其资质之美，是在首二句所写的生之欣喜之外，更加上了一份对美好的资质之珍惜矜持的感情，于是乎生之可喜与可贵乃达于极点。五六两句"迟迟白日晚，袅袅秋风生"急转直下，"日月不淹"，"春秋代序"，此可喜可贵之生命，乃终必趋于灭亡。昔魏文帝《与吴质书》之评应玚云："德琏常斐然有述作之意，其才学足以著书，美志不遂，良可痛惜。""死亡"当然是每个人命定的结局，但这种结局对每个人所造成的悲剧的成分却各有不同。"无才"更复"无志"的人，姑且不论；有"才"而无"志"的人，其"才"虽可惜，但就其无"志"而言，则其死并无大可憾恨之处；至于有"志"而无"才"的人，其"志"虽可惜，但就其无"才"而言，则其死亦并无大可憾恨之处；有如应德琏之"有意述作"，"其才学亦足以著书"的人，而竟"美志不遂"，这才是最可痛惜的一件事。此诗末句所云"芳意"，当即为"美志"之喻，既曾有过"芊蔚青青"之生命，也曾经有过"朱蕤""紫茎"之才质，而竟致"岁华摇落"，"芳意"无成，生命的价值与意义全部落空，这真是"志士"最大的悲剧，也是死亡对生命最大的讽刺。

次一首张九龄的《感遇》诗，我以为乃是写追求理想的自得。

首四句"兰叶春葳蕤，桂华秋皎洁。欣欣此生意，自尔为佳节"，这几句简截了当地说明了宇宙间众生所追求之理想的不同。"春兰"的"葳蕤"，"秋桂"的"皎洁"，所生的季节既有别，姿貌也各异，但它们却都同样地具有求生之心，也同样地得到了遂生之乐，譬之于人，人生观既不同，为生之道也各异。在这种情形下，当然最好的是"各从其志"。既不必强异为同，也不必各以所长相轻所短。每个人只要有其所追求的理想，而且有可以追求理想的自由，便都可以得到这种自得之乐。所以说："欣欣此生意，自尔为佳节。"这种对理想的追求，原只是源于对理想的一种单纯真切的向往之情，既无须乎求人谅解，也无意于求人知遇，黜陟毁誉，都不在计虑之内。所以"林栖者"的"闻风相悦"原非"春兰""秋桂"之所求，因之结尾乃云："谁知林栖者，闻风坐相悦。草木有本心，何求美人折。"是则宁为"兰之生谷虽无人而自芳"，而不欲为"玉之在山以见珍而终破"。柔婉之中更别有一种严正之意，充分地表现出品格操守的高洁坚贞，与追求理想之外无所贪慕的一份自得之乐。这种喜乐可以超越前面《苕之华》一诗所写的生之忧苦，而却又迥然不同于《桃夭》一诗所写的单纯的生之欣喜。这种情操的养成，无疑的是人类的一大进步。

最后我所想起的咏花之作则为王国维先生的两首七律。现在把这两首诗也抄录在后面：

> 生灭原知色即空，眼看倾国付东风。惊回绮梦憎
> 啼鸟，胃入情丝奈纳虫。雨里罗衾寒不寐，春兰金缕

曲方终。返生香岂人间有，除奏通明问碧翁。

　　流水前溪去不留，余香骀荡碧池头。燕衔鱼喋能
相厚，泥污苔遮各有由。委蜕大难求净土，伤心最是
近高楼。庇根枝叶由来重，长夏阴成且少休。①

　　以这两首诗与前面所举的《桃夭》《苕之华》二诗，及陈张二
氏的两首《感遇》诗相比较，我们就可以清楚地看到诗歌在内容
上演进的又一阶段。《桃夭》及《苕之华》二诗所写的单纯直率的
感受，当然自有其可爱之处；陈张二氏的两首《感遇》诗所写的
反省自觉的思致，当然也自有其可贵之点；而至于王先生的两首
诗所写的，则是较之"单纯直率"及"反省自觉"尤进一步的一
种更加窈眇更加精微的感觉和情思。这种感觉情思不似前二者之
易于具体指明。因为感觉情思虽同样是不可闻见触摸的东西，但
其间却显然有两种极大的差别：一种是较近于现实的，针对着某
件特殊的情事，遵循着某种固定的思路，由现实生活的影响触发
而产生的；另一种则较近于理想的，既不针对着任何特殊的情事，
也不遵循着任何固定的思路，而是纯由心灵上某种精微锐敏的感
受而产生的。在中国过去的旧诗中，自以写前一种感觉情思的为
多。诸如那些兼善天下的抱负，独善其身的志节，吟咏花月玩赏
山水的闲情，伤离怨别叹老悲穷的哀感，这些该都是属于前一种

---

① 　此王国维七律二首，诗见民国十六年十月出版之《国学月报》王静安先生专
号所附之插图。乃王先生自沉昆明湖前一日为述学社社友谢国桢君所书扇面之
一。诗无标题。《观堂集》亦未载。意者当为咏落花之作。

的较现实的感觉情思。而王先生这二首诗所写的则是偏于后一种的感觉情思。此种作品在古人之作中虽然也并非完全没有，但那常只是一种无意的偶然流露；而在王先生之时代，此种作品之出现，则似乎是出于有心的努力和诗歌演进的一种必然之趋势。王先生的《人间诗叙》文中曾经说过："不胜古人，不足以与古人并。"那些抱负、志节、闲情、哀感，虽是古今之人所同有的感觉情思，而诗人中也确曾有不少人将它们写成了美妙伟大的诗篇。但无可讳言的，即使是一种可贵的素材，而抒写的时间过久，作者过多，也难免不成为滥言，流为习套。佛家有偈云："丈夫自有冲天志，不向如来行处行。"所以近代一些有才有志的写旧诗的诗人们，他们都曾多少做过"旧瓶新酒"的努力和尝试。何况随着时代的演进，人类的感觉情思已日益趋于精微繁复，而西方的文学哲学的流入，更使诗人们对生命和生活有了新的感受和思索。所以旧诗之需要有新境界之融入，实在已不仅是由于争胜古人的好强之心而已，而是由于古人所抒写的单纯现实的内容，确实已不能使近代的诗人们感到满足。他们自有一些古人所从未抒写过，甚至从未感受过的情思需要表达。在这种需要下，旧诗之融入新境自成为一种必然之趋势。只是自新诗之兴起而且大行之后，旧诗之融入新境的趋势又已日趋于没落。那便是因一部分新意境已被诗人纳入了新诗中的缘故。就新诗之发展来看，其古今中外兼容并包的语汇和句法，对于表达现代人的一种精微新颖的情思，确有其较旧诗更占优势之处。所以好的新诗常可表现一种旧诗所不曾表现，甚至也不能表现的新意境。虽然新诗的写作，也许现在仍没有完全达到精美成熟的地步，但这种新意境的出现于新诗中，则无疑地已为新诗显示了光明的前途。但在三四十年前，则新诗在诗坛上尚无丝毫地位与成就之可言，所以当时的诗人所可致力的只是"旧瓶新酒"的努力和尝试。而王先生就正是这一阶段的诗人的代表。以王先生的才识学养，无疑的曾使这种尝试，得了颇大的成功。虽然近来新诗的发展和进步或者已使这种尝试失去了继续努力的需要和价值，但王先生所曾获得的成果（并其在词一方面的成就而言），则毕竟已在旧诗演进的历史上，留下了值得珍视的一张新页。

现在我们来看一看王先生的这两首七律，我在前面已经说过，这二首诗既不同于《桃夭》及《苕之华》二诗之所写的单纯直率的感情，也不同于陈张二氏两首《感遇》诗之所写的理路分明的思致。如果我们要勉强给它下一个界说的话，我以为我们或者可以称它为一份洋溢着诗情的哲想，或是一份透过哲想的诗情。这种情思原是精微而不易指明的，我的解说当然未必能与王先生的原意完全相合。但我却可以自信，我的解说的途径和原则是并没有多大错误的。

我们先看第一首，首句"生灭原知色即空"。在解说这一句前，我以为我们当对王先生的诗歌更有一点认识，那就是他使用"陈言"而赋予"新生命"的能力。唯其他善于使用"陈言"，所以写出来的作品才像道地的旧诗；又唯其他善于赋予"陈言"以"新生命"，所以写出来的旧诗才不致流为滥言而能有新颖的意境。在这两首七律中，王先生使用古人的"陈言"之处甚多，但他对这些"陈言"却都有他自己的一份新鲜真切的感受。就以此诗首句而言,"生灭""色空"原是尽人皆知的言语,而王先生写来仍自有其震撼人心的力量,那便是因他自己的感受极真的缘故。有"生"即有"灭",即"色"即是"空",复益之以"原知"二字,这确是极斩截真切的体认。但这尚不过只是一个抽象的概念而已。次句"眼看倾国付东风",用"眼看"两个字便使这一抽象的概念变成了具体的事实。这事实使人更真切地感到前一句的概念之可信与可惊。"倾国"而"付东风",所指的当然是花,所以我以为这二首诗乃是咏落花之作。不过在本文开始时我已曾说过,花所予人的生命感最为亲切,所以咏"落花"实在也就是咏"人生"。而花之飘零残落,也就正象征了人生的虚幻无常。虽如此,然而在这大千世界中的众生,岂不都各自营谋生计长养子孙地生活得很好,正如王先生在另一首咏蚕的诗中所说的:"……蠕蠕食复息,蠢蠢眠又起,……崽崽索其偶,……蠡蠡长孙子。"而王先生在这首诗的结尾,却对这些蠢蠢群蚕发出了"嗟汝竟何为,草草阅生死"的叹息疑问(诗见《观堂外集》卷二)。这种醒觉,与其说是可喜,毋宁说是可悲。所以第三句便说"惊回绮梦憎啼鸟","绮梦"当然就是指那"蠕蠕""蠢蠢""崽崽""蠡蠡"的生之大梦。"啼鸟"者,孟浩然《春晓》诗云:"春眠不觉晓,处处闻啼鸟。夜来风雨声,花落知多少。"金昌绪《春怨》亦有句云:"打起黄莺儿,莫教枝上啼。啼时惊妾梦,不得到辽西。"咏"落花"而云"啼鸟惊梦",自然所用的仍是古人之"陈言"。不过王先生之所谓"啼鸟"却已绝不是孟金二氏诗中的现实的"啼鸟"

了。我以为王先生此句之"啼鸟"，实乃指唤醒生之大梦的一种触发。这种触发，或由于某时，某地，某人，某事，或可指，或不可指，但无论其可指明与否，总之醒觉既是一件可悲的事，那么使人醒觉的触发无论是什么都该是一件可"憎"之物了，所以说"惊回绮梦憎啼鸟"。"醒觉"之所以可悲者，因为"醒觉"是与生之本能相违背的。"醒觉"要使人达到"无生"之境界，而"求生"之本能则使此一境界成为必不可达。在这种冲突与矛盾的痛苦中，人不得不觅求一个憩息慰安之所，关于这一点，宗教自有其可宝贵与可尊敬之价值在，因为它一方面虽使人憬悟于人生之虚幻无常，而另一方面却能使人得到更高的向往和寄托。但对一个没有宗教信仰的人说来，则在这死生草草万事皆空的短暂的生命中，最使人能得到憩息慰安之感的，应当莫过于人与人之间的"爱"的感情了。无论是父子、兄弟、夫妇、朋友，任何人与任何人之间，最能破除人心灵间的隔阂，消灭人心灵中的寂寞，填补人心灵上的空虚，使人生焕然充满光彩的，就是从此人之心向彼人之心所发出的一种微妙的感应——爱。不过自一个感觉锐而理想高的诗人看来，则他很快地便会发现，在这焕然的光彩之下，竟然散布着许多污秽的黑点。所以第四句便说："胃入情丝奈纳虫。""情丝"对"人"来说，自是指爱的牵挂；而对"花"来说，则应当是指蛛网之丝。落花而胃挂于蛛网之上，这原也不失为一个颇可憩息的处所。而无奈的是同憩于蛛网之上的还有丑陋的虫尸，人世间的爱也正如这蛛网一样。它所胃入的：有花朵，也有虫尸；有美丽，也有丑恶；有真诚，也有虚伪；有牺牲，也有自私；有崇高的一面，也有卑污的一面。任何一根别人罥挂在你身上的"情丝"，或任何一根你罥挂在别人身上的情丝，都或多或少免不了这污点的沾染。对诗人来说，这真是一种极可怕而且可悲的认识。一个人如果有了这种认识，那真是孤寂无亲，一寒澈骨。所以第五句便说："雨里罗裳寒不寐。"这句当然用的是李后主《浪淘沙》"帘外雨潺潺，春意阑珊，罗衾不奈五更寒"的词句，但这句所写乃是对整个人生所感到的心灵上的孤寂寒冷，与后主所写的现实之寒冷大有不同。人生之大梦既醒，所以孤寒之感弥深，孤寒之感弥深，乃更加使人不能重新入梦。而时节如流，光阴有限，大梦方醒，瞬已春阑，杜秋娘《金缕曲》云："劝君莫惜金缕衣，劝君惜取少年时。花开堪折直须折，莫待无花空折枝。"既然已经是春去枝空，则此诗前面所说的对"少年""金缕"之珍惜，都成虚语。所以第六句便说："春兰金缕曲方终。"往者不可追，逝者长已矣，这是如铁的事实，仅有的一次"生"既已告终，便永不会有再尝试一次的机会。所以第七句说："返生香岂人间有。"人生竟丝毫自己做不得自己的主张，这真是可悲哀而且可困惑的一件事。《老子》云："天地不仁，以万物为刍狗。"天地如果无知，那么人之"生"原无意义价值之可言；天地如果有知，那么这使我们生生灭灭的天地，其理想又究竟是什么呢？这一切困惑既非浅薄愚笨的人类所能解答，所以最后乃呼天而问曰："除奏通明问碧翁。"这一句是通篇深悲幽怨所汇聚的一个最后的究诘。

我们再看第二首，首句："流水前溪去不留。"古《前溪曲》

有"花落随流去，何见逐流还"之句。去者难留，逝者无还，生灭色空，早当了悟。然而最使人难堪的，是逝去之后所留下的难忘的遗迹和难斩的余情，所以次句便说："余香驼荡碧池头。"这"余香"的"驼荡"，真是乱人心意。尤其在前一句"流水前溪去不留"的对比之下，这种"余香驼荡碧池头"的悲哀惆怅，就更加使人觉得徒劳无益，而又解脱无从。三四两句："燕衔鱼喋能相厚，泥污苔遮各有由。"写遇合之无定，命运之难凭。同是落花，或则漂流随水，成为游鱼唼喋的食饵；或则零落沾尘，成为飞燕衔取的巢泥。方其相喋相衔之际，岂不亦大似有相亲厚之意，然自落花观之则其所遇者无论为"鱼"为"燕"，为"喋"为"衔"，都不过大梦将觉前之一段梦幻泡影而已。昔韩偓《惜花》诗有句云："总得苔遮犹慰意，若教泥污更伤心。""鱼喋""燕衔"之相厚，既同归虚幻，"苔遮""泥污"之际遇，更复各有因缘，在彼此的"伤心"与"慰意"之间，既无须相怜，也无须相羡，因为在命运的遇合中，强求固是痴想，强免亦属妄念，所以说："泥污苔遮各有由。"这"各有由"三个字，写得似颇通达了悟，且极简单轻易，而其间却蕴蓄着一种极深的无可奈何的悲哀，这种"知命"的悲哀，绝不是意气方盛的少年所能体会得到的。有了这种体会之后，于是诗人便会想到，在求生存的途径上既是如此不可凭恃，那么在求解脱的途径上又是如何呢？所以第五句紧接着便说了"委蜕大难求净土"的话。委化于世俗之外，蝉蜕于尘埃之中：这该是深感生之悲苦的人，所必然要寻求的一条路，只是"委蜕"之余，又究竟何所归往呢？这种追求探索的结果，往往不但是劳而少功，而且会徒增困惑。正如《庄子·秋水》篇所云："计人之所知，不若其所不知，其生之时，不若其未生之时，以其至小求穷其至大之域，是故迷乱而不能自得也。"所以王先生在另一首《宿碛石》诗中，就曾叹息说："试问何乡堪着我，欲求大道况多歧。人生过处唯存悔，知识增时只益疑。"（诗见《观堂外集》卷二）这四句恰好可以作"委蜕大难求净土"一句苦闷困惑的心情的最好的说明。这种苦闷困惑，一般人也偶然可以感受得到，只是感受的程度却大有不同，大抵感觉愈锐敏，感情愈真切，理想愈高超的人，对此种苦闷困惑之感受也愈深刻。所以第六句便说："伤心最是近高楼。"《白雪》《阳春》，曲高和寡，琼楼玉宇，高处偏寒，苏东坡《次韵郭功甫》一诗有句云："九万里风安税驾，云鹏今悔不单飞。"这正是"近高楼"的"花"之可"伤心"之处。实则王先生此句诗乃是用杜甫《登楼》诗"花近高楼伤客心"之句，不过杜诗之所谓"伤心"，是就"人"而言；王诗则是就"花"而言。杜诗所写乃是现实的伤时忧世的叹息；王诗所写则是理想的高举远慕的悲哀。此等处，自然仍是王先生之善用"陈言"而赋予"新生命"之特色。至于末二句："庇根枝叶由来重，长夏阴成且少休。"则该是王先生于悲哀困惑之余，自沉之志已决的一个最后的交代。因为人既生存于此时间与空间都各相绵延连结的大生命中，则在人我施受之间，有多少当尽的报偿的义务；在往者来者之间，有多少当负的启承的责任，又如何可以只为了逃避与解脱一己之悲哀困惑，遽便轻弃此种义务与责任于不顾。只是就"花"而言，则既已到了生命末日的"长夏"，就最可贵重的"大生命"之所需要的"庇根枝叶"而言，亦复已经是"子满阴成"，则当尽之义务不可谓为未尽，当负之责任不可谓为未负。那么，对一个疲于生之悲苦困惑的人说来，到此时的唯一愿望，自然只是早日求得一个休息之所了。所以说："长夏阴成且少休。"这正是王先生自沉前最后的自解之词。

我之选此二诗为例而说之，自然并不是想标举或宣扬王先生的悲观思想，只是因为这二首诗恰好可以作为诗歌在内容意境方面演进的一个阶段的代表，我们从这二首诗可以看出，诗歌如何自单纯直率的感受，及理路分明的思致中蜕变出来，而且挣脱了旧诗传统的情思的束缚，而有了一种精微新颖的意境。当然，这种精微新颖的意境，并不限于表现悲哀，同样也可以表现欣喜，只是我一时未能在咏花的诗中找到适当的例证而已。

以上是就内容的演进而言，现在我们再从这几首咏花的诗中，看一看诗歌在表达情思之技巧一方面的演进。如我在本文开端所言，"情"与"物"之感，原为一种自然而且必然的现象。而在诗歌之创作中，则此种感应更为一种不可缺少之要素。盖诗歌中所写之"物"，往往必须经过"情"的投射，始能使之有活泼之意趣；而诗歌中所写之"情"，亦往往必须凭借"物"来表达，始能使之有鲜明之意象。如此说来，则如何将"情"与"物"之感应糅合为一体而写成为诗，正为诗歌之写作之一大技巧。我们仍从前面所举的几首咏花的诗来看，则可以知道《桃夭》及《苕之华》二诗，不但所写的内容是最简单最原始的两种感情，所用的技巧也是最简单最原始的两种技巧。这两种技巧，古人已曾给予它们两个定名，那就是"比"和"兴"。关于"比"和"兴"的解释，历来说者已多，知者已众，本文不再一一征引，我们现在只单就"情"与"物"的感应来看，则约而言之，所谓"比"者，其"情"与"物"之关系，除感情之感应外，尚有理智之权衡比较存乎其间，故其关联较有理路可寻。至于所谓"兴"者，则其"情"与"物"之关系，但为直觉之感应，丝毫没有理智之权衡比较存乎其间，故其关联亦无明白之理路可寻。不过，当人之内心与外物发生感应时，其感情与理智之间，实难做绝对清晰之划分。所以单纯的"比"与"兴"实在并不多见。一般之所谓"兴"者，既常不免有"比"的对举的意念；而一般之所谓"比"者，亦常不免有"兴"的感应的触发。如《桃夭》一诗，《毛传》及《朱传》都说是"兴"也，其实就"桃花"之"欣欣生意"与"之子于归"之"欣欣生意"之相对并举而言，亦未始没有一些"比"的意味存在其中。至于《苕之华》一诗，《毛传》以为是"兴"也，《朱传》以为是"比"也，因为《朱传》以为此诗乃是"诗人自以身逢周室之衰，如苕附物而生，虽荣不久"。其实这种解说颇为拘执，我以为《苕之华》一诗实较《桃夭》一诗"兴"的意味更多，尤其第二章"苕之华，其叶青青，知我如此，不如无生"四句，如依我前面对此诗的解说，以为其感应"全属无意的感情的直觉"而言，则此章实是最近于单纯的"兴"的一首诗。不过我所要说明的还不只是"比"与"兴"的分别，我所要说的乃是"比"与"兴"何以被我认为是写诗的最简单最原始的两种技巧。"情"与"物"之感应之为诗歌之要素，既已如前所述，那么，我们便仍从"情"与"物"之感应一方面来看；在"比"与"兴"之作品中，其所感应之物多为眼前身畔所实有之物，此其一；在"比"与"兴"之作品中，其"情"与"物"虽有感应，然而感应之余却并未泯灭了"人"与"物"对立之痕迹，此其二。如"桃之夭夭"之与"之子于归"，"苕华芸黄"之与"心之忧伤"，其"物"既皆为眼前身畔之所实有，而其"人"与"物"对立之痕迹亦复显然可见。至于陈张二氏的两首《感遇》诗，则对于"情"与"物"的糅合，已有了进一步的技巧，这二首诗中的"朱蕤""紫茎""桂华""兰叶"诸物，既已超离了现实而蒙上了理想化的色彩，而"草木"之珍惜其"本心""芳意"之叹息于"无成"，亦复已泯灭了"人"与"物"对立的迹象，融合为完整之一体而不可或分。这种将"情"与"物"的感应理想化完整化了的写作技巧，古人也曾给予它一个定名，那就是"托喻"。这种以情托物，以物喻情的糅合"情"与"物"的技巧，自是由"比兴"演化而来的一种更进步的技巧。只是在中国旧诗中，这对"托喻"的作品却受到了两种限制：其一是载道的观念拘限了它的内容；其二是分明的思致拘限了它的意境。于是我们从王国维先生的两首七律中，便可以看到这种拘限解脱出来的另外一种表现的技巧。这种技巧，古人未曾给予它定名，我则以为它与近代所谓"象征"之作颇有相似之处。在《桃夭》与《苕之华》二诗中，所写之"物"是实有之实物；在陈张二氏的两首《感遇》诗中，所写之"物"是理想化之实物；而在王先生的两首七律中，其所写之"物"则已不复是实物，而只是一种理想化之意象而已。诸如

"绮梦""情丝""罗裘""金缕""苔泥""鱼燕""净土""高楼"，都不过只在唤起人一种意象，而其目的则在将一种极精微的情思作象征化之表现。在这表现中，不但"人情"与"外物"对立之痕迹已完全泯灭而不可见，而且"情"与"物"更已同进入一浑茫之境界而无涯际可寻。所以在不受拘限一点来说，象征之作自较托喻之作更占优势。当然，象征之作在另一方面也被人认为有其缺点存在，那就是容易引起人"郢书燕说"的误解，和"扑朔迷离"的困惑。但无论其为占优势或有缺点，总之，从写实到理想，从托喻到象征，是文学艺术演进的一种必有的阶段。如果我们将这几种诗歌中表达"情""物"感应的技巧，顺序排列起来，那该是由无意的"兴"到有意的"比"；复从"人"与"物"对立的"比兴"，进而为"人"与"物"融为一体的"托喻"；然后更从现实的"托喻"，进而为超现实的"象征"。这其间实在没有什么得失高下之比较可言，而只是一种穷极则变的演进的自然趋势而已。这种文学艺术上演进变化的趋势，在西洋的绘画中有更明显的表现。虽然我们并不能将中国的诗歌与西洋的绘画相提并论，而二者在演进上所经之阶段也迥然有别，但我们仍不得不承认，全世界的文学艺术之演进，在无数差别中仍然自有其相通之点。现代的诗坛画坛上，我们可以清楚地看到一种"感觉"重于"理解"的趋势，和一种忽视"正常"偏爱"变态"的征象，而我们中国的现代新诗似乎也正向着这一方面在演进。王国维先生的两首七律，则该是这种趋势已在暗中萌动，而新诗尚未兴起前的一个阶段的产物。虽然他所用的仍是旧诗的格律辞字，但我们却不得不承认他所走的途径是与这一趋势相吻合的。至于民初一些改组派的新诗之在内容上并未能就此趋势当下继承的缘故，则是因为当时一些作者对这种白话化了的写诗工具，尚未能运用纯熟，因而不易在意境上有新颖精微之表现。所以自新诗产生到现在，虽只短短三四十年的时间，而新诗的内容与技巧也曾屡经变易，但无疑的，现代的新诗所走的却正是这种"偏重感觉"、"超越现实"的路子。当然，这些现代的新诗，在这条途径上已较王先生的时代，更向前迈进了极大的一段路，而且在内容上也有了更新颖精微的意境（其有强不知而为知，以荒谬为神奇者，自不在所论之内）。这种意境之出现于新诗中，对一般读者来说，不是赞成或反对的问题，而是一种文学艺术演进的趋势下所造成的必然现象。

最后，我要对本文做几点声明：其一，我所举的一些例证只是信手拈来，我只想借这些例证说明诗歌之演进曾有此一阶段，而并未指定某一演进之阶段必起于何人始以何诗；其二，语云"人心不同，有如其面"，我对诸诗之解说，当然未必尽合作者之意，更未必尽合读者之意，然而就人面之同者言之，则耳目口鼻人所共具，所以一人之心亦复正是千万人之心，如能自其所同之大体观之，则或者亦不甚相远；其三，我本文所写只是一些偶然想到的话，当然并不足以言"通古今之变"，所以我只称它为一些"有关诗歌的话"而已。

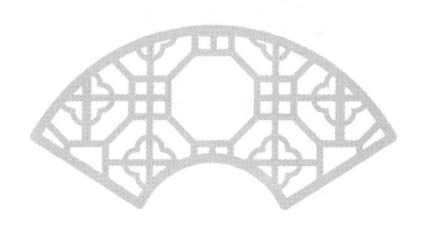

由《人间词话》谈到
诗歌的欣赏

王先生论词的好处，便在他能以这种「通古今而观之」的联想和感受，给读者一种触发，而由此触发，便将其他读者也带入了一个更深更广的境界。

　　在我国盈篇累牍的诗话词话中，王国维先生的《人间词话》，可以说是其中路线最正确而价值也最高的一本作品。这是凡讲中国文艺批评的人所共同承认的。俞平伯在《重印人间词话序》中，就曾对之深加赞美说："此中所蓄，几全是深辨甘苦，惬心贵当之言。固非胸罗万卷者不能道。"只是有一点未免使读者觉得憾惜的，就是它所给予人的多只是"点"的简括的概念，虽极精要，但却缺少了"线"的条分缕析的说明。关于这一点，当然并不足为王先生病。这一则因为我国语文传统的发展，一向过于求简求美，原不宜于做精密之推理；再则因为这种精美而简要的"点"的概念的触发，常可使人感受到一种诗的意味。所以有些人对此虽也觉得憾惜，但在憾惜之余，却偏偏仍有着一种欣喜爱悦。俞平伯就曾说过："其实书中所暗示的端绪，如引而申之，正可成一庞然巨帙，特其耐人寻味之力或顿减耳。明珠翠羽，俯拾即是，莫非瑰宝，装成七宝楼台，反添蛇足矣。"又说："颇思得暇引申其义，却恐佛头着粪，遂终于不为。"而夏济安先生在《文学杂志》三卷三期《两首坏诗》一文中，谈到《人间词话》则说："中国人的批评文章是写给利根人读的，一点即悟，毋庸辞费。西洋人的批评文章是写给钝根人读的，所以一定要把道理说个明白。"又说"天下到底是钝根人多"。我个人深知自己并没有把明珠翠羽装成七宝楼台的能力，也从来没有敢存过这种奢愿。只是我却颇有一个"钝根人"的想法，我以为七宝楼台固然不易装成，但我们却无妨将其中少数性质相近似的明珠或翠羽拣拾出来，做一个略有系统的排列。当然我还要声明一句，这排列的系统，只是依照我个人一己的看法。

我现在所要排列整理的，是想从《人间词话》中的几则，窥见一些王国维先生对诗歌的欣赏的原则与态度。现在我先把这几则词话抄录在后面：

一、词以境界为最上，有境界，则自成高格，自有名句。

二、沧浪所谓兴趣，阮亭所谓神韵，犹不过道其面目，不若鄙人拈出境界二字，为探其本也。

三、有造境，有写境，此理想与写实二派之所由分，然二者颇难分别，因大诗人所造之境，必合乎自然；所写之境，亦必邻于理想故也。

四、南唐中主词："菡萏香销翠叶残，西风愁起绿波间。"大有众芳芜秽，美人迟暮之感。乃古今独赏其"细雨梦回鸡塞远，小楼吹彻玉笙寒"，故知解人正不易得。

五、"我瞻四方，蹙蹙靡所骋"，诗人之忧生也，"昨夜西风凋碧树，独上高楼，望尽天涯路"似之；"终日驰车走，不见所问津"，诗人之忧世也，"百草千花寒食路，香车系在谁家树"似之。

六、古今之成大事业大学问者，必经过三种之境界，"昨夜西风凋碧树，独上高楼，望尽天涯路"，此第一境也；"衣带渐宽终不悔，为伊消得人憔悴"，此第二境也；"众里寻他千百度，蓦然回首，那人正在灯火阑珊处"，此第三境也。此等语皆非大词人不能道，然遽以此意解释诸词，恐晏欧诸公所不许也。

七、尼采谓一切文学余爱以血书者，后主之词真所谓以血书者也。宋道君皇帝《燕山亭》词亦略似之，然道君不过自道身世之戚，后主则俨有释迦基督担荷人类罪恶之意，其大小固不同矣。

八、"君王枉把平陈业，换得雷塘数亩田"，政治家之言也；"长陵亦是闲丘垄，异日谁知与仲多"，诗人之言也。政治家之眼，域于一人一事；诗人之眼，则通古今而观之。词人观物须用诗人之眼，不可用政治家之眼。①

在这几则词话中，我们所首先要解说的，当然就是"境界"两个字。对此二字，王先生并未曾加以正面之确切的说明。只是从后面一段，将严沧浪所谓"兴趣"及王阮亭所谓"神韵"都视为"面目"，而独以"境界"为"探其本"的话看来，我们可以知道，"境界"必该是较之"兴趣"与"神韵"都更为切实，更为基本的一种东西。如果依我个人的意思来给它下一个解释的话，我以为"境界"就作者而言乃是一种"具体而真切的意象的表达"；就读者而言则是一种"具体而真切的意象的感受"。所以说"有境

---

① 上引诸则词话，其排列之次序，乃但为解说方便计，与原书固不尽相合。至所引诸词之作者姓名及原词，则具见徐调孚编之《校注人间词话》中，本文对之不更加注释说明。

界，则自成高格，自有名句"。正因为词是一种美文，而美文主要之作用则原在使人感受而不在使人知解。这是一切讲美学及文艺批评的人之所共知的原理。所以表达及唤起一种"具体而真切的意象"，也就成了一切美文的一个基本要求。我这种解释在《人间词话》另一则评宋祁及张先词的话中也还可得到证明，如王先生之评宋祁《玉楼春》词"红杏枝头春意闹"一句云"着一'闹'字而境界全出"；又评张先《天仙子》词"云破月来花弄影"一句云："着一'弄'字而境界全出"，而"闹"字与"弄"字的好处，岂不都正在使读者所得之意象更为"具体"更为"真切"？由此看来，则我所下的解释或者也尚有可信之处。只是诗词中所表现之"境界"，还不只是外界现实之景物而已。诗词之能事，更在将人内心的一种理想之意境与抽象之情思，做意象化之表现，而且要使读者得到同样具体同样真切的感受。所以"境界"一词，实不仅指景物而已，同时更指人心中之种种"境界"，而《人间词话》也曾经有过"喜怒哀乐亦人心中之一境界，故能写真景物真感情者谓之有境界"之言。既然所写之境界不限于外界之实物，于是王先生遂又提出了前面所举第三则词话的"造境"与"写境"之说，以为乃"理想"与"写实"二派之所由分，而尤重要者，则在王先生后面所加的一段说明，云："大诗人所造之境，必合乎自然；所写之境，亦必邻于理想。""造境必合乎自然"者，是说所写者虽为理想之意境与抽象之情思，然而此种"意境"与"情思"却必须凭借自然中之实物来表达，因为如此始能将之化成为具体而真切的意象；至于"写境必邻于理想"者，则是说所写虽为自然之实物，而读者却往往能自其所写之具体意象中，唤发一种理想之意境与抽象之情思，而如此读者所感受的也才更加深远。于是由此一说，遂又自美文在予人一种"具体而真切的意象"的问题，牵涉到另一个"抽象之情思"与"具体之意象"如何结合的问题了。这一问题的答案，我想也是讲美学及文艺批评的人所共知的，那就是创作与欣赏中的联想作用。

说到"联想"，我以为那是伴随着诗歌而同时兴起的一种普遍作用。这种作用，在诗歌之创作与欣赏中，有着不可或缺的重要性，就创作而言，则自三百篇之所谓"比"，所谓"兴"，实在早已集"联想"之大成；就欣赏而言，则自《论语·学而》篇孔子赞子贡的话："赐也，始可与言诗已矣，告诸往而知来者"，及《八佾》篇孔子称赞子夏的话："起予者商也，始可与言诗已矣。"看来，可知欣赏者之联想，也是久已被称赏的了。不过欣赏者之联想与创作者之联想，实在有一个明显的不同之处：创作者所致力的，乃是如何将自己"抽象之情思"经由联想而化成为"具体之意象"；欣赏者所致力的，则是如何将作品中所表现的"具体之意象"经由联想而化成为"抽象之情思"。创作者的联想，我们可以找到两个简明的例证：其一是李后主《清平乐》词中的二句："离恨恰如春草，更行更远还生"；其二是秦少游《减字木兰花》词中的二句："欲见回肠，断尽熏炉小篆香。"自"离恨"到更行更远还生的"春草"，自"回肠"到熏炉断尽的"篆香"，这当然是由于联想作用。而"离恨"和"回肠"是抽象的情思，"春草"和"篆香"则是具体的意象，使读者自此"具体的意象"中，对

"抽象的情思"得到鲜明真切的感受，这正是创作者的能事。

至于欣赏者的联想，则最好的例证，就是本文前面所举的四、五、六三则《人间词话》。王先生在《人间词话》中，虽然未曾特别标举过"联想"两个字，但我们从他的词话中，却可以看出他实在是在欣赏方面最为着重联想，也最善于运用联想的一个人，我们看他在第四则中批评南唐中主《摊破浣溪沙》词的一段话，就可以知道他之所以认为"菡萏香销翠叶残，西风愁起绿波间"两句之必胜于"细雨梦回鸡塞远，小楼吹彻玉笙寒"两句者，只是因为前两句于写景之外，更能唤起人一种"众芳芜秽，美人迟暮"的联想而已。至于第五则之自晏殊《蝶恋花》词之"昨夜西风凋碧树"三句，想到诗人之"忧生"；复自冯延巳《鹊踏枝》词之"百草千花寒食路"二句，想到诗人之"忧世"，这种将"昨夜西风"与"百草千花"两个具体的意象，化成为"忧生"与"忧世"的"抽象的情思"的作用，自然仍是由于联想。至于第六则三种境界之说，则自原词观之，晏殊之"昨夜西风凋碧树，独上高楼，望尽天涯路"不过写秋日之怅望；柳永之"衣带渐宽终不悔，为伊消得人憔悴"不过写别后之相思；辛弃疾之"众里寻他千百度，蓦然回首，那人正在灯火阑珊处"不过写乍见之惊喜，与所谓成大事业大学问者之境界，更属了无干涉。而王先生竟比并而立说，其牵连综合之一线，当然也仍是由于联想。我们从这一连串的联想看起来，就可知道联想在诗歌之欣赏中，实占有极重要之地位，而从作品的具体的意象中，感受到"抽象的情思"，也正是欣赏者之能事。这种由彼此之联想，而在作者与读者之间构成的相互触发，形成了一种微妙的感应。而且这种感应既不必完全相同，也不必一成不变，只要作品在读者心中唤起了一种真切而深刻的感受，这就已经赋予这作品以生生不已的生命了。写到这里，我要谈到在本刊上期所刊载的，我的《几首咏花的诗》一文中的一个错误。在那篇文中，我曾举了两首咏落花的诗，最初我原以为是王静安先生的诗，送去发表后，才知道原来是听水老人陈弢庵的诗。我之造成此一错误，第一当然是因为我未曾读过《听水轩诗集》。我生的时代较晚，虽然陈氏的诗，当年曾为人传诵过一时，但我却未能躬逢其盛，而今日此地他的诗集则又是如此之不易得见（如有读者藏有其诗集者甚望能惠借一阅）。我之见到这两首诗，是从《国学月报》王静安先生专号所附的插图上看到的，那是王先生自沉前一日为谢国桢君所写的一张扇面，既未题原作者之姓名，而诗中所写的情调，则又与王先生自沉前之心情如此之相似。何况王陈二氏所生之时代相同，其运思用笔，皆不免有相同之时代色彩。所以我当时虽曾查检过《观堂集》，发现没有这二首诗，但一种潜在的主观成见，竟使我宁愿冒荒唐疏忽的过失，而仍然乐意做如此一厢情愿的相信。再则如本文之谈欣赏者之联想所言，则王先生在自沉前一日之所以要选择这二首诗来给人书写，也必是因为这二首诗所写的意境情调与他当时的心情极多契合之处的缘故，是则姑不论陈先生此二诗之原意为如何，而以王先生欣赏诗歌之善用联想而言，则当这二首诗被王先生写出时，尤其当他在自沉前一日写出时，此二诗实定已融入了王先生当时之心情与意境。此心情与意境，固不必与陈先生完全相合。此正如中主之不必有"美人迟暮"之感，晏冯之不必有"忧生"与"忧世"之心，辛柳诸人之不必有"三种境界"之念。只是王先生之欣赏态度有一点极可贵的地方，那就是他决不以个人一己之联想指为作者之用心。所以即使王先生在自沉前一日书写此二诗时，或者亦不免曾有过如我所说之一想，但对我而言，则仍是不可恕之荒唐谬误。那便因我并非以联想来解说，而竟因作者之误认，便指为写作之用心的缘故。所以我愿借草此文之便，来声明我的错误，也说明我致误的原因，并以为我个人好用主观成见，而竟致因固蔽而导致错误的鉴戒。

就以上所说来看，则此欣赏者之联想实极为自由，是则不论欣赏者之所见之为"仁"为"智"，只要其所感受者确为真切深刻，便都能赋予此作品以生生不已的生命了。但在这漫无拘限的自由中，王先生却又提示了我们一条极重要的该遵循的途径，这自前面所举的七、八两则词话中，我们可以窥见一点端倪。在第七则词话中，王先生批评宋徽宗之《燕山亭》词，以为"不过自道身世之戚"；而评后主词则以为"俨有释迦基督担荷人类罪恶之意"，又云："其大小固不同矣。"其所以被王先生认为有此种差别的原因，我以为大约有二点：其一则宋徽宗所写之"裁剪冰绡，轻叠数重，淡着燕脂匀注"等景物过于现实，不易引人由联想而得理想之境界；其二则此种过于现实之景物，多不免拘于一时一地，是其所写者乃但为个人偶然之事件而已。至于后主所写之"春花秋月何时了""自是人生长恨水长东"等词句，则其所写之景物虽亦为现实之所实有，但却已不为现实之所拘限，而染满了理想之色彩。且其所写者，已不复为个人偶然之事件，而是将千古所有的人类，都一网打入这"春花秋月""人生长恨"的大网之中了。所以王先生在另一则词话中，就又曾称赞后主说："词至李后主而眼界始大，感慨遂深。"其所以成其"大"与"深"者，正因为后主所写之境界既邻于理想，复为天下人心之所同的缘故。至于在第八则词话中，王先生对罗隐《炀帝陵》一诗之"君王枉把平陈业，换得雷塘数亩田"二句，则认为是"政治家之言"；而对唐彦谦《仲山》一诗之"长陵亦是闲丘垄，异日谁知与仲多"二句，则认为是"诗人之言"。此二诗，初看意境似颇相似，但若仔细体味，便可感到前二句诗所写之得失成败，但为个人偶然之事件，且颇有利害计较之心存乎其间；后二句诗所写之盛衰今昔，则为千古人类之所同，且已超然于利害计较之外。所以王先生在此一则词话下，就下了一个结论说："政治家之眼，域于一人一事；诗人之眼，则通古今而观之。"这结论不但适用于创作，也同样适用于欣赏。不但创作时，当持此种眼光以观"物"；欣赏时，亦当持此种眼光以观"诗"。所以王先生在对诗词做欣赏批评时，虽常不免就个人之联想立论，但他的立论，却总有着一个不离其宗的途径，那就是"通古今而观之"。而王先生论词的好处，便在他能以这种"通古今而观之"的联想和感受，给读者一种触发，而由此触发，便将其他读者也带入了一个更深更广的境界。虽然每个人之所得仍不必尽同，但每个人却都可以各就其不同的感受而加深加广。这种触发的提示，是极为可贵的。而欣赏最大的快乐，也便在于作者与读者之间，或评者与读者之间，能由联想引发联想，在内心最真切的感受中觅取和享受人心与人心间的一种相互的触发。

最后，我要对本文所整理的几则词话，做一个简单的归纳和结论：第一、二两则，主要在说明美文在表达及唤起人一种具体而真切的意象；第三则，在说明具体之意象与抽象之情思的关系；第四、五、六三则，在说明欣赏者之善用联想往往可由作品中具体之意象而得抽象之情思；第七、八两则，在说明此种欣赏者之联想，当以"通古今而观之"为其重要之原则。此种排列与整理，如果尚有可取之处，则是因明珠翠羽之本身原具有可贵之价值，如果没有可取之处，则其罪疚固在排列者之愚拙。